Christian Gotthilf Salzmann

Carl von Carlsberg oder über das menschliche Elend von Christian Gottholf Salzmann

Erster Teil

Christian Gotthilf Salzmann

Carl von Carlsberg oder über das menschliche Elend von Christian Gottholf Salzmann
Erster Teil

ISBN/EAN: 9783743366442

Hergestellt in Europa, USA, Kanada, Australien, Japan

Cover: Foto ©Raphael Reischuk / pixelio.de

Manufactured and distributed by brebook publishing software (www.brebook.com)

Christian Gotthilf Salzmann

Carl von Carlsberg oder über das menschliche Elend von Christian Gottholf Salzmann

Carl von Carlsberg

oder über das

menschliche Elend,

von

Christian Gotthilf Salzmann.

Erster Theil.

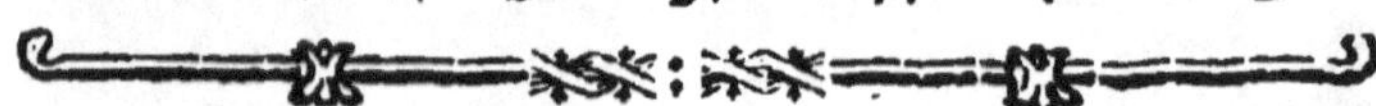

Mit allerhöchst, gnädigst Kayserl. Privilegio.

Carlsruhe,
bey Christian Gottlieb Schmieder.
1784.

Carl von Carlsberg

oder

über das

menschliche Elend.

———

Erster Brief.

Der Herausgeber an die Leser.

———

Unter den Gesetzen, die ich mir bey Samm-
lung dieser Briefe vorgeschrieben habe, ist
dieß das vorzüglichste, daß ich alles weglassen
will, was irgend Jemanden persönlich beleidigen
könnte. Denn nach meinen Grundsätzen sind die
Ausfälle, die auf des andern Ehre geschehen,
eben so unanständig und verabscheuungswürdig,
als die Anschläge, die auf seinen Beutel gemacht
worden. Durch eben dieses Gesetz bin ich aber
auch bestimmt worden, alles zu meiden, was als
ein Ausfall auf irgend einen Staat angesehen
werden könnte, weil ich glaubte, daß man die
Pflichten, die man gegen einzelne Personen aus-
zuüben verbunden ist, noch mehr gegen ganze Ge-

                    sell-

4

ſellſchaften beobachten müſſe. Dieß iſt die Urſa⸗
che, warum die mehreſten Städte und Länder
unter erdichteten Namen angeführt werden. Die
Geſchichte verliert dadurch vielleicht etwas von
ihrem Leben, aber da der Herr von Carlsberg
und der Oberſte von Brav bisweilen ſehr freymü⸗
thig urtheilen, ſo werden ſie auch dadurch gegen
den Verdacht geſchützt, als wenn ſie irgend einem
Staate zu nahe hätten treten wollen. Was die
Abſicht ſey, die ich bey Herausgabe dieſer Briefe
habe, kann aus der Nachricht, die ich davon in
das Publicum habe ergehen laſſen, hinlänglich
erſehen werden. Deswegen ſage ich kein Wort
mehr davon, und wünſche nur, daß ſie erreichet
werde, und jeder Brief für den Leſer unterhal⸗
tend und lehrreich ſeyn möge.

Uebrigens bitte ich den Leſer, dieſes erſte
Bändchen für nichts mehr als einen Theil eines
Ganzen zu halten, und ſein entſcheidendes Ur⸗
theil ſo lange zu verſparen, bis die Theile zu⸗
ſammen gefügt ſind.

Der Herausgeber.

Zwey⸗

Zweyter Brief.

Carl v. Carlsberg an den Obersten v. Brav.

Grünau, den 7. May.

Helfen Sie mir! meine ganze Zufriedenheit ist verloren. Ich war vorgestern nach dem Richmannischen Garten geritten, um ein paar Stunden der Natur näher zu seyn, streckte mich da unter eine Birke hin, und fühlte die Gesundheit und das Wohlseyn in allen meinen Adern; und doch sagte mir eine gewisse schmachtende Sehnsucht nach Etwas, das ich selbst nicht kannte, daß mir zu meinem Glücke noch etwas fehlen müsse. Ich sahe einem Paar Vögelchen zu, die durch die Hecke schlüpften, und sich nekten und scherzten, und je länger ich ihnen zusahe, desto mehr nahm meine Sehnsucht zu. Ich seufzte, warf meine Augen umher, um den Gegenstand meiner Sehnsucht zu finden — da kam die Allee herab ein Mädchen — das ist sie, sagte mein

A 3

Herz

Herz gleich bey dem erſten Anblicke, und ich rich+
tete mich auf, um ſie ganz in das Auge faſſen
zu können.

Ha! das war ein Mädchen! dergleichen ſahe
ich noch niemals. Ich ſahe nichts als ſie. An
ihren Armen hiengen zwey andere, von denen ich
aber weiter nichts zu ſagen weis, als daß ſie an
ihren Armen hiengen. Sie gieng vorbey, grüßte
mich gleichgültig und verlor ſich in einen Neben=
gang, doch tröſtete es mich, daß ſie ſich im
Schwenken noch einmal nach mir umſahe.

Ach den Blick! den Blick vergeſſe ich, ſo
lange ich lebe, nicht. Es ward mir warm ums
Herze, ich ſprang auf, gieng die Allee wieder
durch, und ſahe ſie bald mir wieder entgegen
kommen. Was das für ein leichter, natürli=
cher, ungezwungener Gang war! Mit welchem
Geſchmack jeder Theil ihrer Kleidung, jede Fe=
der, die auf ihrem Hute wehte, gewählt war!
Und wie viel Geſundheit und Feuer und Un=
ſchuld und Gefälligkeit aus ihren Augen blitzte!
Daß ich ſo langſam als möglich gieng, um recht
lange den ſeligen Anblick zu haben, können Sie

leicht

leicht denken. Endlich blieb ich gar stehen und machte ihr eine sehr bescheidene Verbeugung, die aber doch alles mußte gesagt haben, was in mir vorgieng. Denn eine schnelle Röthe stieg ihr ins Gesicht, sobald sie mir nahe kam, sie schlug die Augen nieder, und doch wandte sie, da sie noch ein paar Schritte gegangen war, das Gesicht wieder um, sahe die Bäume hinauf und wieder herab, so daß ihr Blick endlich auf mir ruhete, und es schien mir, als wenn sie sich einigen Zwang anthun müßte, um wieder vorwärts zu sehen.

Was ich dabey that, weis ich nicht mehr, denn ich verlor einige Minuten das Bewußtseyn, welches ich nicht eher wieder erhielt, bis sie mir abermals begegnete, ich fragte sogleich, ob ich Erlaubniß haben könnte, an ihrer Gesellschaft Theil zu nehmen? Statt ihrer antwortete mir eine von ihren Gesellschafterinnen, daß sie das itzo verbitten müßten, weil sie ihr Wagen erwarte, der bereits angespannt wäre, machte mir, ohne mich weiter etwas reden zu lassen,

 ihr

ihr Kompliment und gieng fort, die andre folgte ihr nach und mein Mädchen — blieb stehen — ward roth — sagte nichts — und machte eine Verbeugung.   Ich bot ihr meinen Arm und meine Hand, und hatte ein unbeschreiblich süsses Gefühl, da ich ihre Hand in die meinige bekam. Nur eine Stunde hätte ich dieses Gefühl haben, nur eine Stunde sie in meinen Arm schliessen, und ihr sagen mögen, was ich für sie empfände. Aber die Furien von Mädchen verdarben das Tröpfchen Freude, das ich eben izo einschlürfen wollte durch ihren Geifer, den sie darauf fallen liessen.   Mit drohenden Blicken sahe die eine sich nach uns um, zischte der andern in die Ohren, und schlug ein freches Gelächter auf. Da bebte mein Mädchen, bat mich sie loszulassen. Ich hielt sie feste, da blickte sie mich an, und eine Thräne hieng in ihren Augen. Unmöglich konnte ich sie länger halten.   Nur noch ein Wort — sagte ich, wie ist ihr Name? Mein Name? sagte sie betreten, mein Name ist — ist Henriette, und damit riß sie sich los und flog nach ihren Gesellschafterinnen zu, mit denen,

und

und einer Mannsperson, sie in einen Wagen stieg und davon rollte.

Ich habe alles angehalten, Wirth und Gärtner, Hausknecht und Tagelöhner, alles habe ich angehalten, und sie befragt, ob sie nicht diese Gesellschaft gekannt hätten? Aber niemand konnte mir die geringste Nachricht geben. Sie ist also fort meine Henriette, der Himmel weis wohin. Sie ist fort, und hört vielleicht itzt, da ich dieß schreibe, die Schmeicheleyen eines Gecken an, und ich sehe sie nie wieder, und kann sie doch nicht vergessen. Was ich auf der Akademie eigentlich noch nütze bin, weis ich wirklich nicht. Meine ganze Seele ist mit dem Mädchen so angefüllt, daß kein anderer Gedanke darinnen Platz findet. Ich meide schon, seitdem ich sie sahe, die Hörsäle und alle menschliche Gesellschaft, damit ich recht ungestört ihr Bild ausmahlen, und mich daran ergötzen kann.

Kennen Sie kein Mädchen, das Henriette heißt? Sie hat ein volles, rundes Gesicht, schwarze Augen, ist schlank, ist wie eine Amazone gekleidet, hat ihre schwarzen Haare ungekünstelt geflochten, und auf denselben einen Hut, mit einem Federbusche. Fragen Sie doch, wenn Sie mich so lieben, wie Sie mir oft gesagt haben, fragen Sie doch alle, die zu Ihnen kommen, ob sie nicht ein solch Mädchen kennen. Ich muß sie sehen, ich muß sie haben, denn ich fühle es, daß sie für mich geboren ist, und was nützt mir das Leben, wenn ich den heisesten meiner Wünsche nicht befriedigen kann? Ich bin ic.'

Carl v. Carlsberg.

Dritter Brief.

Der Oberste von Brav an Carl v. Carlsberg.

Helbersleben, den 11. May.

Sey du unbesorgt, lieber Carl! deine Zufriedenheit sollst du nicht einbüsen. Was du in dir fühltest, war Stimme der Natur, war Stimme Gottes, der durch die Natur zu uns spricht.

Die

Die Natur beſtimmte dich, dir ein liebes Mädchen zu ſuchen, an deren Buſen du der Liebe
Süßigkeit in dich ſchlurfen, durch ihren Scherz
und Troſt dich unter den Arbeiten, zu denen du
geſchaffen biſt, aufheitern, ihrer körperlichen
Reize dich freuen, und einen lebendigen Abdruck
deiner Freuden, nach dem andern hervorbringen
ſollteſt. Da dir jene ſüſſe Sehnſucht unter der
Birke in Richmanns Garten anwandelte, ſo war
es eben ſo gut als wenn die Natur dir zuriefe:
auf Jüngling! die Zeit iſt da, der Liebe Freude
zu genieſſen, und dich in eines lieben Mädchens
Armen zu vervielfältigen. Siehe dich um, wo
du ſie findeſt! Kannſt du nun wohl glauben, daß
die Natur dir Befehle geben werde, die du nicht
erfüllen könnteſt? Daß ſie heftige Triebe dir ein-
pflanzen ſollte, ohne für ihre Befriedigung zu
ſorgen? Siehe der Adler findet die Beute, die
ſein gieriges Auge ſucht, der Schwimmvogel
ſpähet den See aus, nach dem er lechzet, und
du ſollteſt das Mädchen nicht finden, nach der du
dich ſehneſt? Sey unbeſorgt, du findeſt es gewiß!

Ob nun aber das Henriettchen, auf das du izt so erseßen bist, gerade das Mädchen sey, das dir bestimmt ist? das ist eine Frage, die noch einer gar grossen Untersuchung bedarf. Laß uns als vernünftige Männer sie überlegen!

Sieh lieber Carl, wenn du das Mädchen auf einer wüsten Insel erblickt hättest, so wäre die Frage gar nicht davon, was du zu thun hättest. Du könntest ohne Bedenken das Mädchen aufsuchen, auf den Bergen herumsteigen, die Wälder durchstreichen, und wo du sie fändest, sie dir ganz zueignen: denn du hättest auf sie den gerechtesten Anspruch. Du hättest auch, wegen deiner einsamen Lage, die Freyheit nicht, zu wählen, sondern müßtest nach dem ersten dem besten Mädchen greifen, das dir aufstiesse.

Aber lieber Carl, wir leben in Gesellschaft. Die Welt wimmelt von Mädchen, und du hast Freyheit dir die auszusuchen, die du für die beste hältst. Woher weist du denn nun, daß gerade das Amazönchen, das dir da entgegen kam, das beste der Mädchen sey, die um dich herum leben? Carl! Carl! du hattest eben die Mädchensehn-
sucht,

sucht, da sie dir aufstieß. So wie nun der, der vor Durst lechzt, jeden Trunk gut findet, so findet auch der, der sich in dieser Lage befindet, jedes Mädchen reizend. Seine erhitzte Einbildungskraft entdeckt an ihr Reize, die nicht da sind, mahlt diejenigen, die wirklich vorhanden sind, mit den lebhaftesten Farben aus, und sieht über alle Mängel weg. Wenn ich nicht irre, so würde jedes andre Mädchen, das nur nicht ganz häßlich war, dich eben so bezaubert haben, wenn es gerade mit deiner Sehnsucht zusammen getroffen wäre. Woher weißt du denn, daß dein Mädchen gesund ist? Daß sie keine körperlichen Gebrechen hat? Daß ihr Herz und Verstand so schön als ihr Gesicht ist? Wie? wenn sie kränklich, gebrechlich, eine Thörin wäre, wolltest du wohl dich in ihre Arme werfen, da du ein gesundes, rasches vernünftiges Mädchen haben köntest?

In dem gesellschaftlichen Leben geht es unmöglich an, daß du immer nach deinen Neigungen leben kannst, denn andere Leute haben ihre Neigungen auch, die sie auch befriedigen wollen, und du mußt darauf Rücksicht nehmen, damit du

nicht

nicht deiner Neigung so begierig nachgehest, daß andere dadurch gekränkt werden. Weißt du denn z. E. ganz gewiß, daß die Henriette, die du schon die deinige nennst, nicht schon einen andern Jüngling gewählt hat, der ihr besser gefällt? Würdest du ihr nicht das gröste Unrecht thun, wenn du sie zwingen wolltest, den fahren zu lassen, für den ihr ganzes Herz schlägt? Wie? wenn sie schon verlobt oder gar verheyrathet wäre? wolltest du wohl so grausam seyn, und ihrem Besitzer sein Eigenthum rauben, und eines andern Leben freudenlos machen? das willst du gewiß nicht.

Ja ich kann dir noch etwas nicht länger vorenthalten, das du doch über lang oder kurz erfahren wirst. Die ganze Einrichtung unserer Gesellschaft ist unnatürlich, und ist den Neigungen und Forderungen unserer Natur eben so wenig angemessen, als eine Schnürbrust dem Bau eines flinken Mädchens, das zur Fröhlichkeit und zum Kindergebähren bestimmt ist. In derselben werden unsere Neigungen eben so gepreßt, wie in jener die Adern und Muskeln des Mädchens. Wir sind gezwungen, die heissesten Wünsche zu unter?

unterdrücken, die unschuldigsten Neigungen zu bestreiten, und oft von alle dem das Gegentheil zu thun, was die Natur mit lauter Stimme fordert, wenn uns die menschliche Gesellschaft dulden soll.

Willst du z. E. in deiner Familie von täglichen Vorwürfen, Spöttereyen und andern Kränkungen sicher seyn, so darfst du nicht das Mädchen wählen, das dir am besten gefällt, nicht das gesundeste, redlichste und vernünftigste, nicht das, von dem du die muntersten Kinder erwarten kannst, sondern das, das die mehresten Ahnen hat. Wenn du unter einer kranken, veralteten, boshaften Gräfin, und einem gesunden, jungen, rechtschaffnen Bürgersmädchen zu wählen hast, so mußt du, so laut auch dein Herz dagegen schreyt, der leztern entsagen, um durch den Besitz der erstern deiner Familie desto mehr Glanz geben zu können. Du darfst izo, da deine Natur noch ihr ganzes Feuer hat, noch lange nicht an das Heyrathen denken. Erst nach zwanzig Jahren, wenn deine besten Kräfte verraucht sind, mußt du von Heyrathen sprechen, damit deine

Familie

Familie nicht zu zahlreich, und deine Güter nicht zu sehr vertheilt werden. Was meinest du dazu?

Der Schluß deines Briefs hat mir am wenigsten gefallen. Denn daß du dich der Gesellschaft entziehst, und dich ganz deiner Sehnsucht überläßest, ist gerade das Unglücklichste, was du thun kannst. Du wirst dabey deine Munterkeit, deine frische Farbe verliehren, deiner Gesundheit schaden, und von deinem Mädchen doch nichts erfahren. Höre meinen Rath! Sey ein Mann! Wende deine Kraft an, die Heftigkeit deiner Neigung zu mäßigen! Setze deine Geschäfte fort, besuche Gesellschaften, und dann wende täglich ein Viertelstündchen darauf, daß du nachsinnest, wie wohl das Mädchen auszufragen sey. Da wirst du sie gewis auskundschaften, und wenn sie in dem entlegensten Thurme eingemauert wäre. Denn durch Gram und Sehnsucht richtet man gar nichts, durch Nachdenken alles aus. Und es ist keine Sache so schwer, die uns nicht möglich würde, sobald wir unsere ganze Aufmerksamkeit darauf richten. Ich bin ꝛc.

h. Brav.

Viertes

Vierter Brief.

Henriette an Luisen Helwingin.

Koldingen, den 15. May.

Ich kann es nicht länger mehr aushalten liebe Tante! Tante Friederike martert mich fast zu tode. Seit unserer Spatzierfahrt nach Richmanns Garten habe ich keine frohe Stunde gehabt. Immer macht sie mir die bittersten Vorwürfe. Wenn ich in Gedanken sitze, so fragt sie spöttisch: nun Henriette was denkst du? du hast gewiß einmal Studenten im Kopfe? Trete ich an das Fenster, so giebt sie mir schuld, ich sähe nach Studenten. Bey Tische erzählt sie immer von Mädchen, die mit Studenten ein lüderliches Leben geführt hätten, und sieht mich starr dazu an. Da stirbt mir der Bissen im Munde. Sie schleicht mir beständig nach, und überfällt mich auf meiner Stube oft so unvermuthet, daß ich vor Schrecken zusammenfahre, und einen lauten Schrey thue.

Ach wenn sie nur itzo — wahrhaftig sie kommt —
ich bin —

den 18. May.

Heute kann ich erst meinen Brief fertig ma=
chen. Tante Friedgrike giebt Besuch. Sie über=
fiel mich ehegestern über dem Schreiben, ich hörte
sie schleichen , und warf geschwinde den Brief
unter den Fußtrit, der am Fenster steht. Aber
Dintefaß und Feder konnte ich nicht verbergen.
Da fragte sie heftig: nun du schreibst gar? viel=
leicht Liebesbriefe? Zeig gleich was du geschrie=
ben hast! ich konnte es ihr ja ohnmöglich zeigen.
Da riß sie alle meine Sachen herum und durch=
suchte sie. Ich bin fast vor Angst gestorben. Und
seit der Zeit quält sie mich noch mehr, und giebt
mir auf den Kopf Schuld, ich hätte an den Stu=
denten geschrieben, der mir in Richmanns Gar=
ten seinen Arm bot.

Ach liebe Tante! was hab ich denn gethan,
daß ich so schrecklich gepeinigt werde? Ich muß
ja mehr ausstehen , als manche Missethäterin.
Und ich bin ja doch keine Missethäterin. Ich ha=
be

be ja keinen Menschen mit meinem Wissen belei=
diget.   Es ist wahr, er gefiel mir, der junge
Mann, den wir in Richmanns Garten sahen.
Ist denn das aber Sünde? Ich habe die schönen
Aurikeln, die wir sahen, gelobt und bewundert,
und man hat nichts darüber gesagt.   Warum
macht man denn so einen schrecklichen Lärm dar=
aus, daß mir eine schöne Mannsperson gefiel?
Ich dächte, er wäre doch mehr werth gewesen,
als das ganze Aurikelbeet.   Meine Tante schreyt
darüber, daß ich ihm nachgesehen habe, und eine
halbe Minute zurück blieb, um zu hören, was er
sagen wollte.   Ist denn das etwas Böses? Ich
darf ja nach der Blume, dem Apfel, der Traube
sehen, die mir gefällt, warum nicht auch nach
einer Mannsperson?

Erbarmen Sie sich, meine liebste Tante!
und helfen Sie mir! Können Sie mir nicht hel=
fen, so erlauben Sie mir wenigstens, daß ich
meinen Jammer vor Ihnen ausschütten darf.
Ich habe ja niemanden auf der Welt, vor dem
ich mein Herz eröfnen kann, als Sie. Mein
Vetter ist seiner Geschäfte wegen so zerstreut, daß

er

er noch nicht bemerkt hat, wie viel ich leide.
Und ich zittre vor dem Augenblicke, da er es bemerkt. Denn meine Tante wird ihn gewiß so gegen mich einnehmen, daß er auf ihre Seite treten und mich mit seinen Vorwürfen peinigen
wird. Wenn Sie mich also verlassen, so erliege
ich unter meinem Grame. Ich bin ꝛc.

Henriette.

N. S. Sie haben wohl noch nicht erfahren,
wer der junge Mann war, um dessen willen ich
so viel leiden muß?

Fünfter Brief.

Luise Hellwingin an Henrietten.

Grünau, den 20. May.

Unmöglich kannst du, liebes Mädchen, so viel
leiden, als ich selbst bey Durchlesung deines
Briefs gelitten habe. Ach er hat mich erinnert

an

an allen Gram, der seit zwölf Jahren an meinem Herzen gefressen hat, und an alle Thränen, die ich in dieser Zeit vergossen habe. Du hast mich wohl für sehr glücklich gehalten, weil ich in Gesellschaft immer gelacht und gescherzt habe? Dieß alles war Verstellung. Ich bin das unglücklichste Geschöpf, das du denken kannst. Nur einen Zeugen meiner Leiden habe ich, das ist der Allwissende. Vor allen andern muß ich meinen Gram verbergen, weil ich aus der Erfahrung weis, daß ich durch Offenherzigkeit meine Leiden vergrössert und statt Mitleidens mir die bittersten Spöttereyen zugezogen habe. Gegen dich kann ich unmöglich zurückhaltend seyn. Eine Offenherzigkeit ist der andern werth. Mir wird es Linderung schaffen, wenn ich meinem Herzen einmal Luft machen kann, und du kannst vieles daraus zu deiner Warnung lernen.

Wisse also, liebes Mädchen, daß wir unter den Geschöpfen Gottes, die ich kenne, die unglücklichsten sind. Der Trieb, den du itzo zu fühlen anfängst, der süsseste und heftigste unter allen, warum soll ich mich denn schämen, ihm den rech=

ten

ten Namen zu geben? der Trieb zum Manne, ist für uns eine Quelle von mannigfaltigen Leiden. Ich zittre deinetwegen, wenn ich daran denke, daß er in dir erwacht ist. Wenn wir ihn zu fühlen anfangen, so versprechen wir uns von ihm paradisische Wollüste, und er wird doch bey den mehresten Höllenpein.

Wir dürfen es gestehen, wenn wir Hunger oder Durst leiden, wenn wir nach irgend einer Speise lüstern sind, aber diesen Trieb, der an sich eben so unschuldig, eben sowohl Gottes Werk, als jeder andere ist, müssen wir vor aller Welt zu verbergen suchen, und werden gedrungen, uns gleich in der ersten Jugend in der teuflischen Kunst der Verstellung zu üben. Denn sobald wir etwas davon merken lassen, so werden wir auf das lieblofeste behandelt, und als wollüstig und unzüchtig verschrien. Niemand ist gegen uns unbarmherziger als unser eigen Geschlecht. Jeden unserer Schritte und Blicke sucht es verdächtig zu machen, sammelt alle Anekdoten, die es von uns auftreiben kann, breitet sie aus, vermuthlich deswegen, daß es sich das Ansehen geben

möge,

möge, als wenn es von solchen Schwachheiten frey sey. Glaube nur, liebes Henriettchen! die Kränkungen, die du jezo empfinden mußt, habe ich alle, hundertmal mehr, empfunden. Ich bin oft der Gegenstand der Gespräche in allen Gesellschaften gewesen, und habe einmal eine Zeit gehabt, da ich glaubte, ich würde unter meinem Grame erliegen müssen. Kannst du es wohl glauben, daß meine eignen Eltern eben so grausam gegen mich gewesen sind? Ein junger Mensch, der vor 12 Jahren bey meinem Vater schrieb, schien mich lieber als andere Mädchen zu sehen, ich sahe ihn auch gerne. Ich hatte immer in dem Zimmer, wo er saß, etwas zu suchen, und suchte immer recht lange, bis er meine Hand faßte, sie küßte, und mir allerhand Schmeicheleyen vorsagte. Meine Eltern merkten es, sie ließen mich vor sich kommen, und fragten, ob ich nicht in den Menschen verliebt sey? Ohne Zurückhaltung ergrif ich meines Vaters Hand, küßte sie und gestund es, daß mein Herz an ihm hienge. Weißt du wohl, was die Antwort war? Ein paar tüchtige Ohrfeigen, die mich ganz betäubten. Und

                                                     das

das war es noch nicht alles, ein Strom von
Scheltworten folgte nach, von Seiten meiner
Mutter. Sie nannte mich eine ungerathne Toch=
ter. Sie fragte, ob das der Lohn wäre, den ich ihr
für ihre Erziehung gäbe. Sie sagte, daß ich ih=
rer Familie einen Schandfleck anhienge, daß sie
wohl noch erleben wollte, daß ich mit diesem nack=
ten Kerle würde verhungern müssen; sie drohte,
mich aus dem Hause zu stossen. Ach liebe Hen=
riette, ich suche umsonst Worte zu finden, dir
zu beschreiben, wie viel ich damals ausgestanden
habe. Jahre lang habe ich die Reden anhören
müssen. Und ich kann noch itzo nicht begreifen,
wie meine Mutter sich so schrecklich ereifern
konnte, über einen Trieb, den ich doch von nie=
mand, als von ihr, geerbt hatte? Würde sie mich
wohl gebohren haben, wenn sie nicht diesen Trieb
gehabt hätte? Oft saß ich in ihrer Laube, und
sahe mit nassen Augen den Scherzen der Vögel,
und den Spielen der Karpfen im Teiche zu, und
dachte, alle Thiere, ja alles Gewürm, kann die
Süßigkeit der Liebe schmecken, nur wir Mädchen
nicht, und etliche Thiere, die unter der Herr=
schaft

schaft des Menschen, des Tyrannen stehen. Wir lechzen, liebes Mädchen; und viele von uns gehen aus der Welt, ohne je ihren Durst gelöscht zu haben, und die mehresten, die ihn löschen, bekommen Gift und Galle, da sie süssen Most einzuschlurfen glauben.

Hievon nächstens ein mehreres. Izo kommen die zwey kleinen Mädchen, die ich unterrichte. Die guten Geschöpfe scherzen und springen um mich herum. Wenn sie wüßten, daß sie nach zehn Jahren eben so elend, als wir beyde, seyn würden, so würde ihnen das Springen wohl vergehen.

Vorläufig rathe ich dir, daß du dir alle Mühe giebst, den jungen Mann, der dir sowohl gefallen hat, zu vergessen. Daß es dir schwer seyn wird, glaube ich ganz wohl. Ich kann dir aber keinen andern Rath für dießmal geben, unter der Hand will ich mich bemühen, von ihm Nachricht einzuziehen, und wenn ich hören sollte, daß er der Mann wäre, der dich glücklich machen könnte — nun so verlaß dich auf mich, liebes Henriettchen!

riettchen! Für mich sind freilich die Freuden der Liebe dahin. Ich habe geblühet — bald wird meine Blüthe abfallen, ohne Früchte getragen zu haben, und ich werde da stehen unter den Gespielinnen meiner Jugend, wie ein unfruchtbarer Baum unter andern, deren Zweige von ihren Früchten sich beugen, der von allen Vorbeygehenden verspottet wird, das soll mich aber nicht abhalten, mich über andere zu freuen, die glücklicher lieben, und gern alles beyzutragen, um ihre Liebe zu begünstigen.

An meine Schwester habe ich auch geschrieben. Der Bote, der dir diesen Brief überbringt, wird ihr auch den ihrigen einhändigen. Ich habe ihr darinnen ziemlich die Wahrheit gesagt, doch habe ich mir nicht merken lassen, daß ich etwas von dir erfahren habe, darauf verlaß dich. Ich bin ꝛc.

Luise.

Sechster

Sechster Brief.

Luise Helwingin an Friederiken Helwingin.

Grünau, den 20. May.

Ist dir, liebes Schwesterchen! Deine letztere Spazierreise recht wohl bekommen? Ich wünsche es, ich glaube es aber kaum, du sahest so unmuthig aus, deine Antworten waren so kurz und abgebrochen, und dein Scherz so bitter, besonders, wenn er die gute Henriette betraf.

Hat dich das arme Mädchen etwa beleidigt? hat sie die Achtung dir nicht bewiesen, die sie dir schuldig ist? oder hat sie etwa gar übel von dir gesprochen? oder — verzeih mir liebes Schwesterchen diese Frage, oder hatte es dich etwa verdrossen, daß der junge Mann, den wir in Richmanns Garten antrafen, gegen sie so zärtlich war, und dich nicht zu bemerken schien? Ha! Habe ich es getroffen? bekenne nur und leugne nicht. Denn du sprichst zu deiner Schwester, deren Lage so unglücklich als die deinige ist.

Wunder

Wunder wäre es freylich nicht, wenn uns die Eifersucht anwandelte, so oft wir eine unserer Schwestern das Glück der Liebe finden sehen, das wir nun so lange suchten, ohne es zu finden, und das wir wahrscheinlicher Weise nie finden werden, weil die Hoffnung dazu mit jedem Jahr abnimmt.

Ach Schwester! Ich fühle es ganz, wie traurig unser Zustand ist, glaube es mir. So lange nährte sich der süsse Trieb nach einem Freunde, in dessen Armen wir unser Leben zubringen könnten, in unserer Brust. Ihn auszurotten ist uns unmöglich, da er in unser Blut gewebt ist. Wie viele reizende Bilder gaukelten durch unsere Seele! Wie viele süsse Träume täuschten uns! Oft erschien mir der Jüngling, den meine Seele liebte. Schüchtern nahte er sich mir, faßte meine Hand, drückte sie an seinen Mund, und stammelte das Bekenntniß her, nach dem ich mich so lange gesehnt hatte. Ich ließ ihn hoffen, er ward freyer, nach wenigen Minuten hieng er an meinem Halse, und erstickte mich fast mit seinen Küssen. Mein Herz und Glieder bebten vor Seligkeit.

Teit. Izo faßte ich seine Hand, um ihn noch kühner zu machen — da flohe er — da erwachte ich, fühlte das Beschwerliche meiner Lage ganz, und der süsse Traum hinterließ mir nichts, als einen melancholischen Tag.

Wie oft sahe ich den Jüngling, dem mein Herz entgegen loderte, und durfte es ihm nicht entdecken. Wie oft verriethen mich meine Blicke, und ich erfuhr die unaussprechlich peinigende Demüthigung, daß er sich das Ansehen gab, als wenn er mich nicht bemerkte. Mancher Flattergeist kam mir näher, klagte über Liebespein, ich war einfältig genug, ihn anzuhören, und ihm zu glauben, aber kaum hatte er einige Wochen mit mir getändelt, so wurde ich ihm fremde und er gieng auf neue Eroberungen aus.

So ist es mir gegangen. Eine Menge fehlgeschlagener Wünsche, eine Menge Demüthigungen, haben meine Seele freudenlos gemacht. Und du hast das nemliche Schicksal. Wer will es uns also verdenken, wenn es am Herzen frist, wenn wir sehen, daß andere das Glück finden, das wir so heftig wünschen, und doch nie finden werden,

wenn

wenn wir sehen müssen, daß andern Mädchen die süssesten Worte vorgesagt, und wir nicht bemerkt, oder wohl gar satyrische Blicke auf uns geworfen werden?

Alte Jungfern kommen mir vor, wie alte Kandidaten, die allemal eine misvergnügte Woche haben, so oft sie hören, daß einer ihrer jüngern Brüder ein Amt bekommen habe, zu dem sie wegen ihres Alters ein grösseres Recht zu haben glauben.

Dieses Leiden werden wir nun wohl tragen müssen, so lange wir leben, und wir werden alle unsere Vernunft nöthig haben, wenn wir es uns erträglich machen wollen. Wollen wir aber, meine Beste! deswegen unsern Unwillen andern empfinden lassen? Wollen wir unter unsern Schwestern, wie Furien, umhergehen, und in jeden Busen, der sich hebt, eine zischende Schlange werfen? Beste Schwester! so tief, so tief laß uns nicht sinken. Was werden wir damit ausrichten? Uns lächerlich und verhaßt machen, und die schwarzgelbe Farbe und die Runzeln ein paar Jahre eher herbeylocken.

Laß

Laß uns verachten, was wir nicht bekommen können, laß uns andere nie in ihrer Zufriedenheit stören, und wenn das Herzchen zu voll wird — so laß es uns gegen einander ausgießen, und ein paar Thränen weinen. Dieß wird uns allemal Linderung seyn, zwar schwache, aber doch besser als keine. Empfiehl mich unserm Bruder und Henrietten. Ich bin zc.

Siebenter Brief.

Carl v. Carlsberg an den Obersten v. Brav.

Grünau, den 20. May.

Ihr Brief, lieber Herr Vetter! scheint mir viel Wahres zu enthalten, ich kann ihn aber unmöglich beantworten, weil ich seit etlichen Tagen meinen Verstand verlohren und mit einem vernünftigen Menschen weiter keine Aehnlichkeit, als in Ansehung der äusserlichen Bildung, habe. Was ich eigentlich geworden bin, weis ich selbst nicht.

Vieh?

Vieh? nein, zu solchem Wahnsinn, als mich überfallen hat, ist das Vieh nicht aufgelegt. Teufel? Dazu habe ich noch nicht Bosheit genug. Narr? Das möchte wohl der schicklichste Namen seyn, den man mir geben könnte.

Gleich nach dem Empfange ihres Briefs befolgte ich Ihren Rath, und suchte Gesellschaft. Ich glaubte sie am sichersten im Wallfische zu finden, wo die hiesigen Studirenden ihre müßigen Stunden, deren sie den Tag lang viele zu haben scheinen, zuzubringen pflegen, und fand sie. Zwölf Personen saßen um einen Tisch, der hatte etliche Thaler vor sich liegen, und alle sahen mit so heißer Begierde auf die Kartenblätter, die der Baron v. Cronfeld umschlug, daß sie meine Ankunft nicht bemerkten. Guten Abend, Cronfeld! sagte ich, er dankte mir nicht. Spielen Sie glücklich? fragte ich einen andern. Er antwortete mir mit einem zornigen Blicke. Einige Minuten sahe ich zu, wie die Gulden, Speciesthaler, Ducaten und Louisd'or in die Bank zu- und abflossen. Da ich aber dabey nicht die geringste Unterhaltung fand, so suchte ich mit einem Dritten ein Gespräch anzu-

anzufangen, klopfte ihm freundlich auf die Schulter, und fragte: haben Sie gute Nachricht aus dem Vaterlande? Schwere Noth! sagte er, und stampfte mit dem Fuße auf die Erde, was schiert mich das Vaterland! cinq pour moi.

Diese ungestüme Antwort schmiß mich zurück bis in den äussersten Winkel des Zimmers, wo ich mir eine Flasche Bier und eine Pfeife Tobak geben ließ. Kaum brannte die Pfeife, so war ich auch schon in Richmanns Garten, und fand sie in einer Laube sitzend. Sie war noch zehnmal reizender, als da ich sie das erstemal sahe. Wie sprachen zu einander, erst mit Blicken, dann mit Worten und Händedrücken, und ich war so entzückt, daß ich beynahe überlaut gerufen hätte, meine Henriette, mein Leben! wenn nicht das laute Geschrey der Gesellschaft, über das Glück eines der Mitspielenden, mich zu mir selbst zurück gebracht hätte.

Das geht weit! dachte ich, wenn du sogar in Gesellschaften das Mädchen nicht los werden kannst, lief taumelnd zum Spieltische, nahm ein paar Karten, und besetzte sie mit zwey Species-

thalern. Ich gewann sie beyde. Ich besetzte drey
andere, und auch diese fielen für mich glücklich
aus. Nach einer Stunde, hatte ich einen Haufen Geld vor mir, der wohl gegen fünfzig Thaler
betragen mochte. Es ist verfluchtes Geld, dachte
ich, du willst es nicht behalten; es kleben Vater-
und Muterseufzer daran, und die Verwünschungen derer, denen es entrissen wurde, begleiten es.
Ich spielte also fort, in der Absicht es wieder zu
verliehren, und nach Verlauf einer halben Stunde
war meine Absicht völlig erreicht, weit mehr erreicht, als ich wünschte, denn ich merkte, daß
mir auch von meinem Gelde zwey Ducaten fehl-
ten. Dieß, dachte ich, willst du wieder holen,
und dann Feyerabend machen. Meine Bemühung war aber vergebens, fast jedes Blat schlug
mir um, und da nach ein Uhr die Gesellschaft
aus einander gieng, war meine ganze Börse aus-
geleert, in der ich gegen fünfzig Thaler gehabt
hatte.

Eine schrecklichere Nacht habe ich nicht gehabt
als diese. Der Schlaf flohe mich, und statt dessen war es, als wenn eine Furie an meinem Bette

stünde

stünde und mir in die Ohren zischte: Unglückli=
cher, deine ganze Baarschaft ist dahin! wovon
willst du den Traiteur bezahlen? Wovon die Rech=
nung, die dir heute der Schneider gebracht hat?
wüthend warf ich mich auf die andere Seite, und
es zischte wieder: wirst du nun nicht zum Bor=
gen deine Zuflucht nehmen müssen? Wie vieles Ver=
gnügen du dir für dieses Geld hättest machen kön=
nen! Ich warf mich von einer Seite zur andern,
um diesen schrecklichen Vorwürfen auszuweichen,
aber umsonst. Wird nun, zischte es weiter, nicht
jeder Arme hülflos von dir gehen müssen, da du
selbst arm bist — dich selbst arm gemacht hast?

Wandelte mir ja ein Schlummer an, so war
auch gleich Cronfeld da und zog Karten ab. Roi,
dame, as, quatre, valet; so schallte es mir be=
ständig in der Seele. Bisweilen gewann ich eine
beträchtliche Summe, bisweilen verlor ich wie=
der, da fuhr ich zusammen, und der Schlummer
flohe. Höllennacht! wirf, Weltrichter! jeden
Frevler in solch eine Nacht, und du brauchst zu
seiner Bestrafung keine Qualen weiter.

Und welch ein Tag folgte darauf. Schlaflo=

 sigkeit

figkeit und Verdruß hatten mich so kraftlos und dumm gemacht, daß ich zu keinem Geschäfte aufgelegt war. Ich gieng in die Collegia, aber ich hörte nichts als leere Töne, weil meine Seele zu schlaf war, etwas dabey zu denken.

Dürfte ich doch nun schließen — dürfte ich doch versichern, daß diese Strafe mich auf immer gebessert hätte! aber leider ist dieß noch nicht das Ende meiner Thorheiten.

Nach Tische besuchte mich Cronfeld. So verdrießlich? sagte er, wurmt dich vielleicht das Geld, das du gestern verlohren hast? Sey kein Kind. Komm wieder mit in den Wallfisch, da kannst du alles wieder holen.

Oder wohl mehr dazu verlieren? War meine Antwort. Possen! sagte er, wer wird so verzagt seyn? du wirst doch kein Kind seyn und fünfzig Thaler sitzen lassen?

Ich schützte mein Geschäfte vor, er sagte, ich wäre heute doch nicht dazu aufgelegt, morgen würde die Arbeit desto besser schmecken. Ich entschuldigte mich damit, daß ich kein Geld hätte, da warf er mir sechs Louisd' or hin und versicher-

te,

ſie, daß er ſie nicht eher wieder verlange, bis ich ſie, ohne meine Beſchwerde, bezahlen könnte.

Da gieng ich einfältiges Schaf mit ihm an den Ort, vor dem ich itzo mit Schauer, wie vor einer Mördergrube, vorbey gehe. In weniger als zwey Stunden waren meine ſechs Louisd'or verloren. Die Wuth aber ſie wieder zu gewinnen war bey mir ſo groß, daß ich ohnmöglich abbre=chen konnte. Ich borgte von Cronfelden und von jedem, der mir borgen wollte, einen Louisd'or nach dem andern und verlor ſie, ſo wie ich ſie em=pfieng. Gegen drey Uhr des Morgens gieng die Geſellſchaft auseinander, und ich ſtampfte vor Unwillen, daß ſie nicht weiter ſpielen wollte. Mein unglücklichſtes Blat war der Cörbube, den beſetzte ich mit drey Louisd'or auf einmal und er ſchlug um.

Ich warf mich aufs Bette! und die Kraftlo=ſigkeit war ſo groß, daß ich wirklich ein paar Stunden einſchlummerte. Nun bin ich aufge=wacht, zu meiner Quaal erwacht, ich bin ohne Geld, ich habe 150 Thäler Schulden gemacht, ich ſehe mich von heute an genöthigt noch mehrere

C 3   Schulden

Schulden zu machen, ich werde täglich von mei=
nen Gläubigern bestürmt werden, ich habe hölli=
sche Aussichten, und dabey ist meine Seele so ge=
sunken, daß sie nichts denkt, als den Cöurbuben.
Es ist wie wenn er mir ins Gehirn gedruckt wäre,
denn immer steht er vor mir. Ach Vetter! wozu
haben Sie mir gerathen! hätten Sie mich doch
meiner Einsamkeit überlassen. Es ist wahr, ich
würde an nichts, als an Henrietten, gedacht ha=
ben. Ist aber das Bild eines liebenswürdigen
Mädchen für eine vernünftige Seele nicht weit
schicklicher als der Cöurbube? Ich bin ꝛc.

Carl.

Achter Brief.

Der Oberste von Brav an Carl.

Holdersleben, den 1. Jun.

Dein Brief, lieber Carl! hat mir grosse Unruhe
verursacht, zumal da es scheint, als wenn ein

Theil

Theil der Schuld von deinem Elende auf mich zurückfiele. Ich habe dir freylich gerathen, daß du Gesellschaft suchen solltest, ich glaubte aber, du würdest in der Wahl derselben behutsam seyn. Denn, lieber Carl! auf Akademien kann man die Gesellschaft nicht behutsam genung wählen. Unsere Akademien scheinen mir für die Tugend und Zufriedenheit der Menschen so gefährlich zu seyn, als der Sitz der Pest, Constantinopel und Smyrna, für ihr Leben. Und ich kann nicht begreifen, wie ein Vater, der die Akademien kennt, und auf denselben einen Sohn hat, viel frohe Stunden haben kann. Ich werde weit ruhiger seyn, wenn mein Sohn einmal gegen die Russen oder Türken zu Felde liegen sollte, als wenn er auf der Akademie seyn wird. Denn wenn ihm auch eine Kartätsche in den Unterleib geschossen werden sollte — nun — so wird es mir ein paar traurige Wochen kosten, dagegen ich lebenslang den Ruhm haben werde, daß ich ein Vater eines Sohns bin, der als ein Held starb. Aber wie viele schreckliche Nachrichten muß ich von ihm erwarten, wenn er auf der Akademie ist: daß er sich krank getrun-

ten:

ten; daß er sich zum Betrüger herabgespielet hat; daß er an einer venerischen Krankheit darnieder liegt; oder im Duell erstochen worden ist.

Ach und bald wrrde ich in dieser traurigen Lage seyn. Ich erwarte meinen Ferdinand auf Johannistag zurück, er wird etliche Wochen bey mir bleiben, dann werde ich ihn dir zuschicken. Lebt zusammen als Freunde und sucht einander vor Ausschweifungen zu warnen, und zum Guten zu ermuntern!

Es ist nun nur die Frage, was du armer Mann! in deiner schrecklichen Lage anfangen sollst? O fühle recht lebhaft das Scheusliche der Spielsucht! willst du ein Schurke, ein Treuloser, ein Betrüger werden? Dazu hast du zu viel Rechtschaffenheit? Nun so meide das Kartenspiel, und vorzüglich das Hazardspiel, denn sonst wirst du dich bald zu den größten Niederträchtigkeiten aufgelegt fühlen, du wirst deinen jungen unerfahrnen Freund zum Spiel verleiten, ihm sein Geld abnehmen, und ihn in eben den Jammer stürzen, den du itzo fühlst. Du wirst Schulden machen, du wirst deine Gläubiger betrügen, du wirst auf

die

Die niederträchtigsten Ränke, vor denen du izo
erröthest, verfallen, um dir Geld zu verschaffen.

Willst du von andern als ein Thor verlacht
werden? nicht? Nun so mußt du auch die Ha=
zardspiele fliehen, denn manche Spieler, die die
Bank halten, sind Schurken, die durch lange Ue=
bung sich eine solche Geschicklichkeit in Mischung
der Karten erworben haben, daß sie das ganze
Spiel nach ihrem Willkühr regieren, und hernach
des armen Tropfens spotten, der einfältig genung
ist, sich sein Geld von ihnen abnehmen zu lassen.

Und wenn du auch weniger unglücklich spiel=
test, oder dich an Kartenspiele gewöhntest, die
für deinen Beutel weniger gefährlich wären, so
bedenke doch, wie erniedrigend es für die Mensch=
heit ist, wenn man die edlen Talente, die der
Schöpfer in uns gelegt hat, unausgebildet läßt,
und die Seelenkraft e die, durch weise Anwen=
dung, ihren äusserlichen Zustand immer glänzender
und vollkommener machen, wie ein Schöpfer,
Heil und Freude um sich verbreiten könnte, fast
ganz auf bunte Blätterchen richtet. Ein vernünf=
tiger Mensch, dessen Seele ganz von dem Cour=

stuben

buben voll ist — welche lächerliche und bejammernswürdige Erscheinung! Wie wärest du zu beklagen, wenn du die Zeit, in welcher du die Freuden der Natur, die von allen Seiten dir entgegen strömen, einschlurfen, und durch Betrachtung derselben, und den Umgang mit gesitteten Menschen, dir einen Schatz der nützlichsten Kenntnisse erwerben könntest, am Spieltische verschwenden, und Vogelgesang, und Blumenduft, und Sternenschimmer, und Nebel, Regen, Donner, und alle die grossen, den Geist veredelnden und das Herz erhebenden Gegenstände der Natur mit einer Hand voll elender Karten vertauschen, und deinen Umgang auf Menschen einschränken wolltest, die statt dich zu belehren, zu berathen und zu erfreuen, stumm neben dir sitzen, und keinen andern Laut von sich hören lassen, als Solo, Media, die Cöurforce setzt Triumph u. s. w.

Noch ists Zeit dich zu retten, wirst du noch einigemal das Spiel wiederholen, so wird daraus die Spielsucht entstehen, die dich dein lebelang in einem Zustande, der deinem gegenwärtigen ähnlich ist, erhalten wird. Am Spieltische

wirst

wirst du die Liebkosungen des schmachtenden Weibes, und der fröhlichen Kinder Herz erquickende Schmeicheleyen vergessen, dein Amt vernachlässigen, und die Begierde, ein Solo mit fünf Matadors zu bekommen, wird bey dir heftiger worden, als das Bestreben, Menschenglück zu befördern.

Fühle es ganz, was ich da geschrieben habe; es ist nichts übertrieben.

Wie du nun aber aus deinen Sorgen und Schulden dich herausreißen sollst? wirst du wissen wollen. Ich kann dir keinen andern Rath geben, als, daß du deinen Aufwand aufs möglichste einzuschränken, und durch diese Einschränkung deine begangene Thorheit abzubüssen und gut zu machen suchst. Ich kann dich itzo nicht unterstützen, weil ich itzo alles Geld, das ich entübrigen kann, zusammen nehmen muß, um davon die Reisekosten, die Equippirung und Unterhaltung meines Ferdinands auf der Akademie zu bestreiten.

Oder willst du vielleicht deine Mutter plagen, dir einen ausserordentlichen Wechsel zu schicken? So bedenke selbst, wie grausam es wäre, wenn

du

du dieß arme Weib die Strafe deiner Thorheit,
an der sie ganz unschuldig ist, wolltest fühlen
lassen.

Du allein bist Sünder, du allein mußt büß-
sen! Gott gebe, daß diese Büssung dich bessere,
und daß ich künftig angenehmere Nachrichten von
dir höre. Ich bin ꝛc.

v. Brav.

Neunter Brief.

Carl v. Carlsberg an den Obersten v. Brav.

Grünau, den 24. May.

Ich muß Ihnen, lieber Herr Vetter! doch die
fernere Geschichte meiner Leiden erzählen, ob ich
gleich Ihre Antwort auf meinen vorhergehenden
Brief noch nicht erhalten habe.

Da ich Geld brauchte, und doch meine gute
Mutter nicht um Zuschuß plagen wollte; so blieb

mir

mir nichts übrig, als daß ich borgte. Ich gieng zum Professor Ribonius, und bat ihn, mir zwanzig Dukaten bis Johannistag vorzuschiessen. Er fragte, woher es käme, daß ich vom Gelde entblösset wäre, da er doch wüßte, daß ich vierhundert Thaler jährlich zu verzehren hätte? Und da ich ihm offenherzig gestund, daß ich es verspielt hätte, zuckte er die Achseln, und sagte, seine Kasse wäre izo nicht in den besten Umständen, er bedaure sehr, daß er mir nicht helfen könne.

Welche Demüthigung! Ich, der ich nie um jemandes Hülfe bat, muß izo mich so sehr erniedrigen, um Vorschuß zu flehen, und habe nicht einmal so viel Credit, daß man mir zwanzig Dukaten anvertrauen will. Ich verließ den Professor mit einem verachtenden Blicke. Da aber die erste Hitze vorbey war, fühlte ich wohl, daß Niemand Verachtung verdiene, als ich selbst. Denn wie konnte ich denn verlangen, daß Jemand sein Geld einem Menschen anvertrauen sollte, der so wenig damit umzugehen weis, daß er 200 Thlr. in zwey Tagen verspielt?

So gieng denn wieder ein Lebenstag unter Kummer

Kummer und Gram, ja ich mőchte wohl sagen, unter Verzweiflung hin. Hin gieng er, ohne daß ich in irgend einem Fache weiter vorgerückt wäre.

Die Nacht brachte ich wieder schlaflos unter qualvollen Vorstellungen zu. Tausendmal wünsch= te ich Sie zu mir, um mir Ihren Rath in meiner grossen Verwirrung zu erbitten. Da ich sie aber nicht herbeywünschen konnte, so nahm ich meine Zuflucht zu einem gewissen Brandenburger, Na= mens Zelnick, den ich vor einiger Zeit hatte ken= nen lernen, und für einen guten rechtschafnen Mann hielt. Ich klagte ihm mein Elend, und bat um seinen Rath. Er wußte mir aber keinen andern zu geben, als diesen, daß ich auf meine Uhr Geld aufnehmen sollte, und versprach mir einen Mann zu schicken, der mir das verlangte Geld verschaffen würde.

Er kam gegen Mittag, nahm meine Uhr, brachte mir neun Dukaten, und drey Thaler Münze, und konnte nicht Worte genug finden, mir die Mühe herauszustreichen, die er mit Auf= bringung dieses Geldes gehabt hätte. Nun zählte er das Geld auf, zog aber alsdann dreyßig Gro=

schen

schen für seine Mühe, denn wieder dreyßig Groschen vierteljährige Interesse ab.

Ich bezeugte hierüber meinen Unwillen, und
sagte, der niederträchtigste Jude nähme ja nicht
so vielen Wucher. Er lächelte aber hönisch und
sagte, ich wäre gewiß noch ein neuer Student,
daß ich nicht wüßte, was Purschenmanier wäre.
Wenn ich auf diese Bedingungen das Geld nicht
haben wollte, so wäre er gleich erbötig, es wieder zurück zu nehmen. Das konnte er wohl sagen, weil er wohl merken konnte, daß ich das
Geld nehmen müßte, wenn er mir auch noch einmal so viel abzöge.

Ich strich also unwillig mein Geld ein, und
ließ ihn gehen.

Wie erstaunte ich aber, als ich fand, daß er
mir noch eine dritte Art von Abzug gemacht hatte,
denn kein einziger Dukaten war vollwichtig. An
manchem verlohr ich drey, an manchem vier Groschen, und also an neun Dukaten dreyßig Groschen. Diese zu jenen zweymal dreyßig Groschen
geschlagen, thut drey Thaler und achtzehn Groschen, von dreyßig Thalern auf ein Vierteljahr,

thut

thut 50 Procent jährliche Interesse. Wie teuflisch!
Gott sey dem armen Studenten gnädig, der zu
solchen Blutigeln seine Zuflucht nehmen muß.
Gott erbarme sich der armen Frau, deren Mann
Mann und Kinder erkranken, und die genöthigt
wird, bey solchen Unmenschen Hülfe zu suchen!
Sind solche Kerls in einem Staate nicht eben das,
was der Bandwurm im menschlichen Körper ist,
der allen Nahrungssaft in sich saugt, der den Gliedern sollte zugeführt werden?

Ich lief wüthend zum Bürgermeister, und
schrie um Rache. Ich stellte ihm vor, daß ich
eine Entdeckung gemacht hätte, die der Stadt sehr
wichtig seyn müßte.

Er hörte es ohne seine Miene zu verändern.

Einen Betrüger, einen Gaudieb, sagte ich,
habe ich entdeckt, der nicht die Reichen plündert,
nein, der Armen und Nothleidenden den Bissen
Brod, den sie zum Munde führen wollen, wegreißt.

Wie verstehen sie das? fragte er mit einer
unbeschreiblich gleichgültigen Miene.

Da erzählte ich ihm alles, nach allen Umständen.

Haben

Haben Sie, sagte er, das Geld noch zusammen?

Nein, antwortete ich, einen Dukaten habe ich davon ausgegeben.

Nun, sagte er, so kann ich Ihnen auch nicht helfen. Ein andermal sehen Sie sich vor, und bringen mir das Geld, wenn es noch zusammen ist.

Ich lief schäumend über die Unempfindlichkeit dieses patris patriæ zu Zellniken, und sprudelte alles aus, was mich am Herzen klemmte. Er lächelte aber und sagte: „das hätte ich Ihnen vorher sagen wollen, daß Sie bey diesem Manne keine Hülfe finden würden. Er ist selbst der ärgste Wuchrer, und wahrscheinlicher Weise kommen die leichten Dukaten von ihm selbst her. „

Nun das ist zu arg! Schreiben Sie mir doch, lieber Herr Vetter, ob es in der ganzen Welt so hergeht, wie in Grünau. Ob der ehrlichste Mann allenthalben in Gefahr ist, in Lagen zu gerathen, wo er sich die Pistole vor den Kopf schiessen möchte? ob wohl das Vaterland allenthalben durch

solche Gaudiebe besorgt wird, wie der Grünauische
Bürgermeister ist?

Von Henrietten habe ich noch nichts gehört
noch gesehn. O guter Engel! wenn ich an dei=
nem Busen läge! Aber wahrhaftig meine Lage
muß glücklicher werden, sonst ist mein stürmisches
Gemüth unfähig, dein Gesicht, aus dem sanfte
Ruhe lächelt, zu denken. Ich bin ꝛc.

Carl.

Zehnter Brief.

Henriette an Luisen Helwingin.

Koldingen, den 25. May.

Vergessen soll ich ihn, den lieben jungen Mann?
Wenn Sie mir doch auch dabey geschrieben hät=
ten, wie ich es anfangen müßte, wenn ich einen
Mann vergessen soll, dessen Gestalt immer wie ein
Engel Gottes um mich schwebt, und mich auf al=

len

ken meinen Tritten begleitet? Der mir im Traume erscheint, und an meiner Seite steht, wenn ich hinter dem Nähramen sitze? Verzeihen Sie mir meine Aufrichtigkeit, es ist mir unmöglich, daß ich ihn vergessen kann. Mein erster Gedanke, mit jedem Morgen, ist bey ihm, und dieser Gedanke ist mir so unaussprechlich süß, mahlt mir so himmlische Bilder vor, daß mir jede Störung unangenehm ist, die ihn verscheuchen könnte. Die Morgenstunden, da ich um meinen Vater seyn, ihm Kaffee einschenken und einige Haushaltungsgeschäfte besorgen muß, kommen mir so lang als Tage vor. Und niemals bin ich glücklicher, als wenn ich aus dem Geräusche der Haushaltung mich auf mein Stübchen zurückziehen kann. Dann bin ich ganz bey ihm. Dann klage ich ihm, wie viel ich um seinetwillen habe leiden müssen. Dann frage ich ihn um tausenderley Dinge, die ich so gern wissen wollte, und die mir doch niemand, als er, sagen kann, und bekomme von ihm Versicherungen — ja gerade diejenigen, nach denen ich schmachte.

Mir ist es immer, als wenn er itzo in mein

Zim

Zimmer treten müßte. Ich bin stets bereit ihn zu empfangen. Ich kleide mich stets so, wie ich glaube, daß ich ihm am besten gefallen würde, und halte mein Zimmer immer so ordentlich, als wenn ich gewiß wüßte, daß ich ihn in der nächsten Viertelstunde bey mir sehen würde.

So oft jemand an mein Zimmer klopft, fahre ich zusammen, und denke, er ist es. So oft ich jemanden reiten oder fahren höre, springe ich nach dem Fenster, und denke, er ist es.

Tante Friderike wird immer schlimmer. Sie hört nicht auf mich zu peinigen. Gestern saß sie bey mir — es kam jemand geritten — es war mir unmöglich auf meinem Stuhle zu bleiben, ich lief nach dem Fenster. Da schlug sie ein abscheuliches Gelächter auf und sagte: „Ha ha ha! siehst du Henriettchen, wie er da hertrabt, der Grünauische Student? siehst du, wie er dir entgegen lächelt? wie die Augen funkeln? nun das ist doch wahr, Henriettchen, du hast dir etwas hübsches ausgelesen.„

Ich zitterte vor Scham und Verdruß, und mußte blutroth seyn, denn mein Gesicht glühte,

und

und ich konnte kein Wort antworten. Da wurde sie immer böser, und hat mir wohl eine Stunde vormoralisirt.

Heute hat sie eine neue Pein für mich ausgesonnen. Sie kam eben, da ich mich setzen, und Ihnen diesen Brief schreiben wollte, zu mir, und fragte, ob ich wohl Lust hätte, den Hofrath Grimmlein zu heyrathen? Bedenken Sie nur, was das für eine boshafte Frage war! ich ein Kind von achtzehn Jahren, sollte einen Mann heyrathen, der mein Großvater seyn könnte? mit drey Kindern? Ich sagte kurz, ich wäre zum Heyrathen noch zu jung: da gieng das Quälen von neuem an, und sie blieb dabey, daß ich nur deswegen so entschlossen antwortete, weil ich in den Studenten verliebt wäre, lachte hönisch, und sagte: nach vier Wochen sollte ich schon anders singen.

Was will aus mir werden! erliegen muß ich unter meinem Grame. Mein ganzes Herz brennt für einen Menschen, den ich nicht kenne, von dem ich nicht weis, wo er wohnt, und ob ich ihn in meinem Leben wieder sehen werde. Von auffen

bei

her sezt mir die Tante mit den peinigendsten Reden zu, und habe keinen Freund, dem ich mein Leiden klagen könnte. Ich habe immer geglaubt, mein Vater soll mein Elend bemerken und mich deswegen befragen. Ich habe einigemal mit Fleiß geweint, und bin mit meinen rothen Augen vor ihm getreten. Der hat sich aber so in seine Arbeiten vertieft, daß er weder sieht noch hört.

Gott erbarme dich meiner! Ich gehe irre, und kann keinen Wegweiser finden. Mein eigner Vater verläßt mich. Mein eigner Vater bekümmert sich nicht um sein verirrtes Kind.

Verlaßen Sie mich nur nicht, sonst bin ich ganz verlohren.

Ich habe mich heute im Spiegel besehen, und bin vor mir selbst erschrocken. Ich bin hagrer worden, meine Backen werden bleich. Ich werde ihm wohl nicht mehr gefallen, wenn er mich wieder sehen sollte. Haben Sie denn noch gar keine Nachricht von ihm?

Aber da fällt mir ihr Brief wieder in die Hand, der voll von traurigen Weissagungen ist, der mir nicht die geringste Hoffnung macht, daß

mein

mein Trieb je werde befriedigt werden, der mir
droht, daß die Befriedigung desselben Gift und
Galle werden würde. Ich unglückliches Mädchen!
So bin ich deswegen auf der Welt, daß ich viele
Jahre lang dürsten, und am Ende mit Gift und
Galle getränkt werden soll? Ha! Verlaß mich
nicht, du mein geliebter Würgengel! Höre nicht
auf meine Begierde nach dir zu entflammen, und
du, Tante Friederike, werde nicht müde, mit
deinen giftigen Reden mich zu peinigen, bis ich
erliege und sterbe. Ist nicht ein früher Tod bes=
ser als ein langes qualvolles Leben? Ich bin 2c.

Henriette.

Eilfter Brief.

Friederike Helwingin an Luise Helwingin.

Kolbingen, den 26. May.

Ja Schwester! meinen ganzen Unwillen will ich
andern fühlen lassen. So lange ich lebe und mei=

D 4
ne

ne Zunge brauchen kann, will ich ihn andern fühlen lassen, meinen Unwillen und Zorn und Bosheit, wie eine Furie will ich umher gehen, und in jeden weiblichen Busen, der sich hebt, und Liebe athmen will, eine Schlange werfen. Ich habe lange genung der Liebe Freuden gesucht und nicht gefunden. Der Forstschreiber Holzhammer, den ich bey allen vieren zu haben glaubte, ist mir auch aus dem Garne gegangen. Soll ich denn ganz ohne Freude seyn? Nein das will ich nicht. Ich muß auch Freude haben, und keine Freude ist mir übrig gelassen, als die Freude andere zu peinigen. Ich habe sie genossen, und will sie ferner geniessen. Drey Ehegelöbnisse habe ich schon gerrissen, und in sechs Ehepaare habe ich schon so viel Eifersucht und Zwietracht gebracht, daß sie einander wohl hinmartern werden. Mit Henriettchen habe ich auch ein ganz hübsches Plänchen vor. Das wäre mir doch so etwas: das grüne Ding da, sollte sich mit einem jungen Kerle, der von Gesundheit strotzt, herumdahlen und schnäbeln? und ich, ihre Tante, die bald Großmutter seyn könnte, sollte dabey sitzen und zusehen und

das

das Licht putzen? Ich wüßte nicht, wie mir wä=
re! Nein warte nur, Henriettchen, ehe zwölf
Wochen ins Land gehen, sollst du dir die Härchen
aus dem Kopfe raufen, so wie ich sie mir auch
herausgerauft habe.

Daß du mir, heilige Schwester, nur nicht
viel vormoralisirst. Das hilft alles nichts, wenn
der Mensch aufs äusserste gebracht wird, da kennt
er keine Moral mehr. Und wir sind aufs äusserste
gebracht. Das Brod hat man uns zwar nicht ge=
nommen, aber den Mann, den Mann hat man
uns genommen. Und ich will lieber Käse und
Brod essen und einen gesunden Mann haben, als
bey Edelmannskost eine Nonne seyn.

Ich weis nicht was man itzo quickelt und quä=
ckelt von der Aufklärung unserer Zeiten, und von
der Glückseligkeit, die die Menschheit genießt?
Gehören wir nicht auch mit zur Menschheit?
Sind wir nicht ein wichtiger Theil derselben? Und
glauben denn die Kerls, die das Glück unserer
Tage so hoch preisen, daß wir glücklich seyn kön=
nen? Wir ohne Mann? Weiber ohne Mann?
Ohne Mann? Müssen itzo nicht tausend unsers

Geſchlechts nach einem Manne girren? In die
Zähne möchte ich ſie ſchlagen, alle die Kerls, die
ein ſo einfältiges Gewäſch ſchreiben. Vermuthlich ſinds Pedanten, die ſonſt nichts als ihre Bücher kennen, und die glauben, nun wäre die ganze
Welt ſelig, weil etwa ihnen ihr Verleger ein paar
Thaler mehr für den Bogen bezahlt als der Ver-
faſſer der Inſel Felſenburg bekam.

Du haſt dir gewiß izo etwas zugelegt, daß
du auf einmal ſo zu moraliſiren anfängſt. Ich
weis doch die Zeiten auch noch, da du brav mit-
geklatſcht haſt. Ich bin 2c.

Friederike.

Zwölfter Brief.

Luiſe Helwingin an Henrietten.

Grünau, den 1. Jun.

Es wird doch kein anderer Rath für dich, liebes
Henriettchen, übrig ſeyn, als daß du dich bemü-
heſt,

heſt, den jungen Mann, der dir ſo viele Leiden verurſacht, zu vergeſſen. Wenn es dir gleich im Anfange ſauer wird, ſo wird es dir doch nach und nach möglich werden, zumal wenn ſich unter der Hand etwa wieder ein anderer lieber junger Mann finden ſollte, der ſich um deine Gunſt bewürbe. Man ſtirbt ſogleich nicht von einer fehlgeſchlagenen Liebe, ſonſt müßte ich lange tod ſeyn, da ich ſchon mehr als zwölf junge Männer habe vergeſſen müſſen, die ich eben ſo gerne gehabt hätte, als du den deinigen, und um deren jeden ich wenigſtens eben ſoviel leiden mußte, als du von meiner Schweſter ausſteheſt.

Vielleicht wird dir das Vergeſſen leichter, wenn ich dir melde, was ich geſtern erfahren habe. Ich gieng geſtern Abends, im Mondenſcheine, mit einem jungen Manne ſpatziren, der ſeit einiger Zeit meine Freundſchaft ſucht. Er iſt gar ein feiner rechtſchaffener Mann, gar nicht ſo tändelnd und flatterhaft, wie ſonſt Mannsperſonen in den Jahren zu ſeyn pflegen, ſondern recht geſezt, und ſittſam. Aus ſeinen Augen blickt die Ehrlichkeit, und wie ſein Mund ſpricht, ſo meynt

es auch sein Herz. Er wird die Akademie bald
verlassen und ein Amt suchen. Doch — was wollte
ich sagen? Ja — mit diesem spazirte ich unter
den Linden, da begegnete mir dein geliebter Würgengel. Ich fragte sogleich meinen Führer, ob er
ihn nicht kenne? Und er versicherte mich, daß es
sein Freund sey, und erzählte mir sehr umständ-
lich, alles, was ich von ihm zu wissen verlangte.

Da erfuhr ich denn gleich, daß er — ein
Adelicher sey. Wirst du nun wohl noch ferner
auf ihn rechnen können? Ueberdieß versicherte mich
mein Führer, er sey ein Spieler, er habe ohnlängst in einer Woche zweyhundert Thaler verlohren, und sey dadurch so zurück gekommen, daß
er seine goldne Uhr habe verpfänden müssen.
Wünschest du nun wohl das Weib eines Mannes
zu seyn, der ein Spieler ist? Willst du wohl zu
Hause einsam sitzen, und schmachten und girren,
unterdessen, daß dein Herr Gemahl am Spieltische mit gierigem Blicke das Schicksal seines Beu-
tels von dem Umschlage eines Kartenblats erwar-
tet? Glaubst du wohl, daß es ein so großes Glück
sey, halbe Nächte sich nach einem Manne sehnen
müs-

müssen, der, wenn er zurück kommt, deine feurigen Umarmungen frostig erwiedert, wenn du von Liebe und Sehnsucht sprichst, von Treffelkönig und Cöuras redet, oder dich wohl gar mit heftigen Verwünschungen zurück stößt?

Folge mir, liebes Henriettchen, und lerne bald die schwere Kunst Männer zu vergessen, die dein Herz in lichte Flammen gesetzt haben. Denn vermöge der Einrichtung, die, ich weis nicht durch wen? in unserm Staate gemacht ist, kannst du fünfzig Männer lieben, und du bist sehr glücklich, wenn du einen davon bekommst. Man hat die Menschen, die, meinem Bedenken nach, alle gleich sind, in viele Klassen eingetheilet. Nur aus einer Klasse darfst du den Freund erwarten, der sein Glück mit dir theilt. Aus dieser Klasse darfst du nicht wählen, denn dieß würde man die für eine unverzeihliche Sünde anrechnen, sondern du mußt mit Geduld abwarten, bis es einem von den Herren gefällt, dich zu wählen. Und wenn du nun gewählt worden bist, so ist noch die grosse Frage, ob der, der dich wählte, auch nach deinem Geschmack und so gesonnen ist, daß du mit ihm glücklich zu leben hoffen kannst.   So

So stehn die Sachen in der Welt. Das bö-
ste, was du thun kannst, ist, daß du dich darauf
gefaßt machst, ungeliebt dein Leben zu beschliessen.
Findest du dann dem ohnerachtet der Liebe hohes
und süsses Glück, so ist die Freude desto grösser,
je unerwarteter sie kommt.

Was die Beleidigungen betrift, die dir meine
Schwester zufügt, so ist das beste, wenn du sie
gelassen erträgst. Denn es warten auf dich noch
grosse Leiden, die dir alsdenn nur halb so schwer
seyn werden, wenn du dich darinnen geübt hast,
sie zu ertragen. Meine Schwester wird sich gewiß
freundlicher gegen dich betragen, wenn sie merkt,
daß du deinen Geliebten vergessen hast. Und ich
will auf meiner Seite auch alles thun, was ich
kann, um sie auf andere Gedanken zu bringen.

Mit dem Hofrath hat es wohl nichts zu sagen. Vermuthlich hat meine Schwester dir mit
ihm gedrohet, um dich ein bißchen zu vexiren.
Ich bin 2c.

Luise.

Drey=

Dreyzehnter Brief.

Luise Helwingin an Friederiken Helwingin.

Grünau, den 1. Jun.

Um des Himmels willen, Schwester! wo geräthst du hin! Hast du die Copie von deinem Briefe noch? so ließ sie durch, und sage, ob du nicht vor dir selbst erröthen mußt, daß du so einen tollen Brief schreiben konntest.

Doch ich will dich nicht mehr daran erinnern. Du hast ihn ganz gewiß in der Hitze geschrieben, und ich will gern glauben, daß du nie thun wirst, was du in demselben gedroht hast.

Ich sage noch einmal, daß ich dir gern zuge= be, daß unser Schicksal äusserst traurig sey. Ich habe auch schon lange den Gedanken gehabt, daß durch die hochgepriesene Aufklärung unserer Zei= ten, wenigstens die Hälfte des Menschengeschlechts, und die sind wir Frauenzimmer, gar nichts ge= wonnen habe. Und ich dachte hierüber noch am vergangenen Sonntage nach. Da prieß unser Pfar=

Pfarrer die Wohlthaten, die uns GOtt durch die heilwertige Reformation Lutheri erzeigt hätte, zeigte, wie verachtet sonst der Ehestand gewesen wäre, wie Jünglinge und Jungfrauen in die Mauern der Klöster wären gestossen und gezwungen worden, ein eheloses Leben zu führen; wie hingegen, durch Lutheri und seiner Gehülfen Predigten, der Ehestand seine Würde, und die Christen die Freyheit wieder erhalten hätten, in denselben zu treten. Ich biß die Lippen zusammen, und dachte an dich und mich. Wenn wir die Freyheit haben, ehelich zu werden, dachte ich, wie kommt es denn, daß meine Schwester und ich unehelich bleiben, da wir doch die Würde des Ehestandes so sehr zu schätzen wissen?

Es ist lauter Wind, wenn man behauptet, daß der Ehestand itzo begünstigter, als in den finstersten Zeiten des Pabstthums, wäre. Kann es jemals mehr ehelose Personen, als itzo, gegeben haben? Hatte man wohl je so viele Mönche, als itzo Soldaten? und müssen diese nicht eben sowohl auf den Ehestand Verzicht thun, als sonst die Mönche?

Wenn

Wenn es einmal ehelos gelebt seyn soll, Für=
sten! warum reißt ihr denn die Klöster ein? diese
einzigen Zufluchtsörter unglücklicher Liebenden?
Hätten wir noch Klöster, so wäre uns, liebe
Schwester, mit einem male geholfen. So gien=
gen wir ins Kloster, unsere Neigung lenkte sich
nach und nach von den Männern auf die Bilder
der Heiligen, wir knieten vor ihnen, hefteten auf
sie unsere brünstigen Blicke, genössen dabey die
süße Hoffnung, daß diese geistliche Liebe uns wer=
de belohnet werden, mit unsern Runzeln ver=
mehrte sich die Achtung gegen uns und der Ruf
von unserer Heiligkeit. So aber ist alles umge=
kehrt. Wir haben keinen Gegenstand, auf den
wir unsere Neigungen heften könnten, als —
Männer, lebendige Männer. Jeder der unsere
Neigungen bemerkt, verdammt sie. Wir selbst
müssen sie verdammen, da sie uns so viele Unruhe
macht, und nie befriedigt wird. Nicht die gering=
ste Hofnung bleibt uns, daß diese Neigung werde
belohnt werden. So wie unsere Runzeln sich meh=
ren, so werden wir verächtlicher. — Das ist un=
ser Schicksal.

Du siehst, Schwester, wie aufrichtig ich bin, und wie ich mit dir unsere unangenehme Lage beklage. Aber dabey bleibe ich doch, daß der Vorsatz, unschuldiger Menschen Vergnügen zu verderben, der unschicklichste ist, den du fassen kannst. Ich will dich itzo nicht an die Religion erinnern, die den Neid als das abscheulichste Laster verdammt, denn sonst wirst du mich doch wieder auf eine spöttische Art eine Heilige nennen, da ich mich doch meiner Schwachheiten gegen dich nie geschämt, und nie etwas mehreres gesucht habe, als daß mich die Welt für ein ehrliches Mädchen halten solle. Aber das bedenke doch nur, daß der Neid dir die wenigen Reize, die dir noch übrig geblieben sind, rauben und dich häßlich machen, und alle Mannspersonen von dir zurückscheuchen wird. Das bedenke doch nur, daß du durch dein Betragen alle Welt auffordern wirst, dich zu verachten, und durch Spöttereyen sich an dir, wegen der zugefügten Kränkungen, zu rächen.

Die Klasse von Frauenzimmern, in die wir nach und nach treten, steht ja so schon in dem Rufe, als wenn sie durch ihre Klatschereyen und

Ver=

Verläumdungen die mehresten Zwistigkeiten der Familien anspänne. Willst du wohl durch dein Betragen diesen Vorwurf bestätigen? Ach wenn du doch mit mir den Entschluß faßtest, daß wir gemeinschaftlich uns bemühen wollten, Muster der Rechtschaffenheit und Gefälligkeit zu werden. Welch Verdienst würden wir uns um unsere Schwestern erwerben! Wie schön würden wir den Spötter in Ehrfurcht gegen uns erhalten!

Kann es zu deiner Beruhigung etwas beytragen, daß Henriette dem jungen Mann, den sie, deiner Meynung nach, liebt, entsage, so will ich gerne das meinige dazu beytragen. Ich habe ihr dieserwegen schon geschrieben.

Ob ich mir etwas zugelegt habe? Nu? Du würdest doch darüber nicht böse werden? Du würdest doch wenigstens deiner Schwester nicht eine zischende Schlange in den Busen werfen? Mache dir aber nur keinen Kummer, ich bin noch immer Französinn und werde es auch wohl bleiben ewiglich.

Luise.

E 2 Vier=

Vierzehnter Brief.

***

Carl v. Carlsberg an den Obersten v. Brav.

Grünau, den 4. Jun.

Ja ich bin allein Sünder, lieber Herr Vetter, und will gern allein büssen. Die Büssung, die ich dulde, ist für mich so peinigend und so anhaltend, daß sie mich wohl auf Lebens lang vor der Spielsucht bewahren wird. Wie ein Schelm gehe ich umher, auf dessen Kopf ein Stück Geld gesetzt ist. Ich werde aufgesucht, und muß mein Zimmer verschliessen und durch enge Strassen gehen, daß ich meinen Aufpassern nicht in die Hände falle. Denn die Kerls, an die ich verlohren habe, verfolgen mich allenthalben. Der eine fragt, ist der Wechsel noch nicht angekommen? Der andre sagt gerade zu, Bruder, ich brauche Geld, kannst du mir das Bagatell nicht geben, das du an mich verlohren hast? Keiner ist unverschämter, als Cronfeld. Dieser überfällt mich alle Tage auf meiner Stube, und wenn ich sie verschliesse, so schreibt

schreibt er Billetchen, fordert Bezahlung, und
droht so gar, daß, wenn diese nicht erfolgte, er
sich genöthigt sähe, auf eine Art mit mir zu reden,
die mir nicht lieb seyn würde. Was der Mensch
damit muß sagen wollen! Ich habe ihnen längst
gesagt, daß ich gern bezahlen wolle, aber vor Johannistag sey es mir unmöglich. Das hilft aber
alles nichts. Sie verlangen, daß ich entweder
um Geld schreiben, oder meine Kleider verpfänden soll. So stecke ich zwischen Thür und Angel.
Entweder muß ich meine gute Mutter plagen —
(Da pocht schon wieder ein Schurke an der Thüre.
Ja poche nur, du kannst lange warten, bis ich
dir öfne. Nein das ist zu arg! Kerl! nicht noch
einmal schlage so an, oder du bist verlohren. Jetzo
geht er — aber wie er brummt — wie er flucht.
Lange werde ich wohl nicht an mich halten können, so breche ich los, und zeige den Kerls, mit
wem sie es zu thun haben. Zum tod ärgern ist
es doch, daß ein ehrlicher Mann, wie ein Schelm,
das Licht fliehen muß).

Und meine Mutter kann ich unmöglich plagen. Oder ich muß den Wuchrern in die Hände

fol=

fallen, das ist schrecklich, da bin ich ohne Rettung verlohren; oder ich muß mich von meinen Gläubigern auf der Straße verfolgen, und auf der Stube bestürmen lassen. Das ist eben so schrecklich.

Guten Rath! guten Rath! lieber Herr Vetter! sonst verlange ich nichts von Ihnen. Es sind noch drey Wochen bis zu Johannistag. Gott, wie lange werden mir diese währen! Und wenn sie um sind, bin ich alsdenn glücklicher? Hundert Thaler werde ich bekommen — davon soll ich ein Vierteljahr leben, und zwey hundert Thaler Schulden bezahlen, — ich werde neue Schulden machen müssen, um die alten zu tilgen. Der Michaelswechsel wird wieder nicht mir, sondern meinen Gläubigern gehören. Höllische Aussicht! meine akademischen Freuden sind ganz dahin. Keine Hofnung ist da, daß ich hier werde klüger werden, weil meine Seele durch die mannigfaltigen Widerwärtigkeiten so niedergebeugt wird, daß sie zum ruhigen Nachdenken ganz ungeschickt ist. Henriette — schon gebe ich sie auf. Denn wird ein verschuldeter Student, wenn er sie auch einmal

mal ausspürte, es wagen dürfen, sich so einer unschuldigen Seele zu nahen?

Und welches ist die Schandthat, die mich in diesen Abgrund gestürzt hat? eine einzige unüberlegte Handlung.

Der Aufenthalt in Grünau ist mir unerträglich. Es kommt mir vor wie das rothe Meer, wo der beste Schiffer in Gefahr ist, auf eine Korallenbank zu gerathen, und Schiff und Gut zu verlieren, wenn er nicht immer das Senkbley in der Hand hält. Wenn Sie mich doch nur auf eine andre Akademie — Doch meine Henriette muß ich erst entdeckt haben. Sie ist das einzige, was mich noch an das Raubnest fesselt. Ich bin ꝛc.

Carl.

Fünfzehnter Brief.

Carl v. Carlsberg an den Obersten v. Brav.

Grünau, den 8. Jun.

Bald werden Sie, lieber Herr Vetter! angenehmere Briefe, als zeither, von mir lesen.

Bald

Bald werde ich Ihnen melden können, daß ich das beste Mädchen gefunden, daß ich ihr meine Neigung gestanden habe, daß sie mein Geständniß gut aufgenommen hat — und daß ich der glücklichste Sterbliche bin. Was achte ich dann Schulden und Gläubiger und Schurken, wenn Henriette mich liebt? Gab die Liebe sonst den Rittern Stärke, Wüsteneyen zu durchirren und Riesen und Drachen zu erlegen, so wird sie mir doch wenigstens so viel Verstand verleihen, daß ich mich von meinen Plagegeistern entledigen kann. Und wenn die ganze Welt voll Schurken ist, was achte ich es, wenn mein Kopf auf dem Busen eines redlichen Mädchens ruht?

Aber wie? wenn sie verlobt, wenn sie verheyrathet wäre? Das ist das Schrecklichste was ich denken kann. So viel weis ich, daß ich sie von dem Augenblicke an, da ich dieß erfahre, fliehen werde — aber ob es möglich ist, so etwas zu überleben? ob es möglich ist, den Gedanken zu ertragen, daß ein anderer im Besitz des Mädchens ist, von der ich gewiß weis, daß sie in Gottes Welt die einzige ist, die mich glücklich machen kann?

kann? daran zweifle ich sehr. Doch wozu diese Grillen? sie ist weder verlobt noch verheyrathet. Für mich, für mich ist sie gebohren, erzogen, gewachsen, ich weis es gewiß, mein Herz sagt es mir.

Gestern wurde ich von Cronfelden zu einem Balle eingeladen; so sehr ich mich auch scheue ihn zu sehen, so enge es mir auch in jeder Gesellschaft wird, in der er sich befindet, so nahm ich doch seine Einladung an, weil ich glaubte, der Ball würde mich zerstreuen.

Die Versammlung war zahlreich und bestund aus Studirenden, Professoren, Magistern, und ihren Weibern und Töchtern. Fragen Sie mich ja nicht um ihre Namen, denn ich habe mich um niemanden bekümmert, weil eine Person gleich bey dem Eintritte meine ganze Aufmerksamkeit so fesselte, daß ich für alles andre keinen Sinn mehr hatte. Es war eine von meiner Henrietten Begleiterinnen, die ich in Richmanns Garten antraf. Zelnik hatte sie auf den Ball geführt, und war sehr geschäftig um sie. Ich erkundigte mich bey ihm, wer sie sey, und er sagte mir voller Verwirrung, sie sey Hofmeisterin bey den Töchtern

das

des Herrn von Rosewitz.   Ich war so verwirrt
als er.

Sind sie mein Freund? fragte er.

Und sind sie der meinige? fragte ich.

Nun so bitte ich, — sagte er weiter, daß sie
die Neigung unterdrücken, die sie gegen dieß
Mädchen gefaßt haben. Schon seit einem Monate — Sie irren sich, fuhr ich fort, ich will
ihr Glück nicht stören. Aber sprechen muß ich
dieß Mädchen, weil ich Sachen von Wichtigkeit
von ihr zu erfahren hoffe.

Er setzte stark in mich, um mein Geheimniß
zu erfahren, aber seine Bemühung war umsonst.
Er sahe mich eifersüchtig an, und anstatt mir das
Mädchen zuzuführen, forderte er sie zum Tanze auf.

Sobald der Tanz geendigt war, faßte ein anderer ihre Hand, nach diesem ein dritter, nach
diesem ein vierter, und ob ich gleich mich immer
in die Nähe stellte, um der erste zu seyn, der ihre
Hand bekäme, so schien es mir doch, als wenn
sie mit Fleiß mich nicht bemerken wollte, und es
ihr lieb sey, wenn gleich eine andere Hand da wäre, die sie, statt der meinigen, ergreifen könnte.

End=

Endlich erwischte ich sie doch.

Sie tanzte mit sichtbarer Verlegenheit. Ihre Blicke vermieden die meinigen, und sie schien zu wünschen, von mir entfernt zu seyn.

Du sollst, dachte ich sobald nicht loskommen. Indem ich am Ende des Tanzes ihre Hand küßte, fragte ich auch, darf ich nicht um eine Unterredung von zwey Minuten bitten? Das konnte sie mir freilich nicht abschlagen, sie mußte mit mir an das Fenster treten, und folgende Fragen beantworten.

Ich glaube sie in Richmanns Garten gesehen zu haben.

Es ist möglich.

Und sie hatten zwey Frauenzimmer bey sich?

Ganz recht.

Darf ich bitten, mir noch eine Frage zu beantworten, die mir äusserst wichtig ist?

Wenn ich es im Stande bin.

Der Name des Frauenzimmers im Amazonenhabite?

Henriette.

Und der Hauptname?

Aber

Aber warum ist ihnen so viel daran gelegen, den Namen eines Mädchens zu wissen, das ihnen ganz gleichgültig seyn muß?

Gleichgültig? (hier drückte ich und küßte und streichelte ihre Hand, und hätte gern vor ihr gekniet, wenn ich nicht so viele Zuschauer gehabt hätte) Keine Person ist mir so wichtig als sie.

Vermuthlich halten Sie sie für ein Fräulein?

Ey sey sie doch Fräulein oder Gräfin, oder Doctors oder Schneiders Tochter. —

Hier kam Zelnik getreten, der mich während des ganzen Gesprächs beobachtet und vermuthlich aus der Heftigkeit, mit der ich ihre Hand an meinen Mund drückte, einen Liebesantrag geargwohnt hatte. Kaum sahe sie ihn, so wand sie ihre Hand los und sagte sehr vernehmlich, vermuthlich, daß es Zelnik hören sollte: Ich bitte inständigst, daß Sie nicht ferner mit dergleichen Fragen in mich dringen. Ich kann, ich darf ihnen nichts weiter sagen, als was Sie nun wissen. — Zelnik faßte ihre Hand, sahe sie forschend an, zog sie bey Seite, plauderte mit ihr recht herzlich, und erfuhr vermuthlich von ihr alles, was sie vor mir zu verbergen suchte. Und

Und ich will es auch erfahren, dafür bin ich Bürge. Binnen hier und acht Tagen habe ich Henrietten ausgekundschaftet und gesprochen, und wenn sie hinter zehn Mauern verwahrt wäre.

Fortsetzung.

Zelnik beobachtete mich mit so eifersüchtigen Augen, daß ich alle Hoffnung aufgab mit seinem Mädchen vor dießmal noch ein Wörtchen im Vertrauen reden zu können.

Ich überließ mich also dem Tanze und der Freude, und wurde bald so vergnügt, daß ich Schulden und Gram vergaß. Die Welt, dachte ich, ist doch nicht so schlimm, wie du sie gedacht hast. Hier sind gegen funfzig Menschen, die allzumal glücklich und frölich sind. Du bist der einzige, der itzo leiden muß. Was ist das gegen so viele? Und hast du nicht auch Freuden? Hast Tanz und Saitenspiel, und Hoffnung zu Henrietten. Vivat die Welt! dachte ich, leerte ein paar Gläser Punsch aus, und forderte wieder das nächste Frauenzimmer zum Tanze auf. —

Es

Es war die Frau Professorin Ribonius, eine sehr einnehmende Frau. Ihr Blick schmelzte mein Herz, und kaum war der Tanz geendigt, so zog sie mich auf die Seite und fieng folgendes Gespräch mit mir an:

Ich habe zeither ihrentwegen viel gelitten.

Das sollte mir leid thun. Aber wie soll ich das verstehen?

Ich habe gehört, daß Sie unglücklich gespielt haben, und daß ihre Umstände dadurch sind derangirt worden.

Ich kann es nicht leugnen. Aber wie kann ihnen mein Schicksal Leiden verursachen?

Glauben Sie wohl, daß ein Frauenzimmer, das Gefühl hat, einen so liebenswürdigen Cavalier (hier kam ein Blick und Händedruck, der mir, wie ein elektrischer Schlag, durch die Glieder fuhr) ohne Theilnehmung kan leiden sehen?

Ich schlug beschämt die Augen nieder und — sagte nichts.

Darf ich bitten, daß Sie mir eine Frage beantworten?

Ich thue es mit Vergnügen.

Wie

Wie viel haben Sie verspielt?

Mein sämtliches Geld, und bin noch gegen 200 Thaler schuldig.

Es hat mich ausnehmend gekränkt, daß ihnen mein Mann es abgeschlagen hat, ihnen Vorschuß zu thun.

Wie kann ich es denn einem rechtschaffnen Mann verdenken, wenn er einem Spieler nicht borgen will?

Er ist ein mürrischer Mann. Ich weis nicht (ein Seufzer) ob ich einen Mann habe oder nicht. Er hätte ihnen das Geld geben sollen. Wollen Sie mir erlauben, daß ich die 200 Thlr. für Sie bezahlen darf?

Aber was wird der Mann dazu sagen?

Alles Vermögen meines Mannes kommt von mir, und ich kann darüber disponiren wie ich will.

Aber —

Aber — ich will schon meinen Mann dazu bereden, daß er seine Einwilligung giebt. Ha! glauben Sie, daß eine Frau nicht alles über ihren Mann vermag?

Und wenn soll ich das Geld wieder bezahlen?

(wie-

(wieder ein Händedruck und schmelzender Blick.) Wieder bezahlen? so bald ich Sie darum mahne.

Ich küßte ihr die Hand dankbarlich, und erhielt von ihr die Versicherung, daß ich es, den andern Morgen um neun Uhr, bey ihr abholen könnte.

Nun setzten wir uns, sprachen verschiedenes, und wurden bald gegen einander so zärtlich, daß ich zu wünschen begann, sie möchte unverheyrathet seyn.

Unter andern Gesprächen kamen wir auch auf das Liedchen: Sagt wo sind die Veilchen hin. Sie behauptete es sey von Bürger, ich behauptete es sey von Jakobi. Sie bot mir eine Wette an, die ich abzulehnen suchte. Sie sagte aber, es wäre ihr nichts so theuer, das sie nicht daran setzte, ich sollte nur fordern. Nach einigem Besinnen sagte ich endlich, wenn Sie Unrecht haben, so müssen Sie mir einen Kuß geben.

Loser! sagte sie, und drohte mit dem Finger, sie fordern viel. Aber daß Sie sehen, daß ich meiner Sache gewiß bin, so verspreche ich ihn ih-

nen

hen, auf den Fall, daß sie Recht haben. Wenn ich doch nur gleich den Musenalmanach hier hätte!

Und wo ist er? fragte ich begierig.

Auf meiner Toilette in meinem Putzzimmer, antwortete sie.

Ich sprang auf, sie hielt mich, ich wand mich aber los und eilte nach ihrer Wohnung zu.

Bey meinem Eintritte wurde ich sehr unfreundlich bewillkommt. Aus einem Winkel des Hauses fuhr ein Hund auf mich los. Hier hatte er seine Jungen, und seine Heftigkeit rührte vermuthlich daher, weil er glaubte, daß ich sie ihm rauben wollte. Ich redete freundlich mit ihm, er kehrte sich aber nicht daran. Ich schlug nach ihm mit dem Stocke, da wurde er noch rasender. Ich rief, ob niemand zu Hause sey? aber niemand antwortete mir. Da that ich endlich einen Sprung auf die Treppe, und er murrete und legte sich wieder zu seinen Jungen.

Da ich auf den Saal kam, gieng ich in das nächste Zimmer. Hier brannte ein Lämpchen und stund eine Wiege, wo ein Kind so jämmerlich winselte, daß mein ganzes Mitleid rege wurde.

C. v. Carlsberg I. Th.　　　F　　　Es

Es hatte sich so abgeschrien, daß sein Geschrey weiter nichts als ein heiseres Gaumfen war. Mit seinen Gliederchen hatte es sich so zerarbeitet, daß es vom Schweiße troff. Ich wollte es herausnehmen, da ich aber die Wiege öfnete, zog mir ein so abscheulicher Gestank entgegen, und das Kind stak so tief in seinem Unrathe, daß ich den Ekel unmöglich überwinden konnte. Ich lief also in das Nebenzimmer und fand niemanden. Ich öfnete die Stube die daran stieß, auch da war niemand zu finden.

Das Geschrey des Kindes wurde immer schwächer und schwächer, es fieng schon an Verzuckungen zu bekommen, und ich besorgte, daß ihm itzo der Odem stille stehen würde.

In der Angst schrie ich zur Treppe hinunter, so stark ich konnte, und zog an einer Glocke, worauf der Hund wieder ein schreckliches Gebell anfieng, und aus dem Hinterhause eine Familie herausstürzte, die erschrocken fragte, was es gebe? Hülfe! Hülfe! rief ich, es will jemand sterben. Da kam die ganze Familie die Treppe herauf gezogen.

Zu

Zu gleicher Zeit öfnete sich auch die Thür eines Kämmerchens — eine Mannsperson wischte aus demselben in der Dunkelheit über den Gang weg, und die Wärterin des Kindes kam zitternd, mit zerstörten Haaren, herausgetreten.

Was giebt es denn? fragte sie erschrocken. Ist denn ein Unglück? fragte die Familie, die die Treppe herauf kam.

Um Gottes Willen, sagte ich, kommt alle zu Hülfe! Hier liegt ein Kind, von aller Welt verlassen, das eben izo verscheiden will.

Ich dachte was mir fehlte, antwortete die freche Wärterin, lief nach der Wiege, und der ganze Zug folgte nach. Sie stunden alle, wie versteinert, da sie den bejammernswürdigen Zustand des Kindes sahen. Es hatte wirklich Convulsionen, sein Mund war blau, und wurde auf eine schreckliche Art hin und her gezogen, alle seine Glieder wurden durch die heftigsten Zuckungen bewegt.

Die Frau der herbeygekommenen Familie, die ihr Kind auf dem Arme hatte, zitterte am ganzen Leibe, schwieg erst einige Minuten, dann

 fuhr

fuhr sie wüthend auf die Wärterin los: „Ihr Rabenmensch! sagte sie, ihr wollt Kinderwärterin seyn, und geht der Hurerey nach, und laßt das arme Würmchen unterdessen verderben. Nicht meine Katze wollte ich so einem Thiere anvertrauen. Da Mann! halt mein Kind.“

Er nahm es zärtlich in die Arme. Der guten Frau stürzte ein Strom von Thränen aus den Augen, sie holte das zuckende Kind aus seinem Unrathe heraus, sauberte es, und führte die bittersten Klagen über die Härte seiner Mutter.

„Gott zu erbarmen ist es, sagte sie, was es für Mütter in der Welt giebt! denk, gehen dem Tanze nach, und vergessen ihre Kinder, die armen Würmchen, die auf Gottes Erdboden keinen Menschen haben, der ihnen näher wäre, als die Mutter. Ich kann meine Kinder nicht in Samt und Seide kleiden, aber Gott sey Lob und Dank! Noth dürfen sie doch nicht leiden. Ich dächte der Erdboden müßte sich aufthun, und müßte mich verschlingen, wenn ich so eine Rabenmutter seyn, und mein Kind verlassen solte.“   Unter

Unter diesen Worten war sie immer geschäf=
tig, das Kind wieder herzustellen, ihre Kinder
stunden um sie und weinten, und ich war auch
nicht vermögend die Thränen zurück zu halten.
Die Wärterin gab gute Worte.

Itzo fiel es mir ein, daß es wohl gut sey,
wenn des Kindes Mutter selbst zugegen wäre.
Ich lief also zurück. Da ich in den Tanzsaal
trat, war alles voll Frölichkeit. Zwanzig Paare
tanzten englisch, bey Trompeten und Pauken=
klang. Unter ihnen war die Professorin. Eben
die Musik, die vor einer halben Stunde mich
so sehr aufgeheitert hatte, that itzo eine ganz
entgegen gesezte Wirkung. Mir kam es vor,
als wenn ich das Lärmen der Trommeln und
Trompeten auf einem Schlachtfelde hörte, das
der Despotismus vermuthlich erfunden hat, die
Menschen zu betäuben, und gegen das Winseln
und Röcheln ihrer Brüder fühllos zu machen,
und als wenn die ganze Gesellschaft sich zu be=
rauschen suchte, um ihr Leid zu vergessen. Bey
jedem Lächeln der Mütter fielen mir die Ver=
zuckungen der Kinder ein, und ich empfand ei=

F 3

nen

nen unaussprechlichen Seelenschmerz, da ich mir
vorstellte, daß vielleicht noch mehrere Kinder itzo
dem Tode nahe wären, deren Mütter leichtfer=
tig sich allen Eindrücken der Freude überließen.
Die Professorin bemerkte mich und warf mir
einen Kuß zu, den ich unbeantwortet ließ.

Kaum war der Tanz geendigt, so kam sie
mit glühender Wange auf mich zu, faßte mei=
ne Hand, und fragte schalkhaft:

Nun mein Bester! wer von uns hat Recht?

Verzeihen Sie mir, daß ich weder an den
Almanach, noch an unsere Wette gedacht habe.
In ihrem Hause —

Doch kein Unglück?

Ein grosses Unglück!

Erschrecken Sie mich nicht! was ist es denn?

Ihr Kind ist in Todesgefahr.

Mein Kind? War denn die Wärterin nicht da?

Nein ich habe sie erst aufsuchen müssen.

Aber nun ist sie doch zugegen?

Ja, nachdem ich sie herbey getrieben habe.

Nun da wird sie ja für das Kind Sorge
tragen.

Kaum

Kaum glaube ich es.

Seyn Sie unbeſorgt, ſie iſt ein gutes Weib. Ich bezahle ihr ihre Mühe gut.

Ich ſollte aber glauben, wenn das Kind an die Bruſt gelegt würde —

Das wird ſie ſchon thun, ſie iſt ſeine Amme.

Alſo ſtillen Sie ihre Kinder nicht ſelbſt?

Niemals.

Vermuthlich haben Sie böſe Brüſte?

Ich, böſe Brüſte? Meine Brüſte, (hier machte ſie eine Bewegung, die mir die Ausſicht in das Innerſte ihres vollen Buſens öfnete,) ſind nie ſchadhaft geweſen.

O ich ſehe es. Einen reizendern Buſen —

(Hier bekam ich einen Schlag auf die Hand.) Wie glücklich muß das Kind ſeyn, das an demſelben ſpielen darf. Darf ich fragen, warum Sie ſich und ihrem Kinde dieſe Wolluſt verſagen?

Glauben Sie denn, daß ich eine Bauerstochter bin, daß ich mich ſelbſt mit kleinen Kindern befangen ſoll? Ein Frauenzimmer von meinen Jahren und von meinem Stande ſoll ihre beſte Kraft durch Kinder wegſaugen?

F 4

Ich

Ich kann davon nicht urtheilen. Ich habe aber immer geglaubt, so oft ich eine weibliche Brust gesehen habe, Gott habe sie dahin gesezt, daß die Kinder daran saugen sollten.

Zu keiner weitern Absicht?

Ich weis sonst von keiner. Aber Freundin! es ist Noth vorhanden. Indem ich hier mit ihnen plaudere, stirbt vielleicht ihr Kind.

Das wäre schrecklich. Aber was soll ich denn thun?

Wenn ich seine Mutter wäre, so wäre ich schon bey ihm.

Da meynen Sie also, daß ich die Gesellschaft stören, und mich entfernen soll?

Ich habe immer geglaubt, einer Mütter gienge das Kind über alles.

So kommen Sie denn und begleiten mich.

Ich? wird ihr Mann damit zufrieden seyn?

(Hämisch) Sie sind vermuthlich auf dem hallischen Waysenhause erzogen worden? ich empfehle mich Ihnen mein Herr!

Hierauf verließ sie mich, lief nach dem Manne zu, riß ihn mit Ungestüm aus der Gesellschaft heraus und entfernte sich mit ihm.

Dieser

Dieser Vorfall hatte mich so bewegt, daß ich nicht länger in der Gesellschaft aushalten konnte, sondern mich entfernen mußte.

Ich hatte eine sehr traurige Nacht, denn immer kam mir das Kind wieder vor, wie es gaumste und zuckte. Ich fuhr zusammen und erwachte.

Das ist doch schrecklich, daß ein Weib die laute Stimme der Natur so ersticken, und ihres Kindleins vergessen kann. Ob Henriette zu einer solchen Sünde gegen die Natur auch wohl aufgelegt seyn kann? Unmöglich kann ich es ihr zutrauen. Aber eine von meinen ersten Fragen, die ich an sie thue, wird doch wohl diese seyn, werden Sie auch ihre Kinder selbst säugen? selbst pflegen?

Fortsetzung.

Die Stunde rückt immer näher, da ich der Professorin meinen Besuch versprochen habe. Dieß setzt mich in grose Verlegenheit. Auf einmal meine Schulden bezahlen zu können, wäre freylich eine herrliche Sache. Aber der Schuld-

F 5

ner

ner eines Weibes zu werden, das gegen ihr eigen Kind grausam ist, ist das nicht noch weit schlimmer? was thue ich!

Eben izo erhalte ich von ihr ein Billet, das mich aus aller Verlegenheit reißt. Hier ist es:

Mein Herr!

Ich danke Ihnen für die Sorge, die Sie für mein Kind getragen haben, und melde Ihnen, daß es ausser aller Gefahr ist. Sie werden einmal ein recht guter Vater werden, der sich nie die Wollust verfagen wird, seine Kinder selbst zu säubern und zu wiegen. Ich wünsche Ihnen eine Frau die Ihrer werth ist, und die von ihrem Busen weiter keinen Gebrauch zu machen weis, als ihn von Kindern zerkrazen und verunreinigen zu laffen. Vor der Hand kenne ich schon ein Mädchen, das das hohe Glück, mit Ihnen verbunden zu seyn, verdient. Sie wohnt auf dem nächsten Dorfe.

Ich bedaure sehr, daß ich Ihnen mit dem versprochnen Gelde nicht dienen kann, weil ich heute, bey Durchzählung meiner Caffe, gefun-

den

den habe, daß sie weit schwächer ist, als ich glaubte. Uebrigens bin ich mit aller Hochachtung, die Sie verdienen

Christiana Ribonius.

Ich schrieb ihr auf der Stelle folgende Antwort:

Madame!

Sie haben mir eine große Gefälligkeit erwiesen, daß Sie mich aus der Nothwendigkeit heraus gerissen haben, Ihr Schuldner zu werden. Ein Frauenzimmer, das die Gesetze unter die Füsse tritt, die selbst dem Wilden heilig sind, das von ihrem rechtschafnen Manne schlecht spricht, und ihrem eignen Kinde die Brust versagt, wie grausam muß das gegen seine Schuldner seyn. Können Sie mir schon so anzüglich schreiben, da ich Ihnen keine Verbindlichkeit schuldig bin, was würden Sie thun, wenn Sie mich sich durch Gefälligkeiten verbunden hätten? Daß ich ein guter Vater seyn werde, hoffe ich. Vater von markichten Kindern hoffe ich zu werden, die noch einmal Gutes in der Welt stiften sollen, wenn die Ihrigen der Würmer Spott sind,

sind, oder als Krüppel und Lahme Ihnen flu=
chen werden.

Ich hoffe eine Frau zu finden, die mit mir
übereinstimmend denkt. Es würde aber sehr
unbescheiden seyn, Sie mit Aufsuchung derselben
zu bemühen. Ich bin ebenfalls mit nicht mehr
und nicht weniger Achtung, als Sie verdienen

Carlsberg.

Also wäre ich nun der Demüthigung über=
hoben, diesem Weibsbilde Verbindlichkeit schul=
dig zu seyn. Aber wie ich meine Manichäer
los werde, daß weis der Himmel.

Kommt Zeit kommt Rath. Erst muß ich für
das Nothwendigste sorgen, und Henrietten aus=
spüren. Ich bin

Carl.

———

Sech=

Sechzehnter Brief.

Der Oberste von Brav an Carl.

Holversleben, den 16ten Jun.

Wenn deine Leiden, lieber Carl! dich bessern, und wenn sie viele Jahre dauern, und wenn sie dir einen grossen Theil deiner akademischen Freuden rauben sollten, so kannst du sie immer als Wohlthaten betrachten. Denn nur in dem Verstande ist es wahr, daß das menschliche Leiden Wohlthat sey, wenn es uns klüger und besser macht, ausserdem wenn man das Leiden nur duldet, ohne sich dardurch bessern zu lassen, verwandelt man es in Elend. Wenn du zu der Ueberzeugung kommst, daß die Spielsucht scheuslich und für einen vernünftigen Menschen entehrend sey, so ist dieß 10000 Thlr. werth, und du kannst deine 200 Thlr. leicht verschmerzen. Mich schmerzte es auch, da ich mein schönes Freykorps, am Ende des siebenjährigen Kriegs,

aus=

auseinander mußte gehen lassen. Da mich aber dieser Schmerz klüger gemacht, und mich von einem dissoluten Leben, zur gesunden Vernunft, zum Ehestande, zur Natur und guten Büchern gebracht hat, so sehe ich ihn, nach meiner Geburt, als die größte Wohlthat an, die mir Gott erzeigt hat.

Ob's allenthalben so hergehe wie in Grünau? Ich sage an den mehrsten Orten. Das Wohl des allerhöchsten Aerariums und das Wohl des Vaterlandes ist in den mehresten Staaten einerley. Ein Mensch, der schlau genug ist, dem allerhöchsten Aerarium neue Quellen zu öfnen, heist ein Patriot. Einem solchen Patrioten verzeiht man vieles.

Aber daß du deswegen nur nicht mit der Welt unzufrieden wirst! du findest allenthalben rechtschafne Leute, die jenen Vaterlandsvätern mächtig entgegen arbeiten.

Ueberhaupt mußt du dich gewöhnen dergleichen Unregelmäßigkeiten mit anzusehn, ohne dich zu ärgern. Denn wenn du dich darüber nun ärgern willst, was richtest du damit aus?

du

du schadest deiner Gesundheit und Zufrieden=
heit, und machst die Sachen doch nicht anders.
Handele du allezeit nach den Grundsätzen der
Vernunft und der Religion, und arbeite dem Bö=
sen soviel entgegen, als du kannst, so hast du
deine Pflicht gethan.

Da du gesunden Menschenverstand hast, so
zweifle ich gar nicht, daß er dir erlaubte Mittel
zeigen werde, dich aus deiner Verlegenheit zu
reissen. Das Stürmen deiner Gläubiger, das
Gefühl des Mangels, werden ihn so spornen,
daß er mehr thut, als du ihm selbst zugetrauet
hast. Denn das ist ein Hauptvortheil, den uns
die Leiden verschaffen, daß sie uns lehren, un=
sere Kräfte fühlen und brauchen, die auserdem
in Unthätigkeit würden verrostet seyn. Aber
man muß auch nicht muthlos werden, und gleich
vom Entweichen sprechen. —

Fortsetzung.

Ich habe deinen andern Brief auch erhalten,
in dem du deine Ballgeschichte erzählst.

Die

Die Riboniusin ist ein trauriges Beyspiel von ausgearteter Menschennatur. Die Liebe eines gesunden, vernünftigen und rechtschafnen Mannes, das Vergnügen Absenker von sich selbst zu sehen, ist das gröste Erdengut, das weibliche Natur erlangen kann. Und doch haben viele dafür kein Gefühl. Du erstaunst darüber? Dein Erstaunen wird sich vermindern, wenn du erst siehst, wie man den Menschen, von seiner Geburt an, behandelt. Mutter und Wehemutter, Vater und Gesinde, Lehrer und Art vereinigen sich mit einander, der Natur entgegen zu arbeiten, und ihren Trieben eine unnatürliche Richtung zu geben. Ist es nun Wunder, wenn solche Geschöpfe zum Vorschein kommen, dergleichen die Riboniusin ist?

Ich freue mich, daß du dem Fallstrick, den sie dir legte, entgangen bist. Du würdest zu schwach gewesen seyn, deine Unschuld gegen sie zu behaupten. Aber nun kannst du auch gegen ihre Rache auf deiner Hut seyn. Ein Weib, dessen buhlerische Versuche vereitelt wurden, ist

zu

zu allen Bosheiten aufgelegt. Auch ist es mir lieb, daß du den Weg gefunden hast, Henrietten auszukundschaften. Doch hoffe ich, daß du in deiner Liebesgeschichte kein Geheimniß für mich haben wirst. Sey versichert, daß ich alles gut heissen werde, was Gott und dein Gewissen nicht mißbilligt. Und wirst du wohl, ohne thöricht zu handeln, gegen dieser ihre Einwilligung etwas thun können?

Itzo freue ich mich auf nichts mehr, als auf die Zurückkunft meines Ferdinands. Ich habe ihn seit drey Jahren nicht gesehen, und du kannst unmöglich dich so sehr nach dem Tage des Wiederfindens deiner Henriette sehnen, als ich und meine Frau nach dem Tage, da er in unsere Arme stürzen, da wir die Frucht unsrer beiderseitigen Liebe umarmen, und das Bild unserer jugendlichen Munterkeit in seinen Gesichtszügen vereinigt sehen werden. Es ist ein unaussprechlich süsses Gefühl, das Gefühl der Vaterliebe. O lieber Carl! lebe keusch und recht- schaffen, und wenn du dir dadurch keinen wei- tern Lohn erwürbest, als diesen, daß du ein

glücklicher Mann und Vater würdeſt, ſo biſt du
für alle die Kämpfe, die die Keuſchheit koſtet,
hinlänglich belohnt. Ich bin von Brav.

Siebzehnter Brief.

Carl v. Carlsberg an den Oberſten von Brav.

Grünau, den 24. Jun.

Es geht doch mit Henriettens Auskundſchaf-
tung ſo geſchwind nicht, als ich mir vorgeſtellt
habe. Ich bin zeither täglich bey Zelnik geweſen, und habe alle meine Beredſamkeit angewendet, von ihr nähere Nachricht herauszulocken.
Es iſt aber alles umſonſt. Bald ſagt er, er wiſſe von ihr nichts, bald wird er heftig und ſagt:
wenn er es auch wiſſe, ſo erfordere doch die
Verbindlichkeit, die er ſeiner Freundin ſchuldig
ſey, die es ihm anvertrauet hätte, die ſtrengſte
Verſchwiegenheit. Er ſagte endlich trotzig zu mir:
Carlsberg! entweder wir hören von der Stunde

an

an auf Freunde zu seyn, oder du mußt mich mit deinem neugierigen Forschen verschonen.

Dieser Weg war mir. also auf immer verschlossen.

Ich habe einen andern versucht und an ihre Freundin folgendes Billet geschrieben.

Mademoiselle!

Seitdem ich die liebe Henriette bey Ihnen gesehen habe, ist mein Gemüth höchst unruhig. Sie allein könnten mich beruhigen, wenn Sie die Gütigkeit haben, und mir ihren wahren Namen und den Ort ihres Aufenthalts nennen wollten. Sehen Sie mich für keinen leichtsinnigen Studenten an. Ich bin drey und zwanzig Jahr alt, und lebe nur auf der Akademie, um mir einige Kenntnisse zu erwerben, die mir den Aufenthalt auf meinen Gütern versüßen sollen. Erkundigen Sie sich nach meiner Aufführung und urtheilen alsdenn, ob ich böser Absichten auf ein rechtschaffenes Frauenzimmer fähig seyn könne. Warum wollen Sie mir denn die erste Bitte, die ich an sie thue, eine so unschuldige Bitte,

eine

eine Bitte abschlagen, durch deren Gewährung Sie einen Menschen, der Ihnen zwar fremd, aber doch ehrlich ist, die größte Freude machen könnten? In der Hoffnung, daß Sie mich erhören werden, bin ich stets

der Ihrige.

Ich erhielt hierauf folgende unangenehme Antwort:

Mein Herr von Carlsberg!

Warum dringen Sie so sehr in mich, Ihnen den Aufenthalt eines unschuldigen Mädchens zu verrathen, das nur so lange glücklich bleibt, als es Ihnen verborgen lebt, dessen Zufriedenheit aber dahin ist, sobald es von Ihnen entdeckt wird? Sie lieben es wirklich? So geben Sie ihm doch den ersten Beweis Ihrer Liebe dadurch, daß Sie es nicht unglücklich machen! denn was können Sie wohl bey Ihrem Nachspüren für Absichten haben? doch wohl nicht diese, daß Sie Ihre müßigen Stunden bey ihr zubringen, und sie blos zum Zeitvertreib haben wollen? So sage ich ihnen frey heraus,

daß

daß ich es auf das möglichste werde zu verhindern suchen. Halten Sie es denn für gar keine Sünde, in einem unschuldigen Mädchen Erwartungen zu erregen, die nie können erfüllt werden? Grausamer! wenn Sie wüßten, wie viel ein Mädchen leiden muß, dessen Erwartungen fehl schlagen, Sie stünden auf immer von solchen Zumuthungen ab. Und glauben Sie nicht, daß der Umgang eines jungen bürgerlichen Mädchens, mit einem jungen Cavalier, für ihre Ehre sehr nachtheilige Folgen haben müsse? Wollen Sie vielleicht der Mann seyn, der einem Mädchen, das ihn nie beleidigte, die Hofnung zu einer glücklichen Ehe raubt? Vielleicht aber sprechen Sie selbst von Ehe? von ewiger Treue? Ach lieber Herr von Carlsberg! die Sprache kenne ich schon. Die Studentenehen, und die ewige Treu verliebter Jünglinge, gehören in das Kapitel vom ewigen Frieden und ewiger Freundschaft, davon Rabner in seinem Wörterbuche handelt; an Ihrer Aufführung habe ich gar nichts auszusetzen: denn daß Sie ohnlängst gegen 200 Thlr. verspielt

hät=

hätten, glaube ich gern nicht. Aber sind Sie nicht von Adel? glauben Sie wohl die Schwie= rigkeiten überwinden zu können, die Ihre Fa= milie Ihrer Verheyrathung mit einer Bürger= lichen in den Weg legen wird? und, wenn Sie dieselben überwinden, werden Sie im Stan= de seyn, das gute bürgerliche Henriettchen ge= gen die Spöttereyen und Demüthigungen und Naserümpfen, ihrer hochadelichen Familie zu schützen? Meine Henriette ist ein rechtschafnes Mädchen, das Achtung verdient, und ich bin gar nicht gesonnen sie deswegen verspotten zu lassen, daß ihr Vater ein — je ja doch, bald wäre mir etwas entwischt, ein Bürgerlicher ist, wolte ich sagen.

Sehen Sie, lieber Herr von Carlsberg, daß ich nach Gründen handle. Ich bin stets
Ihre Dienerin, Helwingin.

Mit diesem Billetchen werde ich mich nun, wie Sie leicht denken können, nicht abspeisen lassen. Ich werde Ihr wieder schreiben, und die Grillen, die sie sich macht, ihr zu beneh= men suchen. Hilft auch dieses nicht — nun so
habe

habe ich mir schon ein ander Projectchen ausgesonnen, wie ich die Sache angreifen will.

Meinen Wechsel habe ich nun bekommen.
Er bestund in hundert Thalern, denen noch ein
Geschenk von zwanzig Thalern beygelegt war.
Ich habe alle mein Nachdenken angewendet,
um Mittel zu ersinnen, wie ich mich aus meinen Sorgen reissen könnte, denn nun erfordert
es meine Ehre mich aus Schulden heraus zu
reissen, damit ich im Stande bin, Henriettens
Freundin zu überzeugen, daß ich der unordent-
liche Mensch nicht sey, für den sie mich gehalten hat. Sehen Sie, wie ich die Sache angefangen habe! für dreyßig Thaler habe ich
meine Uhr wieder eingelöset, funfzehn Thaler
habe ich Cronfelden, und fünf und zwanzig
Thaler meinen übrigen Gläubigern auf Abschlag
bezahlt. Mit den noch übrigen 50 Thalern will
ich mich bestreben dieß Vierteljahr auszukom-
men. Ich werde kein neu Kleid kaufen.
Ich werde von dem Traiteur, dem ich
zwey Gulden wöchentlich für den Mittagstisch
zahlte, abgehen, und mich bey einem andern

 in

in die Koſt begeben, der nicht mehr als einen
Gulden nimmt. Den Abendtiſch werde ich ganz
aufgeben, und meinen Hunger mit Butterſchnit=
ten zu ſtillen ſuchen. Sind Sie mit dieſer Ein=
richtung zufrieden?

Es wird mir viele Ueberwindung koſten ihr
treu zu bleiben. Aber da meine Ehre und Zu=
friedenheit darauf beruht, ſo wird es mir doch
nicht unmöglich ſeyn. Ich bin ꝛc.

Carl v. Carlsberg.

Achtzehnter Brief.

Carl v. Carlsberg an den Oberſten v. Brav.

Grünau, den 28. Jun.

Ich bin krank, lieber Herr Vetter! Ich bin im
Ernſte krank. Denn wenn man den ganzen Tag
umhergeht und den Kopf hengt, wenn weder
Eſſen noch Trinken ſchmeckt, ſo kann man ſich
doch wohl zu den Kranken rechnen. Die ein=
fache

fache Kost, zu der ich mich gern gewöhnen woll=
te, will mir gar nicht behagen. Gleich bey mei=
nem Erwachen fällt mir die Schüssel voll Erbsen
oder Bohnen oder Kohl ein, die ich zu Mitta=
ge werde zu verzehren haben, und diese macht
mich den ganzen Vormittag unruhig. Bey Ti=
sche rühre ich in der Schüssel, lecke an dem
Löffel, und schiebe die Speise unwillig zurück,
wenn ich sie kaum halb genossen habe. Dann
sehe ich mich nach etwas anders um, und oft
verleitet mich mein leckerhafter Gaumen mir ein
Nachessen holen zu lassen, das mir noch einmal
so hoch zu stehen kommt, als die Mahlzeit bey
meinem vorigen Traiteur. Des Abends geht
es mir eben so. Ich suche allerley Vorwand,
um mich von der Nothwendigkeit, ein Glas
Wein zu trinken, oder eine Portion Braten ho=
len zu lassen, zu überzeugen. Gestern z. E. war
meiner Mutter Geburtstag, ehegestern bekam ich
die Nachricht, daß mein Bruder Maximilian
eine Compagnie erhalten habe. An solchen Freu=
dentagen glaubte ich freilich verbunden zu seyn,
mir etwas gütlich zu thun. Bisweilen glaube

G 5

ich

ich auch meiner Gesundheit wegen etwas thun zu müssen, die bey einer allzustrengen Lebensart leicht leiden könnte. Da nun aber dergleichen freudige Tage das Jahr hindurch gar viele sind, und die Besorgniß, durch strenge Lebensart meiner Gesundheit zu schaden, immer bleibt, so werde ich wahrscheinlicher Weise, bey meiner gemachten Einschränkung, mehrern Aufwand, als ehemals, haben.

Ich bin ein elender Mensch, wenn ich mich gegen Millionen andre halte, die bey einer Schüssel voll Erbsen sich erquicken und freuen können. Ich sahe gestern einen Fremden, unter meinem Fenster, mit solchem Appetit einen Hering verzehren, mit dem ich kaum ein gebraten Rebhuhn speise, darüber wurde ich so unwillig, daß ich mit geballter Faust mich vor die Stirn schlug und sagte: könntest du dieß nicht auch? Ist sein Gaumen und seine Zunge etwa anders, als die deinige, geformt? Der ißt Hering, denkt Wunder was er hat, und ist zufrieden. Du speisest noch einmal so gut als er, und klagst über Mangel. Wahrhaftig von diesem Augenblicke

blicke an halte ich mich für ärmer, als alle Bau= ern und Bettler. Ein Hering — der kann alle ihre Begierden sättigen, und mir fehlt bey einem Teller voll Gemüse und Fleisch immer et= was, bald Braten, bald Wein, bald Fisch, bald Gebacknes.

Das wichtigste, was mir mangelt, ist Hen= riette. Ja, so schwer es mir fallen würde, so wollte ich doch mit einem Heringe lernen vor= lieb nehmen, wenn ich sie nur dadurch zu er= halten wüßte.

Der Briefwechsel zwischen ihrer Freundin und mir ist weiter gegangen, aber noch habe ich eben so wenige Aufklärung als zuvor. Ich schrieb ihr folgenden Brief.

Mademoiselle!

Ihr Schreiben hat mich sehr niedergeschla= gen. Bey meiner Ehre versichre ich Sie, daß ich nie den Umgang eines Mädchens suchen wer= de, das ich nicht zu ehelichen fest entschlossen bin. Daß ich einmal mich auf ein Hazardspiel einge= lassen habe, kann ich nicht leugnen. Fragen

Sie

Sie doch aber nach, ob ich das Spiel fortſetze! Können Sie mir darthun, daß ich mich nur ein einziges mal wieder, in Anſehung dieſes Punkts, vergangen habe, ſo ſollen Sie mir nie ſagen, wer und wo Henriette iſt. Ein theurer Schwur! Daß ich von Adel bin, daran bin ich ganz un= ſchuldig. Ich muß Ihnen aber auch ſagen, daß ich einen andern Adel habe, der darinn beſteht, daß ich ein rechtſchaffener Mann bin, daß ich dieſen dem Adel vorziehe, den ich durch die Ge= burt erhielt, und daß es mir etwas leichtes iſt, auf denſelben auf ewig Verzicht zu thun, wenn er die Verbindung mit einer Perſon, die ich herzlich liebe, verhindern ſollte. Kann das alles Sie nicht bewegen, mir meine Henriette zu ent= decken? O thun Sie es doch, und verhindern mich dadurch, mir ſelbſt einen Weg zu ihr zu bahnen, den meine Liebe mir gewiß zeigen wird. Ich bin

Carl von Carlsberg.

Hierauf

Hierauf erhielt ich folgende Antwort:

Mein Herr von Carlsberg!

Ich freue mich recht sehr, daß ich nun gewisse Nachricht eingezogen habe, daß sie kein Spieler von Profeßion sind, und daß Sie angefangen haben, Ihre Spielschulden zu bezahlen. Wenn Sie mich eben so überzeugen können, daß Sie unter hunderten ihres Geschlechts der einzige sind, der beständig liebt, denn das können Sie nicht leugnen, daß die mehresten jungen Herrn, besonders auf der Akademie, Flattergeister sind, die sich kein Gewissen machen, mit süssen Hofnungen uns arme Mädchen zu täuschen, wenn sie nur dadurch die Erlaubniß erhalten, ihre müßigen Stunden mit uns vertändeln zu können; nun wenn Sie nicht so sind, so will ich Ihnen gerne Umgang mit meiner Freundin verschaffen. Aber ich muß auch wissen, daß Sie gar keinen Adelstolz haben. Und wie wollen Sie mir dieß beweisen? Gedulden Sie sich! Wenn ich gewiß hoffen kann, daß Henriette durch Sie glücklich wird, so will ich Sie s. . . . . o t ihr führen. Aber itzo kann es noch nicht seyn. Ich bin

Luise Helwingin.

Da soll ich mich also gedulden, soll mich mit der Binde um die Augen umher führen lassen, bis die Mademoiselle Helwingin es für gut hält, sie mir abzunehmen. Das geht unmöglich an. Binnen acht Tagen muß sie mir die Binde abnehmen, oder ich reiße sie selbst los. Ich bin

Carl von Carlsberg.

Neunzehnter Brief.

Henriette an Luisen Helwingin.

Koldingen, den 24. Jun.

Liebste Tante!

Ihre Schwester ist boshafter, als wir beyde geglaubt haben. Sie hat mir wirklich den Hofrath Grimlein zugeführt. Gestern saß ich in meinem Stübchen hinter dem Nähranen und dachte — an wen? können Sie leicht errathen. Da hörte ich jemanden die Treppe herauf kommen,
vernahm

vernahm eine männliche Stimme, und war einfältig genug zu glauben, es wäre mein Geliebter. Es lief mir brühwarm über die Haut, und ich war schon verlegen, wie ich ihn empfangen sollte — da trat mein Herr Hofrath herein. Ich erschrack so sehr, daß ich kein Wort sagen konnte. „Nu!" sagte er, „so fleißig? das ist schön! Die Mädchen habe ich immer am liebsten, die fein arbeitsam und eingezogen sind, und nicht mit andern jungen Dirnen in die Welt hinein leben."

Ich machte ihm eine Verbeugung, das war das einzige, das ich in meiner Verwirrung thun konnte. Tante Friederike verließ mich mit einem teuflischen Lächeln.

„Was ich doch sagen wollte! (fieng er an, sobald wir allein waren) hum! hum! haben Sie nicht Lust zu heyrathen Mamsell? Sie sind ja munter und rasch, und zum Ehestande reif:" und ohne meine Antwort abzuwarten, fuhr er fort, „ich will es nur kurz machen, wollen Sie mich nicht ehelichen? Meine Haushaltung ist in den besten Umständen, ich habe eine ansehnliche Einnahme,

Einnahme, Brod und Ehre finden Sie bey mir, und ein Haus — ohne Ruhm zu melden, es ist das beste in Grünau, gleich dem Rathhause gegen über auf dem Markte. Da wollen wir recht vergnügt leben. Ich habe mir schon lange gewünscht, daß ich eine Person finden möchte, die mich in meinen alten Tagen wartete und pflegte."

Ich kann Ihnen unmöglich alles schreiben, was mir der Mann da alles her erzählte. Er redete von unserm Ehestande, wie von einer ausgemachten Sache, und beschrieb mir sehr weitläuftig, wie wir unsere Haushaltung einrichten wollten. Am Ende kam er in solchen Eifer, daß er auf den Tisch schlug, mich bald sein Jettchen, bald seine liebe Braut nannte. Ich wollte ihn unterbrechen, und fieng einigemal an: aber lieber Herr Hofrath — Aber hin aber her, gab er zur Antwort, da lassen Sie mich für sorgen. Es hat noch niemand bey mir Noth gelitten. Am Ende wollte er mich küssen, ich wich zurück, er sprang aber auf mich los, faßte mich mit seinen starken Armen, druckte mich so heftig an seine

Brust,

Bruſt, daß ich hätte erſticken mögen, und küßte mich ſo kräftig, daß meine Wange ganz von ſeinem Kuſſe benetzt wurde.

Dann ſprang er auf, und ſagte: „nun gut, nun gut, nun will ich zum Papa gehen und ihm die Sache auch vortragen. Es ſoll ſein Schade nicht ſeyn, denn ich ſtehe gut bey dem Fürſten, verſtehen Sie mich wohl?“ Dann ſprang er wieder auf mich los, küßte mich, und ſagte im fortgehen, „für Ausrichtung der Hochzeit dürfen Sie gar nicht“ — aber lieber Herr Hofrath! ſagte ich, wenn es nur nicht Schwierigkeiten — „Schwierigkeiten hin, Schwierigkeiten her, war ſeine Antwort, es wird ſich alles geben, alles, alles, verlaſſen Sie ſich auf mich, alles wird ſich geben, alles, alles,“ und ſo gieng er fort.

Ach Tante retten Sie mich!

Mein Vater behielt ihn zu Tiſche, ich mußte neben ihm ſitzen, doch muß ich ihm zum Ruhme nachſagen, daß er mich wenig beunruhigt hat. Denn während der Mahlzeit gerieth er mit meinem Vater in einen Streit, über die Vorzüge der

Stallfütterung, der ihn so eifrig machte, daß er mich ganz vergaß.

Erst nach Tische, da er Abschied nahm, fiel ich ihm wieder ein, er küßte mich, und druckte die Silhouette von seinem Munde, mit Bratenbrüh gezeichnet, auf meine Wange.

Sobald er fort war, flohe ich in mein Stübchen und weinte — ach wie süß waren diese Thränen, wie leicht wurde es mir um das Herz, so bald die ersten Thränen herabrollten. Aber auch die Freude, mich satt weinen zu können, gönnte mir die boshafte Friederike nicht. Sie kam bald nach, und sagte spöttisch: nun? das ist ja eine betrübte Braut!

Bey dem Worte Braut, stieg mein Unwille aufs höchste. Grausame! rief ich, was habe ich verbrochen? Welcher Schandthat habe ich mich schuldig gemacht, daß Sie mich morden wollen? Meine Mörderin sind Sie, das sage ich Ihnen. Mörderin eines unschuldigen Mädchens, in der Blüthe meiner Jahre.

Hoho,

Hoho, sagte die Boshafte, nur nicht so hitzig! ist das der Dank, daß ich dir nakten Mädchen zu einem Bissen Brod helfen will?

Mein Vater trat herein, und verhinderte mich zu antworten.

Warum weinst du wunderliches Mädchen? fragte er, hast du nicht Lust den Hofrath zu heyrathen? er ist doch ein verständiger, rechtschaffener Mann, der sein gutes Auskommen und allenthalben ein gut Lob hat. Antwortest du nicht? Ich wüßte weit und breit keine bessere Parthie für dich. Und ich wollte dich gar zu gerne vor meinem Ende noch versorgt sehen.

Ich fiel vor ihm auf die Knie, küßte seine Hände, konnte aber nichts sagen, als — mein Vater!

Dein Vater bin ich, antwortete er, drum wünschte ich eben, daß du mir gehorchen möchtest. Du hast ja von mir das Leben —

Und haben Sie, antwortete ich, deswegen ein Recht, es mir wieder zu nehmen?

Du kannst es, sagte er, halten wie du willst, ich werde dich zu nichts zwingen. Das

will

will ich dir aber sagen, daß mein Glück izo in deinen Händen liegt. Der Hofrath hat mir versprochen, mir die Amtmannsstelle in Sollnau bey dem Fürsten auszuwirken, wenn du ihn heyrathen würdest. Sie trägt 1500 Thlr. ein. Ich könnte da in meinem Alter ruhig leben. Giebst du aber abschlägliche Antwort, so muß ich als Amtsschreiber mein Leben beschliessen. Arbeit und Sorgen werden mich bald niederwerfen. Was willst du denn als eine verlassene Waise, ohne Geld und Brod anfangen?

Mein Vater! Sie soll ich retten?

Wenn du willst, sagte er, bedenk dich 3 Tage, dann sage mir Antwort. Und nun verließ er mich.

Ach wenn doch meine Tante mich auch verlassen hätte. Aber die blieb. Ach Gott! wo finde ich Worte, die Qualen zu beschreiben, die sie mir zugefügt hat. Sie sprach von frechen Dirnen, von verbuhlten Mädchen, von ungerathenen Kindern, die Gottes Fluch treffen würde — ach ich weis nicht, was sie alles sprach. Vielleicht säße sie noch bey mir, wenn nicht unser

Pfarrer

Pfarrer meinen Vater besucht hätte, um den sie immer sehr geschäftig ist.

Womit habe ich doch diese Marter verdient, ich unschuldiges Mädchen. Ich habe keine andere Wahl, als mich in den Abgrund des Elends zu stürzen, oder mich mit den schrecklichsten Vorwürfen zu tobte martern zu lassen. Welchen Tod soll ich denn wählen? rathen Sie mir doch, liebe Tante! aber ja geschwind, geschwind. Aber ach! ehe ich Ihre Antwort erhalten habe, werde ich schon meine Entschliessung müssen gefaßt haben.

Wie steht es denn mit dem jungen Manne? Er spielt? mag er doch, das ist ihm doch wohl abzugewöhnen. Er ist von Adel? was schadet denn das? Ist denn ein Adelicher etwa ein anderer Mensch als ich? Ach wenn ich doch nur wissen sollte, ob er mich so lieb hätte als ich ihn. Aber — wie kann er mich lieben, er fragt ja nicht nach mir — und wie kann er nach mir fragen? er weiß ja meinen Namen nicht. Ich habe ihm nur gesagt, daß ich Henriette hieß. Hätte ich Thörin nicht leicht meinen ganzen Namen sa-

 gen

gen können — und sagen wo ich wohnte? Ach liebe Tante! erzeigen Sie mir die Barmherzigkeit, und lassen ihm meinen Namen wissen. Da muß es sich bald ausweisen, wie er gegen mich gesonnen ist. Wenigstens schreiben Sie mir seinen Namen. Das thun Sie doch wohl? Ich bin 2c.

Henriette.

Zwanzigster Brief.

Luise Helwingin an Herrn Helwing.

Grünau, den 16. Jun.

Lieber Bruder!

Aus einem Briefe von Henrietten habe ich ersehen, daß sie von dem Hofrath Grimlein einen Heyrathsantrag hat, und du zugleich die Hofnung, Amtmann in Golnau zu werden. Darüber habe ich eine herzliche Freude gehabt. Denn es hat mir immer Leid gethan, daß du bey deiner

vielen

vielen Arbeit ein so kümmerliches Leben hast füh=
ren müssen. So sehr ich nun dein Glück wün=
sche, so sehr wünsche ich auch, daß deine Toch=
ter glücklich seyn möchte. Sie ist deine einzige!
Weißt du denn nun gewiß, daß sie den Hofrath
liebt? weißt du, daß sie mit ihm glaubt glücklich
zu seyn? Aus ihrem Briefe muß ich das Gegen=
theil schliessen. Unsere Schwester stürmt in sie,
ihm das Jawort zu geben. Diesen Stürmen aus=
zuweichen, und dir zu gehorchen, ergiebt sie sich
vielleicht. Aber wenn sie nun durch diese Hey=
rath unglücklich würde? wenn der Gram sie tödte=
te? wenn du bey dem Genusse deiner Einnahme
dir immer vorwerfen müßtest, du hättest sie mit
der Zufriedenheit und dem Leben deiner Tochter
erkauft? wenn du stürbest, denn bedenk wohl,
du bist sehr schwächlich, und an dein Todenbette
träte die Tochter, die du ins Unglück gestürzt
hättest, würdest du da nicht einen schweren Todt
haben? Also lieber Bruder! bitte ich dich recht
herzlich, überlaß deine Tochter ihrer eigenen Ent=
schliessung. Sie hat dich recht herzlich lieb, das
glaube mir, und, aus Liebe zu dir, nimmt sie

H 4

den

den Hofrath gewiß, wenn sie nur einige Wahr=
scheinlichkeit hat, mit ihm leben zu können. Ge=
zwungen darf sie aber durchaus nicht werden.

Deswegen sähe ich gar zu gerne, daß du sie
eine Zeitlang von unserer Schwester entferntest.
Denn du vergräbst dich in deine Acten und Rech=
nungen, und weißt immer nicht, wie es dem
guten Henriettchen geht. Meine Schwester pei=
nigt sie so, vermuthlich aus Begierde, dir ein
einträgliches Amt zu verschaffen, daß ich be=
sorge, das Mädchen bekommt ein Gallenfieber,
und das wäre doch schrecklich, wenn ein so un=
schuldiges Kind in ihres eigenen Vaters Hause
zu tode gemartert würde.

Höre meinen Rath! Bring mir das Mäd=
chen, so bald du diesen Brief erhältst, herein,
und laß sie einige Wochen bey mir. In dieser
Zeit will ich versuchen, die Neigungen ihres Her=
zens zu erfahren, und dann kann sie ihren Ent=
schluß mit reiflicher Ueberlegung abfassen. Thue
es ja! aber Friederike muß durchaus zurückblei=
ben, die verdürbe mir sonst den ganzen Kram.
Ich bin   Louise Helwingin.

Ein

Ein und zwanzigster Brief.

Carl v. Carlsberg an den Obersten v. Brav.

Grünau, den 29. Jun.

Ich ergreife die Feder, um an Sie, lieber Herr Vetter! zu schreiben. Ich bin aber so verwirrt, daß ich nicht weiß, ob ich viel zusammenhängendes hervorbringen werde. Heute früh schicke ich meine Aufwärterin wieder mit einem Briefe zu Henriettens Freundin. Sie kommt zurück und sagt, die Mamsell wäre eben im Begriffe gewesen auszufahren. Mit wem? fragte ich heftig. Mit einer Mamsell, sagte sie, und beschrieb sie mir so, daß ich nicht anders glauben konnte, als es sey Henriette gewesen.

Geschwind, sagte ich, bringe sie mir den Kaffee. Ich warf mich in meine Kleider, brachte meine Haare, so gut als möglich, in Ordnung, und war fertig, ehe der Kaffee da war. Ich klingelte, ich rief, ich schimpfte, konnte aber mit alle dem es nicht so weit bringen, daß

H 5

der

ter Kaffee eher, als nach einer Viertelstunde, gekommen wäre. Sobald er da war, sezte ich drey Tassen zugleich hin, goß sie voll, schlurfte sie aus und trabte nach dem Hause hin, wo die Helwingin wohnt.

Bey meinem Eintritte kam mir ein Dienstmädchen entgegen, das mir sagte, daß die Mamsell Helwingin eben izo ausgefahren sey. Und wohin? wer ist ihre Gesellschafterin? fragte ich begierig. Sie wußte mir aber nichts gewisses zu sagen. Alles, was ich von ihr erfahren konnte, war, sie habe von Richmanns Garten sprechen hören, und daß sie von da weiter fahren, und an einem Orte übernachten wollten, den sie wieder vergessen hätte. Das Frauenzimmer, das mit ihr gefahren sey, kenne sie nicht, indem sie selbst fremd und erst seit acht Tagen in diesem Hause in Diensten wäre.

Ich fragte nach ihrer Herrschaft, denn das hatte ich mir schon vorgenommen, daß ich mich nächstens nach der Helwingin Verwandschaft bey dem Herrn von Rosewiz erkundigen wollte. Sie

sagte

ſagte aber, dieſe wäre ſchon ſeit acht Tagen auf
ihren Gütern.

Nun dachte ich, weißt du doch Richmanns
Garten zu finden. Ich lief nach dem Bürger
zu, von dem ich immer mein Reitpferd bekom=
me, um es ſogleich zu beſteigen, erfuhr aber,
daß es ſchon vermiethet ſey. Ich lief zu einem
andern, und erhielt eben die Antwort. Ich
ſprang nach Hauſe, befahl meiner Aufwärterin,
die ganze Stadt zu durchlaufen, um mir ein
Pferd aufzutreiben, und wenn es auch nur drey
Füſſe hätte, verſprach ihr einen Gulden, wenn
ſie mir eins verſchafte, und nach zwey Stunden
kam ſie erſt wieder — und hatte kein Pferd.
Sie verſicherte mich, daß alle Pferde bereits
vermiethet wären, weil in Perlewitz ein Vogel=
ſchieſen ſey, nach welchem die halbe Akademie
geritten wäre.

Und nun fiel es mir erſt ein, daß ich ſelbſt
Füſſe hätte, deren ich mich bedienen könnte. Ich
lief nach Richmanns Garten, erkundigte mich
ſogleich ob Fremde da wären, und da ich er=
fuhr, daß der ganze Garten voll ſey, gieng ich
hinein:

hinein. Mir flimmerte es vor den Augen, da ich, in allen Lauben und Nischen, Gesellschaften sahe, und wußte nicht, auf welche Seite ich mich zuerst schlagen sollte. Ich gieng langsam durch alle Alleen, schielte zur Rechten und Linken, betrachtete alles, was einem Frauenzimmer ähnlich sahe, aber — Henrietten fand ich nicht.

Ich will es Ihnen nicht verbergen, lieber Herr Vetter! ich habe geweint. Der Unmuth bemächtigte sich meiner so sehr, daß ich mich unter die Birke wieder warf, wo ich sie das erstemal sahe, mein Gesicht hinter das Schnupftuch verbarg, und meinen Thränen freyen Lauf ließ.

In diesem Zustande traf mich eine Gesellschaft Studenten an, von denen ich verschiedene kannte. Sie erkundigten sich nach der Ursache meiner Betrübniß, da sie aber nichts erfahren konnten, fieng der eine, der Kastor hieß, an, was betrübst du dich Närrchen! Die Welt ist so schlimm nicht als du denkst. Es giebt ja noch hübsche Mädchen drinne. Vor einer halben Stunde hättest du sollen da seyn, da war die ein Mädchen da, hol mich der T.. so rasch wie

wie ein Hirsch. Wenn du die den Abend bey dir haben solltest. —

Und wer war sie denn? fragte ich. Wenn wir das wüßten, sagte er, so wollten wir es dir nicht auf die Nase binden.

Und nun verliessen sie mich, nachdem sie noch einige Unfläthereien gesagt hatten.

Ich gieng nach dem Wirthe, erkundigte mich bey ihm, ob er die Frauenzimmer nicht gekannt habe, die hier gewesen wären? Der war aber so geschäftig, daß er mich kaum anhörte, und mir zur Antwort gab, er habe mehr zu thun, als daß er sich nach den Namen seiner Gäste erkundigen könnte.

So mußte ich armer Tropf denn wieder nach Hause schleichen, war durch die Wege gegangen, durch die Henriette gegangen war, hatte an dem Orte gelegen, wo sie vielleicht vor einer halben Stunde gesessen hatte. Sie selbst aber hatte ich nicht gesehen.

Bey dieser Gelegenheit habe ich aber eine sehr merkwürdige Entdeckung gemacht — daß ich ein Sclav bin. Ich schreibe mich Freyherr

von

von Carlsberg, und bin doch weiter nichts als
Sclav. Denn wenn ich frey war, warum
sprang ich denn nicht in eben dem Augenblicke, da ich hörte, daß Henriette da sey, zur
Helwingin hin? und da ich sie nicht antraf, warum gieng ich denn nicht gerade nach Richmannns
Garten? War es nicht als wenn ich in Fesseln
läge? war es nicht, als ob ich erst von einem
strengen Gebieter Erlaubniß haben müßte? und
wer ist der Despot, dem der Sclav Carlsberg
dient? ich erröthe es zu sagen — eine Kanne
voll Kaffee — ein Pferdeverleiher — ich kann
noch mehrere nennen, ein Teller voll Lerchen, ein Rebhun, ein Glas Wein. Diese
despotisiren mich, diese vereiteln meine wichtigsten Entschliessungen. Ha, der Sclav hielt es
für unmöglich auszugehen, ehe er den Magen
voll Kaffee hatte, saß auf seiner Stube, und
holte erst bey allen Pferdeverleihern Erlaubniß
zu verreisen ein. Ha! der Sclav nimmt sich vor,
seinen Aufwand einzuschränken, und ein Teller
voll Lerchen, ein gebraten Rebhun, und andere
Leckereyen, zwingen ihn, seinem Entschluß un-
treu

treu zu werden. Das iſt doch abſcheulich. Mein Leben lang hab ich die Feſſeln, die ich trug noch nicht ſo gefühlt, als itzo.

Aber ſo wahr Gott über mir lebt, von dieſer Stunde an, will ich dieſe Feſſeln zerreiſſen. Ueber meine Stubenthür will ich ſchreiben, Freyherr, und ſo oft ich das Wort ſehe, will ich mich meines Entſchluſſes erinnern. Ich will von dieſer Stunde an thun, was meine Vernunft fordert, und nicht was mein Gaumen, oder Magen, oder Blut verlangt. Ich will die Knochen brauchen, die mir Gott gab, und den Irrthum auf ewig aus meiner Seele reiſſen, als wenn der Menſch zu ſeinen Reiſen nothwendig Pferdefüſſe haben müſſe.

Es iſt ſpät, ich muß ſchlieſſen. Aber ich werde einmal eine ſchreckliche Nacht haben. Sclav! Sclav! ach der Gedanke wird allen Schlummer verſcheuchen.

Fort⸗

Fortsetzung.

den 27ten Jun.

Es klärt sich auf, es wird Tag, heller, lichter Tag wird es.

Nachdem ich heute einigemal vor dem Hause auf und abgegangen war, an dem mein Herz hängt, ohne das, was ich suchte, gesehen zu haben, gieng ich wieder in mein Zimmer, und überließ mich meinen Gedanken. Gegen Abend gieng ich zu meinem Hauswirth, um ihm eine kleine Rechnung zu bezahlen. Gott! welcher Anblick, als ich in sein Zimmer trat? Eben der Mann, denn ich vor einiger Zeit mit Henrietten hatte in den Wagen steigen sehen, gieng mit meinem Wirthe in der Stube auf und ab, und am Fenster stund meine Henriette. Sie fuhr zusammen, sobald sie mich erblickte, und unterdruckte kaum einen Schrey, den sie thun wollte. Was ich begann weis ich wirklich nicht, denn ich war sinnlos. Kaum hatte ich so viel Kraft, meinem Wirthe zu sagen, daß ich mit ihm etwas zu sprechen hätte.

Recht

Recht gut, recht gut, lieber Freund! sagte er, aber ich bin izo in einer wichtigen Materie begriffen, nehmen Sie unterdessen Plaz.

Posito also fuhr er zu dem Fremden fort, der reine Gewinn, verstehen Sie mich wohl, der reine Gewinn, von einem Acker, betrüge 5 Thlr. —

Ich überließ ihn seiner wichtigen Materie, und gieng auf Henrietten los, deren Knie bebten, und die nicht vermögend war, die Augen aufzuschlagen. Ich druckte ihre bebende Hand an meinen Mund, und ein herzlicher Druck antwortete mir.

Wie lange habe ich nach dem glücklichen Augenblicke geschmachtet, Sie nur wieder zu sehen.

Mich? —

Sie, Sie — Seitdem ich Sie das erstemal gesehen habe, habe ich an nichts anders denken können, als an Sie.

Sie scherzen, darf ich mich nach Ihren Namen erkundigen?

Ich heisse Carlsberg.

Carlsberg? Wir sahen einander in Richmanns Garten?

Eben da. Könnte ich Ihnen beschreiben —

Indem ich weiter reden wollte, trat die Helwingin herein. Das gute Mädchen seufzte, schlug die Augen nieder, und zog die Hand zurück.

Die Helwingin kam erschrocken zu uns, und fragte ganz leise, wie ich hieher käme? was ich hier zu thun hätte? und als ich ihr sagte, daß Geschäfte, die ich mit dem Hofrathe abzuthun hätte, mich hieher gerufen hätten, schüttelte sie den Kopf und sagte, die Geschäfte kenne sie schon. Sie zog mich hierauf auf die Seite und bat, daß ich mich entfernen möchte.

Mich entfernen von dem Mädchen? sagte ich zornig von dem Mädchen, das ich so lange gesucht habe? Nimmermehr werde ich mich entfernen, ehe ich ihr mein ganzes Herz entdeckt habe.

Nun, sagte sie nach einigem Besinnen, wenn Sie durchaus sich ihr entdecken wollen, so ist es

besser,

beſſer, Sie thun es, wenn Sie ohne Zeugen ſind. Morgen, ſo wahr ich ein ehrlich Mädchen bin, ſollen Sie ſie ſprechen, doch unter keiner andern Bedingung, als daß Sie ſich itzo entfernen.

Ich mußte die Bedingung eingehen, und zwar ſo geſchwind, daß mir nicht einmal erlaubt wurde, von Henrietten Abſchied zu nehmen.

Wenn die Helwingin nur Wort hält. Ein verdammter Streich wäre es, wenn ſie das Mädchen mir wieder entriſſe, und in die vorige Dunkelheit zurück führte. Doch das kann ſie ja nicht. Mein Hauswirth muß mir doch wenigſtens ſagen können, wo ſie zu finden iſt.

Aber warum ſollte ich mich denn entfernen? ſo geſchwind entfernen? Je länger ich darüber nachdenke, deſto geheimnißvoller wird mir die Sache. Doch Geduld! morgen muß ſich alles aufklären. Morgen — bis dahin ſind noch 24 Stunden. Dieß werden lange Stunden ſeyn.

 Fort=

Fortsetzung.

den 28. Jun.

Meine Geduld wird aufs äusserste geprüft. Die Helwingin hat mir geschrieben, daß ich Henrietten heute ohnmöglich sprechen könnte. Sie habe einen unerwarteten Besuch von ihrer Schwester bekommen, deren Gesellschaft sie sich unter keinerley Vorwande zu entledigen wüßte, und deren Gegenwart mir bey einer Unterredung mit Henrietten sehr beschwerlich seyn würde. Sie verbürge mir aber ihre Ehre, daß sie es mir melden wolle, sobald ihre Schwester abgereißt sey welches in acht Tagen gewiß geschehen müßte, und alsdenn auch den Ort bestimmen, wo ich Henrietten finden würde. Diese bliebe noch drey Wochen bey ihr. Unterdessen müßte ich mich ruhig halten, und meine Neigung zu Henrietten vor aller Welt zu verbergen suchen. Sobald es kund würde, daß ich sie liebte, so könne sie mir weiter nicht helfen.

Eine harte Forderung! und doch muß ich sie befolgen.

Aber

Aber was sagen Sie dazu? Ich gieng heute zu meinem Hauswirthe lenkte das Gespräch auf Henrietten, um von ihr nähere Umstände zu erfahren. Da erfuhr ich nun freylich, daß sie in Koldingen wohne, daß ihr Vater Helwing heisse, und eben der Fremde sey, den ich gestern bey ihm angetroffen hätte; zugleich sagte mir aber auch der alte Mann ganz zuversichtlich. Henriette sey seine Braut. Es schwindelt mir im Kopfe, ich weis nicht, was ich aus dieser Sache machen soll. Henriette soll seine Braut seyn? unmöglich. Ihr Blick, ihr Händedruck, sagten mir, daß sie mich liebe. Aber der Mann sagte es doch so zuversichtlich, und Henriette erschrack, da sie ihre Tante sahe, zog die Hand zurück — Ha! nun habe ich das Geheimniß heraus. Der Hofrath und die Helwingin sind mit einander im Verständniß. Diese liefert jenem Henrietten in die Hände, mich entfernt sie, damit ich sie nicht retten soll, und sucht mich durch leere Worte so lange herum zu ziehen, bis keine Errettung mehr möglich ist.

J 3

Teufli=

Teuflisches Mädchen! Dein verfluchter Plan soll dir nicht gelingen. Bist du auch listig genug, zu verhindern, Henrietten zu sprechen, so will ich doch sehen, ob du Argus genug bist, zu verhüten, daß ich nicht einen Brief in ihre Hände bringe. Ich bin ꝛc.

Carl von Carlsberg.

Zwey und zwanzigster Brief.

Der Oberste von Brav an Carl v. Carlsberg.

Holdersleben, den 1ten Jul.

Lieber Carl!

So wichtig auch die Auftritte sind, die du mir in deinem lezten Briefe gemeldet hast, und so sehr sie auch meine ganze Theilnehmung erfordern, so ist doch mein Herz vom Schmerze so zerrissen, daß ich ohnmöglich an etwas anders, als an meine eignen Leiden denken kann.

Ge=

Gestern war der Tag, auf welchen ich mich mit meinem lieben Weibe so sehr gefreut habe, der Tag der Ankunft Ferdinands. Wir reisten ihm zwey Stunden weit entgegen, und unterhielten uns von nichts, als von ihm. Meine Frau wußte sich noch der geringsten Umstände seiner Lebensgeschichte zu erinnern. Sie erzählte, wie viele Schmerzen er ihr während der Schwangerschaft und Geburt verursacht, wie viel sie ausgestanden habe, als sie ihn an ihren wunden Brüsten saugen ließ. Sie rechnete mir alle die schlaflosen Nächte her, die sie bey dem Zahnen, in den Pocken, in den Masern, und andern Zufällen bey ihm zugebracht habe, und weinte herzlich dazu. Aber, sagte sie, mit herzinniglicher Freude, nun ists alles überstanden, nun lohnt mir Gott allen Schmerz und Jammer wieder, wenn ich ihn heute an meine Brust drücken, und denken kann, dein Leben hast du mir zu danken.

Ich belohnte ihre Muttertreue mit einigen Küssen, und überließ mich mit ihr den süßen Vorstellungen von den Freuden, die unserer warteten,

teten, wenn er Bräutigam, Mann und Vater, werden würde. Meine Frau gieng in ihren süssen Träumen so weit, daß sie ihm schon ein kleines liebenswürdiges Fräulein in unserer Nachbarschaft zu seiner künftigen Frau bestimmte.

Unter diesen Vorstellungen kamen wir im Gasthofe an, und erwarteten sehnsuchtsvoll die Ankunft der Post.

Sie kam, meine Frau sprang zur Treppe herunter, streckte ihre Armen weit auseinander, dem Postwagen entgegen, und rief, ach mein Ferdinand! mein Sohn! mein lieber trauter Sohn! Sie war so trunken von Freuden, daß sie ihn an ihre Brust drückte, küßte, und mit ihren Thränen benezte. Und ob sie gleich einigemal zurück treten wollte, so war die Freude doch so heftig, daß sie immer wieder an seinen Hals fiel, und mit tausend Thränen und Küssen ihre herzliche Liebe und Freude ausdrückte.

Ich hatte unterdessen ganz andere Empfindungen. Ich hatte mir Ferdinanden als einen schlanken blühenden Jüngling gedacht, und wurde nicht wenig bestürzt, da ich ein kleines zusammen

men

mengeschrumpftes Männchen, mit schwarzgelben, kupfrichtem Gesichte, und gebeugten Nacken, von der Post herabsteigen sahe.

Guten Morgen! das war alles, was er sagte, und die brünstigste mütterliche Umarmung die tausend Mutterthränen, die über seine gelben Backen herabflossen, erwiederte er mit nichts, als mit einem dummen, unbedeutenden Lächeln.

Ich verabscheute ihn, und es kostete mich viele Ueberwindung, ihm einen kalten Kuß zu geben.

Wir nahmen ihn in unsern Wagen, und meine Frau war so begeistert, daß sie die schreckliche Veränderung nicht bemerken konnte, die mit ihm vorgegangen war. Sie that hunderterlei Fragen an ihn, die er alle sehr kurz beantwortete, und nicht die geringste Fähigkeit blicken ließ, ein Gespräch zu führen. Ich versank in tiefe Melancholie.

So bald wir zu Hause waren, eilte meine Frau um Anstalten zu einer Mahlzeit zu machen. Ich aber führte den Elenden in ein Nebenzimmer, und fragte ihn, ob er krank sey?

J 5

und

und da er es verneinte, fragte ich weiter, woher es käme, daß er so elend geworden wäre? er sagte mit einer unaussprechlich dummen Miene, er wisse es nicht. Diese alberne Antwort brachte mich so in Zorn, daß ihn bey der Brust faßte, und sagte, den Augenblick gestehe mir, ob du nicht die Selbstschwächung getrieben hast? Er konnte es nicht leugnen, sondern mußte mir gestehen, daß alle seine Mitschüler mit dieser Seuche angesteckt wären, und wunderte sich, daß dieses etwas unerlaubtes seyn sollte.

Voller Unwillen wandte ich mich von ihm weg, gieng auf meine Stube, und sammelte alle meine Kräfte, um mein aufgebrachtes Gemüth zu beruhigen, damit mein Unwille nicht etwa ausbräche, und meiner unglücklichen Frau die wenigen vergnügten Stunden, die sie noch mit ihm geniessen wollte, raubte.

So bin ich denn also meiner Vaterfreuden mit einemmale beraubt. Die Belohnung, die meine gute Frau für alle Schmerzen, die sie mit ihm ausgestanden hat, für alle Muttertreue erwartete, ist nun auf immer dahin.

Nun

Nun bin ich kinderlos. Doch nein, ich bin mehr als kinderlos. Hätte ihm in der Schlacht eine Kanonenkugel an meiner Seite den Kopf zerschmettert, wäre mir sein Gehirn in das Gesichte gesprützt, so wäre dieß hart. Aber jedermann hätte mich doch bedauert, er hätte den Ruhm mit in sein Grab genommen, daß er als ein Held gestorben wäre, und die Länge der Zeit würde den Schmerz über seinen Verlust gemindert haben.

Wer wird aber mich nun bedauern? Jeder der ihn sieht, und einige Menschenkenntniß hat, wird seine Schande in seiner Bleichheit und seinen schlaffen Muskeln lesen, und mir, wenigstens in Gedanken, den Vorwurf machen, als wenn ich durch schlechte Erziehung den Grund zu seinem Elende gelegt hätte.

So lange ich lebe, werde ich meinen Schmerz fühlen müssen. Immer werde ich mich von einem dummen Jungen müssen Vater rufen lassen. Immer wird meinen Namen ein Elender führen, der die niederträchtigste Seele hat. Denn sage

sage selbst, muß der nicht eine niedrige Seele haben, der das Scheusliche der Selbstschwächung nicht fühlt? Kannst du von ihm das geringste Gefühl für gute Handlungen, die Fähigkeit zu irgend einer edlen That erwarten? Eher wird der ein Tänzer werden, dessen Mark die englische Krankheit ausgesogen hat. Wie kann der Neigung haben, andre glücklich zu machen, der sich selbst auf eine so dumme Art ausmergelt, und alle die Anlagen, zur Glückseligkeit, die ihm sein Schöpfer gegeben hat, zerstört?

Ach dieser Elende wird nie des Ehestands süsse Freuden schmecken. Und wenn er ehelich wird, so wird er doch nichts als Krüppel in die Welt setzen. Und die Bravische Familie bestand doch immer aus Leuten, die an Leib und Seele stark waren. Von mir stammen die ersten Auswüchse her.

Lieber Carl, beklage mich! Ich werde dir den Elenden nächstens zuschicken, suche ihn, wo möglich, zu bessern, und die Trümmern, die von ihm noch übrig sind, zu retten!

Was

Was deine Liebesbegebenheiten betrift, so bitte ich dich recht herzlich, sey nicht zu voreilig. Mache dem guten Mädchen nicht eher Hofuung, dis du von der Güte ihres Charakters überzeuget bist, und meinen Rath vernommen hast. Ich bin ꝛc.

v. Brav.

Drey und zwanzigster Brief.

***

Zelnik an den Obersten von Brav.

Grünau, den 1. Jul.

Hochwohlgebohrner Herr!
Hochzuverehrender Herr Oberster!
Ew. Hochwohlgebohren muß ich eine sehr unangenehme Nachricht melden! Ihr Vetter Carl hat sich gestern schlagen müssen, und hat einen gefährlichen Stich in die Brust bekommen.

Er gieng ehegestern mit mir über den Markt, da kam ein gewisser Dörner auf ihn los,

los, stieß ihn recht vorsezlich an, und war
noch so frech, ihn zu fragen, was er von
ihm haben wollte, daß er ihn stieße? und da
der gute Carlsberg sich verantworten wollte,
bekam er von ihm ein paar tüchtige Maulschellen. Dieß nöthigte ihn, ihm eine Ausforderung
zuzuschicken, die er annahm, und sich mit ihm
auf meiner Stube schlug.

Carlsberg hat sich gut gehalten. Bey dem
ersten Gange hat er seinen Gegner desarmirt.
Bey dem andern trieb er ihn, bis in den
Winkel der Stube, da fiel er aber so hitzig
aus, daß er sich selbst in seines Gegners Degen
stieß.

Er hat mir aufgetragen, Ihnen zu melden, daß Dörner die Händel unter dem Fenster
des Professor Ribonius angefangen, daß die
Professorin zum Fenster herausgesehen, und ein
lautes Gelächter aufgeschlagen habe, als er
die Maulschellen bekommen hätte, daß Dörner
der tägliche Gesellschafter der Riboniusin sey,
und er starken Verdacht habe, daß ihm dieses
Unglück durch sie zubereitet sey.

Er

Er bezeigt ein sehr grosses Verlangen, Ew. Hr.hwohlgebohren zu sehen. Ich bin mit der aufrichtigsten Hochachtung

Zelnik.

Vier und zwanzigster Brief.

Der Oberste von Brav an seine Frau.

Grünau, den 6. Jul.

Meine Liebe!

Unser Carl lebt noch, und ich habe die beste Hofnung, daß die Vorsehung ihn uns schenken werde. Bey meiner Ankunft traf ich ihn sehr schlecht an, indem das Wundfieber ihn so stark angriff, daß es ihm das Bewußtseyn raubte. Ich gieng wehmüthig zu ihm, druckte seine Hand, und sagte: guter Carl! wie ist dein Befinden?

Kommst du? antwortete er, kommst du mein Engel? meine Henriette? Alle mein Versichern,

sichern, daß ich sein Vetter sey, war umsonst, er hielt mich für Henrietten, und sagte mir ungemein viel Schmeichelhaftes, das eben sowohl von seiner feurigen Liebe, als von der Rechtschaffenheit seines Charakters zeigte. Ich glaube immer, daß man den Menschen nicht besser kennen lernen kann, als wenn er betrunken ist, oder durch ein heftiges Fieber das Bewußtseyn verloren hat. Dann legt er die Maske ab, und zeigt seine wahre Gestalt. Es läuft zwar immer etwas Carricatur mit unter, es ist aber doch immer leichter, die eigenthümliche Gesichtszüge eines Mannes zu erkennen, der seine Geberde verstellt, als eines andern, der das Gesicht unter die Larve versteckt.

Erst gestern hat er mich erkannt, und sehr zärtlich empfangen.

Unterdessen habe ich gesucht, mich mit seinem Henriettchen näher bekannt zu machen, und in dieser Absicht mich bey dem Herrn von Rosewitz melden lassen. Da lernte ich sie bey Tische kennen. Wahrhaftig, ich kann es dem guten Carl nicht verdenken, wenn er in das

Mädchen

Mädchen von dem ersten Augenblicke an, da er sie sahe, verliebt worden ist. Ihre Bildung ist die vollkommenste, die ich jemals gesehn habe, ihre Farbe ist Farbe der Gesundheit, ihre Miene ist ein Gemisch von Witz, Schalkhaftigkeit, und der höchsten Rechtschaffenheit. Ihre Kleidung und Putz ist nicht Nachahmung, ist alles eigne Erfindung, alles simpel, alles harmonisch, alles Ausdruck eines unverdorbenen Geschmacks. Sie hat wenig Buchgelehrsamkeit, aber aus ihrem Betragen, und allen ihren Gesprächen, leuchtet das hervor, was ich so hoch schätze, was ich so sehr suche, und so selten finde — gesunder Menschenverstand.

Bey Tische war, wie du leicht erachten kannst, unsers Carls Wunde der vorzüglichste Gegenstand unserer Gespräche. Sie war dabey ganz Ohr, und mußte das, was ich in der Erzählung verschwieg, mit so einer Klugheit von mir herauszulocken, daß zwar jedermann sie für ein gutes theilnehmendes Mädchen halten mußte, aber doch niemand ihre Neigung zu Carln errathen konnte, als ich, der ich schon davon unterrichtet war.

C. v. Carlsberg I. Th.KAls

Als ich sagte, daß er sich bisweilen vergäße, und seiner Vernunft nicht mächtig wäre, bezeugte sie ihr Mitleiden und fragte, mit einer ungemein ausdrucksvollen Miene, da wird er wohl von nichts, als von seinen Büchern sprechen?

Ich sahe ihr sehr scharf in die Augen und sagte, er spricht stets von dem, was ihm das Liebste ist. Eine sanfte Röthe, die ihr in das Gesicht stieg, versicherte mich, daß sie mich verstanden habe.

So? antwortete sie, das habe ich oft gehört, daß man bey fieberhaften Anfällen immer von den liebsten Gegenständen spricht.

Sie fühlte sich zu schwach diese Unterredung fortzusetzen, und fragte sogleich die Frau von Rosewitz, wie sie die Sauce, über den Karpfen, den wir eben verzehrten, zurichtete? und da ihr diese sehr weitläuftig die ganze Zubereitung beschrieb, so fand sie unterdessen Gelegenheit, sich von ihrer Verwirrung zu erholen.

Nach

Nach Tische machten wir einen Spazier=
gang, ich bot Henriettchen meinen Arm, und
fragte sie sogleich, ob ich ihr zu dem Hofrath
Grimlein Glück wünschen dürfte?

Die Verbindung mit ihm, antwortete sie,
würde ein wahres Glück für mich seyn, wenn
ich zwanzig Jahre älter wäre, denn er ist ein ver=
ständiger und rechtschaffner Mann. Aber so —
bedenken Sie selbst, er könnte mein Vater seyn
— ich habe noch lange nicht Erfahrung genug,
seine Kinder zu erziehen.

So wußte sie mich hinlänglich zu versichern,
daß sie abgeneigt sey, sich mit dem Hofrath zu
verbinden, ohne daß sie das Geringste zu sei=
nem Nachtheile sagte.

Kurz, das Mädchen hat mich so eingenom=
men, daß ich im Ernst wünsche, daß sie Carl
haben möchte. Ich gab es ihr von ferne da=
durch zu verstehen, daß ich sie umarmte und
sagte, wohl dem Manne, der Sie die Seinige
nennen darf.

Das Glück, sagte sie, würde sehr mäßig
seyn. Leben Sie wohl, und empfehlen mich

 Ihrem

Ihrem guten Vetter! versichern Sie ihn von meinem Mitleiden! denn ich leide allemal, wenn ich höre, daß rechtschaffne Leute unglücklich sind.

Ich werde Carln nicht eher verlassen, bis er vollkommen gesund ist. Während der Zeit will ich Briefe schreiben, und den Zustand der hiesigen Akademie zu erfahren suchen.

Lebe wohl und behalte lieb deinen

Brav.

Fünf und zwanzigster Brief.

DerOberstv.BravandenRectorCalifornius.

Grünau, den 7. Jul.

Mein Herr Rector!

Ich hatte schon einen Brief entworfen, den ich Ihnen schreiben, und Ihnen damit meinen herzlichen Dank, für die gute Unterweisung und Erziehung, die Sie meinem Ferdinand gegeben hätten, abstatten wollte. Meine Dankbegierde

ist

ist aber ziemlich verloschen, seitdem ich Ferdinan=
den gesehn habe, und ich muß sehr an mich hal=
ten, daß ich nicht in Verwünschung gegen Sie
ausbreche.

Bedenken Sie nur, ich habe Ihnen meinen
Sohn als einem Vater übergeben, und habe Sie,
sowohl mündlich, als schriftlich, gebeten, für
ihn, wie für Ihren eignen Sohn, zu sorgen.
Sie haben es mir theuer versichert. Hätte er
aber irgendwo, als bey Ihnen, schlechter ver=
sorgt seyn können? Die Selbstschwächung hat er
bey Ihnen gelernt, seine leibliche und geistliche
Gesundheit hat er bey Ihnen verloren. O Mann!
Mann! wie wollen Sie dieß vor dem Richter
aller Welt verantworten!

Doch, ich will Sie mit keinen Vorwürfen
kränken, weil diese doch nunmehr zu spät sind.
Dieß muß ich Ihnen aber sagen, daß Ihre ganze
Schule mit diesem Laster angesteckt ist, daß noch
viele Eltern und viele Jünglinge über Sie seuf=
zen werden.

K 3

Thun

Thun Sie Ihr möglichstes, um diese Seufzer durch gänzliche Reformation Ihrer Schule von sich abzuwenden. Ich bin ꝛc.

v. Brav.

Sechs und Zwanzigster Brief.

Der Oberste von Brav an seine Frau.

Grünau, den 8. Jul.

Ich melde dir, meine Liebe! mit vielem Vergnügen, daß es sich mit unserm Carl immer mehr bessert. Doch hat der Arzt versichert, daß er unter 4 Wochen das Bette schwerlich würde verlassen können.

Es wird ihm noch viele Ueberwindung kosten, wenn er dieß aushalten soll, denn schon itzo spricht er vom Aufstehen, hält es für möglich, mit Henrietten eine Unterredung zu halten, und wirft sich unmuthig umher, wenn er sich vorstellt, daß sie, während seinem Lager, wahrschein=

scheinlicher Weise, abreisen wird, ohne daß er sie hat sprechen können. Ich kann ihn daher unmöglich verlassen, bis ich ihn vollkommen wieder hergestellt sehe. Denn ob er gleich ein ehrlicher thätiger Mann ist, so ist doch die Herrschaft über seine Neigungen seine Tugend noch gar nicht. Und ich traue ihm noch immer zu, daß er vermögend ist, um des Genusses eines flüchtigen Vergnügens wegen, sich in Gefahr zu begeben, sein ganzes Glück zu verlieren.

Gestern Abends erregten die hier Studirenden einen schrecklichen Tumult, wozu unsers Carls Schlägerey mit Dörnern die erste Veranlassung gegeben hatte, indem der Prorektor dadurch war bewogen worden, das Duellmandat zu erneuern, und Dörnern arretiren zu lassen. Die Studirenden aber sahen dieß als einen Eingrif in ihre Freyheit an, und suchten sie mit Gewalt zu vertheidigen.

Nach neun Uhr versammleten sie sich auf dem Markte, und gaben das Zeichen zum Tumulte durch Absingung einiger Lieder, die so

K 4

sinnlos

sinnlos und pöbelhaft waren, daß sich meine
Freybeuter derselben nicht hätten schämen dürfen.

> Sic vivamus, wir Studenten,
> Leben alle Tage wohl,
> Schmausen absque Complimenten,
> Saufen uns stets toll und voll.
> Und wer uns was zuwider spricht,
> Den schmeissen wir ins Angesicht
> Und lachen noch dazu.

Dieser Vers ist unter allen, die ich sie brül-
len hörte, der erträglichste. Und doch habe ich
noch einige unfläthige Ausdrücke darinne abgeändert. Hätteft du wohl geglaubt, meine Liebe!
daß Leute, die sich rühmen, ihren Verstand und
Geschmack ausgebildet zu haben, solchen Unsinn
singen könnten? Während dieses Gesangs ver-
grösserte sich der Haufe, schloß hierauf einen
Kreis, es entstund ein Gemurmel, worauf ein
schreckliches Geschrey erfolgte, pereant die Stu-
benfitzer! Licht weg! Licht weg! so brüllte man,
und wir mußten augenblicklich unser Licht aus-
löschen, weil Carls Freunde, die bey seinem

Bette

Bette faffen, verficherten, daß jedem, der Licht blicken liesse, die Fenster eingeworfen würden.

Nun gieng der Zug nach des Prorektors Hause zu, das sie mit einem so schrecklichen Steinregen bestürmten, daß in wenigen Minuten keine Scheibe an der ganzen Vorderseite seines Hauses mehr ganz war. Der arme Mann mußte mit seiner Familie in das Hinterhaus flüchten, und man hat mich versichert, daß ihm ein ganzer Tisch voll Porcelan sey zertrümmert worden, und daß ein dreypfündiger Stein neben der Wiege seines halbjährigen Kindes niedergefallen sey.

Da sie ihre Wuth an dem Hause des Prorektors hinlänglich gekühlt hatten, riefen sie Victoria! und zogen nach dem akademischen Gefängniß, um Dörnern zu befreyen. Hier fanden sie aber die Stadtsoldaten versammlet. Sie fielen sie mit einem Steinregen, und dem Degen in der Faust an, wurden aber so tapfer empfangen, daß sie nach einem viertelstündigen Gefechte sich zurück ziehen mußten.

Das Gefecht ist nicht unblutig gewesen. Von beiden Seiten sind viele verwundet worden.

 Unter

Unter andern ist einem Studenten, mit einem Springstocke, die Hirnschale zerschmettert worden. Er ist der einzige Sohn einer sächsischen Priesterwittwe, die ihr sämmtliches Vermögen an ihn gewendet hat, in der Hoffnung, daß er die Stütze ihres Alters seyn sollte. Diese Stütze ist nun zerschmettert. Einem Stadtsoldaten, der ein armer Taglöhner, ein Vater von drey unerzognen Kindern ist, sind drey Finger von seiner rechten Hand abgehauen, und auf diese Art der unglücklichen Familie der Versorger entrissen worden.

Vielleicht glaubst du, daß die Musensöhne dieses Unglück nun bedauren, und die Unglücklichen unterstützen werden? Du irrest dich. Allenthalben sprechen sie davon, wie von einer edlen That, und von sechs Studenten, die die wildesten waren, maßt sich jeder den Ruhm bey, daß er es sey, der einen ehrlichen arbeitsamen Taglöhner zur Arbeit untüchtig gemacht habe. Die abgehauenen Finger wollen sie in Silber fassen lassen, und sie anstatt der Tobaksstopfer brauchen.

Etwas

Etwas ähnliches habe ich von den Cheroke=
sen gelesen, die sich der Häute, die sie von den
Schedeln ihrer Feinde gestreift haben, statt der
Tobaksbeutel bedienen sollen.

Liebe Aemilie! ich bin sehr traurig, wenn
ich diesen erbärmlichen Zustand der Akademien
bedenke. Sind sie nicht der Sitz der rohesten
Barbarey? Und aus diesem rohen, ungeschlach=
teten Haufen, werden nun die Männer genom=
men, denen wir unser Leib und Seele, Gut und
Ehre anvertrauen müssen. Diese verschrobnen
Köpfe werden nach etlichen Jahren die Aufklä=
rung, die Gesetzgebung und die Regierung der
Nation besorgen. — Alle sind freylich nicht von
dieser Art. Drey Studirende waren während
des Tumults auf Carls Stube, und bezeigten
darüber ihr Misfallen. Sie versicherten auch,
daß ein grosser Theil der Studirenden dergleichen
Ausschweifungen verabscheue, erzählten mir aber
auch zugleich eine solche Menge der niederträch=
tigsten Studentenstreiche, daß mein Abscheu ge=
gen das akademische Leben dadurch noch mehr
vergrössert wurde. Und in diesen Sammelplatz
der

der Laster und Niederträchtigkeiten soll ich Ferdinanden schicken? Bey Gott! ich kann mich hiezu
nicht entschliessen. Ich will doch bey Gelegenheit
verständiger Männer Rath hierüber einziehen.

Lebe wohl, meine liebe Aemilie. Gieb Ferdinanden gute Bücher in die Hand. Gellerts
und Spaldings Schriften sollten ihm wohl sehr
nützlich seyn. Ich zähle alle Stunden, da ich
dich liebes Weib wieder umarmen, und unter
tausend Küssen versichern kann, daß ich sey dein

Brav.

Sieben und zwanzigster Brief.

Die Oberstin von Brav an ihren Mann.

Holdersleben, den 11. Jul.

Ich sehne mich sehr nach dir, mein Lieber! denn ich
vermisse nicht nur das Vergnügen deines Um-
gangs, sondern auch deinen Trost, Rath und
Beystand. Unser Ferdinand ist gar nicht das ge-

worden,

worden, was ich glaubte, das er werden würde. Du kannst dir nicht vorstellen, wie träge und verdrossen er ist. Seine Stellung und Gang ist so schlaff und langsam, wie eines Menschen, der von einem langwierigen Krankenlager aufgestanden ist. Er ist immer in sich selbst gekehrt, ohne die geringste Theilnehmung. Ich habe ihm alles gezeiget, was wir so oft Hand in Hand besehen, und uns dessen gefreuet haben. Ich bin mit ihm durch unsere Gärten und Wiesen und Aecker gegangen, habe ihm unsere Heerden vortreiben lassen, habe ihn zum Tauben- und Bienenhause, zum Fischteiche geführt. Er hat es alles gesehen, ohne darüber die geringste Freude und Wißbegierde blicken zu lassen.

Wie sehr freute ich mich auf seine Ankunft, und träumte von süßen Stunden, die ich an seiner Seite mit Lesung nützlicher Bücher zubringen, da ich alle die Empfindungen mit ihm theilen wollte, die ich bey manchen vortreflichen Stellen unserer besten Schriftsteller gehabt habe. Es ist aber nichts mit ihm anzufangen. Seit einigen Tagen muß er mir täglich ein Stück

aus

aus Gellerts Moral lesen, ich kann dir aber nicht beschreiben, wie verdrießlich mir dieß Lesen wird. Stellen, bey welchen wir beyde geweint haben, sagt er so kalt her, als wenn er nicht das geringste Gefühl für das Gute und Schöne hätte. Einigemal habe ich mit ihm ein Gespräch über das, was er gelesen hat, anfangen wollen, es ist aber in seinem Kopfe eine solche Verwirrung und Leere, daß er nicht im Stande ist, einen einzigen Satz mit recht deutlichen und bestimmten Worten auszudrücken, oder zu allgemeinen Sätzen ein Exempel zu finden.

Gott gebe doch, daß unser lieber Carl bald wieder hergestellt werde, daß ich dich bald wieder bey mir sehen und mit dir überlegen kann, was wir mit ihm thun sollen. Die Beschreibung, die du mir von den Akademien machst, benimmt mir alle Lust, ihn dahin zu thun, und gleichwohl, was soll er bey uns anfangen? ein Müßiggänger werden?

O kehre bald zurück, mein Lieber! mein Vertrauter! theile meinen unbeschreiblichen Schmerz mit

mit mir, nachdem du so viele Freuden mit mir
getheilt hast. Ich bin deine sehnsuchtsvolle
Frau

v. Brav.

Acht und zwanzigster Brief.

Der Oberste von Brav an seine Frau.

Grünau, den 19. Jul.

Bald komme ich zu dir, meine Liebe! und
theile wenigstens deinen Kummer mit dir, wenn
ich auch nicht im Stande seyn sollte, ihn sogleich wegzuschaffen. Carl ist izo ziemlich munter, und sobald der Arzt ihm erlaubt auszugehen, fliege ich zu dir. Der Aufenthalt allhier
wird mir je länger je beschwerlicher.

Gestern habe ich wieder ein Exempel akade-
mischer Rohigkeit in einem benachbarten Wirths-
hause angetroffen, wohin ich gegangen war,
um da meinen Kaffee zu trinken. Die Stube
war

war schon ziemlich besetzt, von einer sehr vermischten Gesellschaft, die aus Bauern, Handwerkspurschen und einigen Kaufmannsdienern bestund, die alle hier Erholung von den Geschäften suchten, die sie die Woche hindurch ermüdet hatten. Ich befand mich bey ihnen ungemein wohl, besonders da ich sie so sehr vergnügt sahe, und die erstern ihre Herzen gegen einander in Erzählungen und Scherzen ergossen, die nun freylich zum Theil nicht gar fein waren, die ich aber Leuten gern verzeihe, deren Ausbildung fast gänzlich vernachläßiget wurde.

Das Gesellschaftliche Vergnügen wurde aber bald durch die Ankunft zweyer Studenten unterbrochen, die zwar der Auswurf der Akademie zu seyn schienen, aber doch Studenten waren. Gleich ihr Eintritt war äusserst unbescheiden, indem sie auch die gewöhnlichsten Höflichkeiten unterliessen, und keinen der Anwesenden grüßten. Sie forderten auf eine sehr ungestüme Art Brandewein, spöttelten über die Kaufmannsdiener, und trieben die Sache so weit, daß diese guten Leute es nicht länger aushalten konnten,

sondern

sondern sich entfernen müßten. Hierauf warfen sie die Degen auf den Tisch, wo ich nebst der übrigen Gesellschaft saß, und fluchten über die Wirthschaft, daß alle Lumpenkerls in eine Stube gelassen würden, die nur für Bursche gehöre.

Meine Herren, sagte ich, seyn sie behutsam, ich bin ein Officier. Kaum hatte ich dieß gesagt, so bekam die ganze Gesellschaft Muth, brummte, drohte, und griff nach den Stöcken: Ein handfester Handwerkspursche trat hervor, und warf sich zum Vertheidiger der andern auf. So unpollirt auch seine Reden waren, so viel Wahrheit und gesunden Menschenverstand enthielten sie doch. Ich muß dir doch etwas davon, das ich behalten habe, hinsetzen.

Wer sind sie, meine Herren, daß sie sich unterstehen, ehrliche Leute zu turbiren? Sie wollen Studenten seyn? da müssen sie auch erst bessere Mores lernen. Wenn die Grobheit und Ungeschliffenheit den Studenten ausmacht, so bilde ich mir etwas darauf ein, daß ich ein Handwerkspursch bin, denn so viele Mores hat doch der schlechteste Handwerkspursche gelernt, daß er den Filz abnimmt, wenn er in eine Gesellschaft tritt, und daß er seine Kanne Bier in Ruhe trinkt.

Was raisonnirest du Kerl? fielen sie ihm in die Rede. Und was nehmen sie sich heraus, daß sie über uns raisonniren wollen? fuhr dieser fort. Meine Kanne Bier ist bezahlt, und das Geld, das ich verzehre, (hier warf er einen Beutel voll Geld auf den Tisch,) das habe ich selbst verdient. Zeigt mir auch einen Groschen, den ihr verdient habt. Das ist keine Kunst, anderer Leute Geld zu verthun, aber selbst Geld zu verdienen, das ist Kunst. Ich möchte nur wissen, worauf ihr so schrecklich groß thätet. Ich habe mehr als ein hundert Felle gegerbt, was habt ihr denn gethan? Itzo thut ihr so verteufelt groß, und ich will doch wohl noch erleben, daß ihr vor meine Werkstatt kommt, und mich um einen Zehrpfennig ansprecht. Die Meister bey denen ich gearbeitet habe, hatten immer ihre Noth mit reisenden Studenten und Candidaten.

Halt's

Halts Maul Kerl!

Ihr wollt mir das Maul verbieten? Ihr? (hier fuhr er ihnen mit geballter Faust unter die Nase) Laßt eure Froschgiken (er meynte die Degen) nur liegen, ich nehme es mit euch beyden und mit noch vieren eures Gleichen auf. Ihr Knurpfe! kommt einmal heraus, laßt sehen, wer das mehreste Mark in den Knochen hat!

Während dieser Rede sahe er mich immer an, und wurde immer heftiger, da er merkte, daß sie mir wohlgefiel. Da es aber zu Thätigkeiten kommen sollte, klopfte ich ihm auf die Schultern, und bat ihn, ruhig zu seyn. Er folgte sogleich, zündete sein Pfeifchen an und schwieg. Die Studenten schienen froh zu seyn, daß sie mit ungegerbten Rücken davon kamen, und waren auch ruhig.

Sie giengen bald fort, und ich that ein gleiches. Bey meiner Zurückkunft traf ich bey Carln wieder einige seiner Freunde an, denen ich mein Mißfallen über diese Aufführung bezeigte. Sie mißbilligten sie gleichfalls, unter-

hiel-

hielten mich lange mit Beschreibung des lächer-
lichen Studentenstolzes, und versicherten mich,
daß es kein hochmüthiger Geschöpf gebe, als
einen rohen Studenten. Er sähe auf alle andre
Stände mit Verachtung herab, den geschicktesten,
arbeitsamsten Bürger, nenne er einen Philister.
Selbst die Stände, in die er einst zu treten hoffe,
mache er lächerlich. Er spotte des Professors
und Rathsherrns, des Ministers und Officiers;
Prediger dürften sich nie in Auditoriis sehen lassen,
wenn sie nicht wollten ausgezischt werden. Und
die zischten gemeiniglich am mehresten, die nach
einigen Jahren kriechend eine geringe Prediger-
stelle suchten.

Doch betheuerten sie, daß es noch Studenten genug gebe, die diese Aufführung verab-
scheueten, und daß doch die Akademien sich um
ein merkliches gebessert hätten, wenn man be-
dächte, was sie vor fünfzig Jahren gewesen
wären.

Und das glaube ich ganz gerne. Die Aufklärung dringt ja bis in die Klöster, sollte
denn

denn allein über den Akademien ewige Nacht liegen?

Leb wohl, Liebe! und gräme dich nicht. Gott, der mich aus so vielen Verwirrungen herausgeführt hat, wird mir auch heitre Tage geben, da ich die Mittel finden kann, Ferdinands elenden Zustand zu verbessern. Ich bin

v. Brav.

Neun und zwanzigster Brief.

***

Der Rector Californius a. d. Oberst v. Brav.

Troppenhelm, den 18. Jul.

Hochwohlgebohrner Herr!
Hochzuverehrender Herr Oberster!

Aus Ew. Hochwohlgebohren geehrten vom 7 huj. habe ich ersehen, daß Dieselben mit Ferdinanden unzufrieden sind. Ich, als ein alter Schulmann, bin dergleichen Vorwürfe schon ge-

wohnt,

wohnt, nur befremdet es mich, daß sie mir Ferdinands wegen gemacht werden. Wollten Ew. Hochwohlgebohren die Gnade haben, und denselben, durch einen gelehrten sachverständigen Mann, examiniren lassen, so würden Dieselben finden, daß er gute Studia von unserer Schule gebracht habe, aus welcher schon viele brave Männer gekommen sind, die izo in öffentlichen Ehrenämtern stehen. Er hat seine Specimina immer gut ausgearbeitet, hat in prima Ciceronis Orationes, Horatium, Virgilium und einen grossen Theil Ovidii, im griechischen, Homeri Odysseam, gelesen, und ist in der hebräischen Bibel bis auf die Propheten gekommen. Seinen Seelenzustand betreffend, so zweifle ich gar nicht, daß er in der Gnade stehe. Er hat nicht nur bey dem öffentlichen Gottesdienste sich allezeit christlich und anständig betragen, sondern auch an den Gewissensübungen, die wir nach dem sonntäglichen zweymaligen Gottesdienst anzustellen pflegen, mit sichtbarer Rührung Theil genommen, auch niemals Neigung zu weltlichen Lustbarkeiten bezeigt.

Was

Was aber den Punct der Onanie anbetrift, so rechne ich sie unter die Schwachheiten, von denen wir, so lange wir im Leibe wallen, nie ganz frey sind. Sie ist ein Uebel, das aus unsern Gymnasien, ohne öffentliches Aergerniß zu geben, nicht wohl weggeschaft werden kann. Es wird auch dadurch viel Unglück verhindert, indem doch junge Leute dadurch mehrentheils von dem so gefährlichen Umgange mit dem weiblichen Geschlechte abgehalten werden, der nur Weltliebe, Zerstreuung und Abneigung vom Lesen der Alten, hervorbringt. Sollte Ferdinand einmal ehelich werden, so wird es sich schon von selbst geben. Gott leite ihn ferner durch seinen guten Geist. Ich verbleibe allstets

Californius.

 Drey=

Dreyßigster Brief.

Der Oberst v. Brav a. d. Rector Californius.

Grünau, den 19. Jul.

Mein Herr Rector!

Ich glaube nicht, daß ich nöthig habe, meinen Sohn durch irgend jemand anders, als durch mich selbst prüfen zu lassen, um mich zu überzeugen, daß er von Ihnen sehr schlecht sey unterrichtet worden. Denn ob ich gleich kein sprachverständiger Mann bin, so glaube ich mich doch einen Sachverständigen nennen zu können. Ich weiß zwar wenig von Achilles und Hektor, Pallas und Danae, zu erzählen, aber ich habe mich mein Lebelang bemüht, gesunden Menschenverstand zu erhalten, der in meinen Augen mir tausendmal mehr, als alle Wortkrämerey und Buchgelehrsamkeit, werth ist. Dieser gesunde Menschenverstand sagt mir,

daß

daß es dumm und albern ist, eines jungen Menschen Aufmerksamkeit von sich und den Dingen, die um ihn sind, abzuziehen, und sie durch allerhand Künsteleyen auf das alte Rom, Troja, und Griechenland, und auf syntaktische Regeln zu lenken, daß man ihn eher mit der Kriegskunst, Rede = und Dichtkunst der Alten bekannt macht, ehe er die Kunst versteht, sei= nen Magen, Blut und Nerven gesund zu erhal= ten, sein Herz vor Niederträchtigkeit, und sein Gewissen vor peinigender Reue zu bewahren. Daher kommt es denn, daß ihr Buchgelehrten immer die Unglücklichsten seyd, daß euer Körper der elendeste und schwächlichste ist, daß eure Haus= haltungen höchst unordentlich, eure Ehen mis= vergnügt, eure Kinder schlecht erzogen sind, daß ihr von den gemeinsten Vorfällen des menschli= chen Lebens ganz schief urtheilt, und öffentliche Aemter schlecht verwaltet. Denn immer habt ihr eure Ideale im Kopfe, die ihr aus Büchern geschöpft habt, und sucht sie auf vaterländischen Boden zu pflanzen, da sie bald eben so eine elende Figur machen, als der Kaffeebaum, wenn

er

er in die norwegischen Eichenwälder verpflanzt würde — was mir dabey das ärgerlichste ist, das ist euer unerträglicher Hochmuth, mit dem ihr auf andere herab seht, die die gegenwärtige Welt mehr als die alte kennen, und sich mehr auf Sachen als auf Worte verstehen. Sie denken z. E. wunder wer Sie sind, daß Sie die Selbstschwächung auf lateinisch und griechisch zu nennen wissen, und mir vielleicht eine Menge Stellen, aus Horatio, Ovidio, Cicerone und Homeri odyssea, anführen können, die davon handeln, ich kenne aber ihre Natur. Ich weiß, daß sie ein verfluchtes Laster ist, das den Menschen unter das Thier erniedrigt, ihn dumm, weibisch, und zum Ehestande untüchtig macht. Daß der Selbstschwächer seiner Nachkommenschaft Mörder ist, das weiß ich, Herr! Und wessen Wissenschaft ist nun wohl mehr werth?

Ach wenn ich doch meinen Grundsätzen treu geblieben wäre, und den Aussprüchen meines gesunden Menschenverstands mehr, als dem Geschwätze des Doctor Markolphs, getrauet hätte,

der

der mir den Unterricht in Humanioribus so sehr anpries. So hätte zwar mein Sohn Horatium und Ovidium nicht gelesen, aber er wäre gewiß noch gesund an Leib und Seele. Er könnte zwar Homeri odyssam nicht exponiren, aber er könnte doch Kinder zeugen, deren sich der Großvater nicht schämen dürfte.

Daß die Alten schön und stark geschrieben haben, weiß ich, ob ich schon seit vielen Jahren Ovidium, Horatium und Virgilium nicht gelesen habe, und daß das, was die mehresten unserer Neuen schreiben, dagegen wahre Schmiererey ist, weiß ich auch. Aber die Alten waren auch der Natur vertraute Freunde, hatten selbst das Roß wiehern gehört, und seine sträubenden Mähnen gesehen, waren selbst Augenzeugen gewesen von den Wellen des Oceans, der Unschuld des Schäferlebens, und hatten zugesehen, wie der Bauer seine Vaterländischen Furchen pflügte. Deswegen schrieben sie so schön und stark.

Ihr Herren hingegen versteht gemeiniglich von dem allen nichts, ihr zittert, wenn ein Roß wiehert, habt nie das Meer gesehen, noch

den

den Menschen in seinen mannichfaltigen Verhält-
nissen beobachtet, grabt euch unter die Alten ein,
und schmiert eure Bücher in euren Studier-
löchern, bey einer Schale Kaffee und einer Pfeife Tobak. Was kann da kluges heraus kommen?

Das Buch der Natur ist das Buch, das
Gott seber geschrieben hat, gegen den ich mehr
Achtung, als gegen alle Ihre alten Graubärte,
habe. Das ist voll von Weisheit. Das muß
der Mensch von Jugend auf, erst buchstabiren,
dann lesen, und endlich studieren. Versteht er
dieß, so kann er nebenher, wenn seine Geschäfte
es erlauben, auch die Alten lesen — und dann
erst wird er sie lesen können, da eure Jungens,
vielleicht Ihr selbst, die Alten nur exponiren. Die
schönsten Stellen der Alten sind doch nur Kopie der
Natur. Zum Teufel! wie kann man denn von der
Kopie urtheilen, wenn man das Original nicht
kennt? Sehen Sie, so urtheilt mein gesunder
Menschenverstand.

Alle unsre Gelehrten, die die Natur studiert
haben, lassen die Alten hinter sich zurück. Plinius
ist gegen Bonnet ein wahrer Junge, so wie

Sie

Sie es sind, wenn Sie sich mit Cicerone oder Virgilio messen wollen.

Für das also, was Sie mir als das gröste Verdienst angepriesen haben, für die Bekanntmachung meines Söhns mit den Alten, danke ich Ihnen nicht einmal, weil Sie ihn mit denselben eher, als mit sich, und den Dingen, die um ihn sind, bekannt gemacht haben. Wenn Sie nun gar die Selbstschwächung als ein Mittel entschuldigen, das zu dieser Absicht führet, so verabscheue ich Sie.

Sie sagen, mein Sohn stünde in der Gnade. Das muß doch eine seltsame Gnade seyn, die mit diesem Laster bestehen kann. Gottes Gnade kann es nicht seyn, denn diese kann nimmermehr den Menschen antreiben, den Tempel Gottes zu verderben.

Ich schliesse mit dem herzlichen Wunsche, daß doch alle Eltern ihre Kinder vor Ihrem Gymnasium, wie vor einem Hause, das von der Pest inficirt ist, warnen mögen, und verbleibe mit wahrem Abscheu

v. Brav.

Ein

Ein und dreyßigster Brief.

Luise an Carln.

den 21ten Jul.

Mein Herr von Carlsberg!

Es ist mir sehr unangenehm, daß ich Ihnen melden muß, daß Henriette abgereißt ist, ehe Sie ausgehen und sie sprechen konnten. Ich hoffe aber, daß Sie mir die Schuld davon nicht beymessen werden. Denn was kann ich denn dazu, daß Sie sich duellirt haben, und verwundet worden sind?

Ihr Herr Onkel hat einige Worte gegen mich fliegen lassen, aus denen ich geschlossen habe, daß Sie von mir glauben, ich suchte dem Hofrathe Henrietten zu verschaffen, das hat mich gekränkt, denn Sie haben mich für eine Lügnerin und Kuplerin gehalten, da ich doch so redlich gegen Sie gehandelt, und es dahin gebracht habe, daß Henriette noch sechs Wochen Bedenk-

zeit

zeit bekommen hat, ehe sie Ihre Entschliessung in Ansehung des Hofraths sagen darf.

Blos deswegen, weil ich es Ihnen versprochen habe, schaffe ich Ihnen noch einmal Gelegenheit, Henrietten zu sprechen.

Ich nehme aber mein Wort zurück, sobald Sie an Henrietten schreiben. Ich weis es, mein Herr, aus Erfahrung, was für Folgen es nach sich ziehen kann, wenn junge Herren von unerfahrnen Mädchen Briefchen in Händen haben. Ich bin

Luise Helwingin.

Zwey und dreyßigster Brief.

Der Oberste von Brav an Carln.

Holdersleben, den 24. Jul.

Ich bin, mein lieber Carl! glücklich wieder bey meinem lieben Weibe und dem unglücklichen Ferdinand angekommen.

Das

Das schwere Gewitter, das wir am Tage meiner Abreise hatten, überfiel mich zwey Meilen von Grünau. Es war schrecklich. Blitz auf Blitz, Schlag auf Schlag, und jeder Schlag gab, wegen der vielen Berge, ein hundertfältiges Echo. Hierzu kam ein so heftiger Platzregen, daß ich nicht vermögend war, mein Pferd weiter zu bringen.

Zum Glück entdeckte ich in der Nähe eine Holzhackershütte, in der ich Schutz gegen den Regen suchte.

Als ich mich ihr näherte, hörte ich, daß stark darinne gesprochen wurde, und da ich hinein kam, traf ich eine Gesellschaft von Bettlern an.

Ich erschrack über sie, und sie über mich. Sie schwiegen stille, so bald sie mich erblickten, und ich schwieg auch, nachdem ich sie gegrüßt hatte. Ich fühlte aber bald, daß es mir unmöglich sey, bey diesen Leuten eine halbe oder gar eine ganze Stunde auszuhalten, und mich von ihnen vom Kopfe bis auf die Füsse besehen zu lassen, ohne ein Wort zu sprechen. Deswegen

redete

redete ich sie an: was spracht ihr denn mit einander, ihr guten Leute, warum setzt ihr denn
euer Gespräch nicht fort?

Ein schwarzköpfichter Kerl, dem die Wild-
heit aus den Augen sahe, der nur einen gesunden Fuß hatte, und den andern, der nicht gröf-
ser, als der Fuß eines sechsjährigen Knabens
war, an eine Kricke gebunden hatte, nahm das
Wort und sagte:

Wir haben geredet, was arme Leute zu reden pflegen.

Und was denn?

Je wir haben einander unser Herzleid
geklagt.

Und das mag wohl groß seyn?

Das Gott erbarme! ja wohl! ja wohl! wir
sind weit übler dran, als ein Hund oder eine
Katze. Denn die werden doch estimirt. Ich habe es oft gesehen, daß vornehme Frauen ihren
Hund oder Katze auf dem Schoose gehabt, und
sie aus ihrer Tasse haben fressen lassen. Aber
wenn unser eins kommt, da wird Thür und Fenster zugemacht. Mit genauer Noth, daß man

uns ein paar Pfennige zuwirft! Meiner Seele! wir sind doch schlimmer dran, als das Vieh. Ich habe mir tausendmal gewünscht, ein Mops oder ein Bologneser zu seyn, da hätten mich Hunde und Menschen gern. Aber so — so bellen mich alle Hunde an, und die Menschen spucken vor mir aus. Und Sie, mein Herr! würden auch nicht mit mir sprechen, wenn Sie nicht das Donnerwetter daher geführt hätte. Wenn Sie mir auf dem Grünauischen Markte begegnet wären, da würden Sie schöne vor mir vorbeygegangen seyn.

Und wer seyd ihr denn? armer Freund!

Ich? ich bin ein Grafenkind. Soll mich der T... ein Grafenkind. Mein Vater ist der Graf Parmesini.

Nu? und wie seyd ihr in solche elende Umstände gekommen.

Das lassen Sie sich erzählen! Meine Mutter diente in dem Hause, wo mein Vater logirte. Sie sahe hübsch aus. Wie es nun die verfluchten Kerls zu machen pflegen, wenn sie ein hübsch Mensch sehen. Er machte meiner Mutter Ca-

reßen,

reſſen, und machte ſie damit ſo kirr, daß ſie halt alles that, was er ihr zumuthete. Meine Mutter fühlte nach einem halben Jahre, daß es anders mit ihr wäre. Sie wollte es nicht merken laſſen, und knebelte ſich den Leib ſo feſte zuſammen, als ſie konnte. Davon kommt das verſchwundene Bein da, das habe ich mit auf die Welt gebracht, und meine Mutter hat mir oft geſagt, daß es davon käme, daß ſie ſich ſo feſt zuſammen gekne= belt hätte.

Sie bat meinen Vater um Gottes willen, daß er ſich über ſie erbarmen, und ihr ein Stück Geld geben ſollte. Der Sakkermenter lachte aber darüber und ſchmiß ihr einen Dukaten hin. Das war nun weder gehauen noch geſtochen.

Da meine Mutter weder aus noch ein wuß= te, nahm ſie ſich vor, daß ſie mir den Kopf ein= drücken wollte, ſo bald ich auf die Welt käme, und mich hernach in den Strom werfen. Tau= ſendmal habe ich gewünſcht, daß ſie es gethan hätte. Aber ihre Frau traf ſie an, da ich eben zur Welt gekommen war, da mußte ſie mich, leider Gott! leben laſſen.

　　　　　　Sobald

Sobald die Herrschaft von meiner Mutter erfahren hatte, was ihr begegnet war, so warf sie
sie aus dem Hause. Meine Mutter nahm mich
in die Schürze, und brachte es durch vieles lamentiren so weit, daß sie eine arme Frau ein-
nahm. Da mußte sie alle ihr bischen Kleider
verkaufen, um sich des Hungers zu erwehren.

Nun war sie eine Hure. Kein Mensch wollte mit ihr umgehen, mich ernähren mußte sie,
nichts verdienen konnte sie — da legte sie sich auf
die Hurerey, und lebte davon noch einige Zeit,
dann kriegte sie die Franzosen, und krepirte im
Lazarethe, nachdem sie erbärmlich viel ausgestanden hatte, und ich armer Teufel mußte mein
Brod vor den Thüren suchen. Ich habe oft mit
den Zähnen geknirscht, wenn mir mein Vater,
der Schinderknecht, der Rakker —

Ey schämt euch Freund, so zu reden. Euer
Vater sey so böse als er will, er ist doch euer
Vater.

Hohl der T.. den Vater! welches Rindvieh
geht denn mit seinem Kalbe so um, wie der Rakker mit mir? Einmal begegnete er mir, da sagte
ich,

ich, schämen Sie sich, Vater! daß Sie ihr Kind
— ich hatte das Wort kaum ausgesagt, so kriegte
ich eine Tracht Prügel von ihm, und den andern
Tag wurde ich des Landes verwiesen. Ja Herr!
so ists mir gegangen. Sie, Herr, kommen da
her geritten, sind gesund, haben den Beutel voll
Geld, und ich — und was habe ich denn verbrochen, daß ich mein lebelang unter Verdruß,
Bosheit und Aergerniß, auf der Straße liegen,
und von allen Menschen mich verachten und mir
Grobheiten sagen lassen muß?

Schweigt ja! antwortete ein Weibsbild,
die nur noch die Wurzel von der Nase übrig
hatte, und laßt mich reden. Ich bin so unglücklich als ihr.

Wie so? fragte ich.

Wie so? Sehn Sie nicht diese Nase? Ekeln
Sie sich nicht vor mir? Ists nicht so gut, als
wenn mir der Galgen an die Stirne gebrännt
wäre? Und gleichwohl bin ich doch wahrlich so
schlimm nicht, als Sie vielleicht denken.

Nu, eine Weibsperson, die die Nase verloren hat —

<table>
<tr><td></td><td>M 3</td><td>Die</td></tr>
</table>

Die ist eine Hure, wollen Sie sagen. Sie haben recht. Ich bin auch eine Hure. Aber wenn Sie wüßten, wie ich dazu gekommen wäre — doch was hilft alles lamentiren. Ich will schweigen. Es bedauert mich doch niemand. Sie wären gewiß der erste, der Mitleiden mit mir hätte.

. Ihr seyd elend, und mit jedem Elenden habe ich Mitleiden. Erzählt mir nur euer Unglück, aber — die Wahrheit müßt ihr reden. Ihr mögt es so arg getrieben haben, als ihr wollt. Ich werde euch immer bedauern. Sobald ich aber bemerke —

Was soll mir denn das Lügen helfen? werde ich wohl dadurch wieder ehrlich? Ich bin ein Bauersmädchen. Mein Vater starb, und hinterließ meiner Mutter nichts als fünf Kinder. Ich war das älteste. Und da meine Mutter uns alle nicht ernähren konnte, so sagte sie, ich sollte mich vermiethen, und ihr von meinem Lohne alle Jahre ein paar Gülden Zuschuß thun. Lust hatte ich nicht dazu. Ich hatte einen hübschen Kerl im Dorfe, der wollte mich freyen, (hier brach sie in Thränen aus,) ach! das war ein Kerl, wie es keinen mehr geben kann, so ehrlich — so fleißig — so schöne gewachsen.

Warum nahmt ihr ihn denn nicht?

Was hätte ich denn mit ihm machen sollen? ich hatte nichts, er hatte nichts. Er diente bey dem Edelmanne, und wollte sich erst zwanzig Gülden sammlen, daß er ein Hüttchen dafür kaufen könnte. Er wollte es durchaus nicht haben, daß ich von ihm ziehen sollte. Aber was konnte ich denn machen — die Mutter wollte es ja haben. Kurz und gut, ich mußte nach Grünau mich vermiethen. Ich kam in ein Haus, wo sechs Studenten wohnten, denen ich aufwarten mußte. Da können Sie leicht denken, wie es gegangen ist.

Diese werden euch verführt haben?

Ach! in den ersten acht Tagen. Ich mußte ja beständig bey ihnen seyn, ihre Betten machen, den Kaffee vor das Bette tragen. Jung war ich, keine Ruhe ließen sie mir, ich konnte nicht anders, ich mußte ihnen zu willen leben. Da ich etlichemal mich erst vergangen hatte, so war ich

wie

wie betäubt, ich vergaß meinen Katechismus,
meinen Hans, den lieben Gott, alles vergaß ich,
und ließ mir das Leben recht wohl gefallen.

Aber es dauerte nicht länger als ein Vierteljahr, da wurde ich mit der garstigen Krankheit
angesteckt. Ich fühlte wohl, daß mir nicht recht
war, aber ich wußte nicht, was mir fehlte, und
steckte erst noch sechs Studenten an. Da ich gar
nicht mehr fort konnte, da gieng ich endlich zum
Doktor. Der ließ mich ins Lazareth bringen.
Du lieber Herr Jesus, was habe ich da ausstehen müssen! Sechs Wochen bin ich herum gemartert worden. Endlich wurde ich kurirt —
aber die Nase gieng hin. Sehn Sie, lieber
Herr! so ist es mir gegangen. Nun machen Sie
mit mir was Sie wollen, bedauren Sie mich,
oder heissen Sie mich einen Schandbalg. Ich
muß mir alles gefallen lassen. Aber ein elender
Thier kann es auf Gottes Erdboden nicht geben,
als ich bin. Wo ich gehe und stehe, da weiß
man mit Fingern auf mich und spuckt vor mir
aus. Ach! und wenn ich zurück denke, was ich
hätte werden können, wenn ich das verfluchte

Loch,

loch, das Grünau, nimmermehr mit Augen gesehen hätte — Wenn ich itzo meinen Hans hätte
— so möchte ich mir alle Haare aus dem Kopfe
raufen. —

Haltet ein! sagte ich, armes Weib! mit Un-
geduld macht ihr eure Sachen immer schlimmer.
Bedauren thue ich euch, darauf könnt ihr euch
verlassen.

Fortsetzung.

Und ihr, armer Freund! sagte ich zu dem
Dritten, der nur einen Arm hatte, wie seyd ihr
zu eurem Elende gekommen?

Guter Mann! antwortete er: ich habe aus
Ihrem ganzen Betragen gesehen, daß Sie mit
vieler Theilnehmung die Geschichte dieser Elenden angehört haben. Ich darf also wohl hoffen,
daß Sie bey meiner Elendsgeschichte nicht gleichgültig seyn werden. Ich bin von Geburt ein
Mecklenburger und gieng nach Grünau, um da
Jura zu studieren. Da habe ich zwey Jahre gelebt, nicht wie ein Heiliger, aber gewiß auch
nicht wie ein Bösewicht. Wenigstens sagt mir

mein

mein Gewissen, daß ich nie ein Mädchen verführt habe. Ich gieng einsmals frohes Muths bey den Hofrath Alpius ins Collegium, das er über die Pandekten las, und setzte mich auf einen Stuhl, der schon für einen andern belegt war. Dieser kam und sagte so laut, daß es jedermann hören konnte: dieser Stuhl gehört mir, das ist dumm und einfältig, daß man sich darauf setzt. Ich bitte um Verzeihung, war meine Antwort, ich habe es nicht mit Vorsatz gethan, aber es könnte doch gelinder gesagt werden. Und nun sahe ich ihn an, ob er die mir zugefügte Beleidigung zurücknehmen würde. Aber anstatt sie zurückzunehmen, stieß er mich heftig an, und sagte: weg, dummer Junge!

Ich weiß nicht, mein Herr! ob Sie auf Akademien gewesen sind. Ich muß Ihnen also sagen, daß ich nach den Begriffen, die man damals von Ehre und Schande hatte, und wie ich höre noch haben soll, so gut als gebrandmarkt war. Ich würde von allen seyn verachtet worden, jeder Poltron würde sich für berechtigt gehalten haben, mich zu beleidigen,

wenn

wenn ich zu dieser öffentlichen Beschimpfung geschwiegen hätte. Ich faßte also Muth, und sagte: Nun weich ich nicht, und der Teufel, und seine Großmutter soll mich nicht vertreiben. Sogleich hatte ich einen Schlag über den Kopf. Was würden Sie, mein Herr! in diesem Falle gethan haben?

Ich war über diese Frage so betreten, daß ich nicht wußte, was ich antworten sollte.

Sie hätten gewiß gethan, fuhr er fort, was ich auch that. Ich faßte den Kerl bey der Gurgel, warf ihn nieder, und maulschellirte ihn. Der Erfolg davon war, daß ich mich am andern Tage mit ihm schlagen mußte. Ich nahm den Degen, Gott weis es, in keiner andern Absicht, als meine Ehre zu vertheidigen, und ihm etwa ein kleines Andenken an den Arm zu geben. Aber ach Gott! er brachte mir einen Stich in die Hand bey, ich sahe Blut — nun wurde ich rasend und gieng grausam wie ein Tiger auf ihn los. Und kaum hatte ich vier bis fünf Ausfälle gethan, so traf ich ihn in die Brust, stieß ihn durchs Herz, daß er entseelt vor mir nieder fiel. Nie

kann

kann einem Verdammten, der vor Gottes Richterstuhle das Urtheil empfängt, gehet hin von mir ihr Verfluchten! so zu Muthe seyn, als mir da war. Ich stand da wie eine Statue. Meine Freunde schrieen, ich sollte eilen, um mich zu entfernen — ich konnte nicht. Einer sprang davon, holte ein Pferd, man trieb mich aufzusitzen, ich versuchte es, fiel aber auf der andern Seite wieder herunter. Da kamen eben zwey Studenten in einer Chaise gefahren, in diese warf man mich, und bat sie, mich über die Gränze zu bringen.

Und da wurde vielleicht die Wunde an ihrer Hand gefährlich?

Ach an diese dachte ich nicht wieder. Ich wankte, da ich über die Gränze war, von einem Dorfe zum andern fort. Kraftlos warf ich mich den Abend auf eine Streue nieder. Aber der Schlaf flohe mich. Sobald ich die Augen schloß, stund mein Gegner vor mir, und zeigte seine blutige Brust. Da fuhr ich zusammen und erwachte, und ängstigte mich. Ach bester Mann! Menschenblut vergossen zu haben, ist etwas

schreck-

schreckliches. Man wird nie wieder froh. Noch izo tönt mir in meinen Ohren der Brüll, den mein Gegner that, da er stürzte. Des Morgens kam ein Werber, bemerkte meine Verlegenheit, und beredte mich, Dienste zu nehmen. Da mir das Leben eine Last war, und ich über 5 Thaler nicht bey mir hatte, so war ich leicht zu bereden. Ich wurde also Soldat, und kaum war ich bey dem Regimente, so wurde ich mit in die Schlacht bey Kunnersdorf genommen, wo ich einen Schuß in den rechten Arm bekam. Er war nicht gefährlich. Ich wurde aber in ein Haus geschleppt, wo gegen 300 Verwundete lagen. Etwas Scheuslicheres habe ich nie gesehen noch gehört. Gleich in der ersten Nacht bekam einer von meinen Nachbarn Convulsionen und starb, der andere stieß mich immer mit seinem gespalteten Hirnschädel an die Nase, ein dritter vomirte mir ins Gesicht — Doch ich glaube nicht, daß Menschensprache Worte hat, um diesen Jammer zu beschreiben. Die Feldscheere, die uns zugeordnet waren, waren nicht im Stande, hinlänglich für uns zu sorgen. Ich mußte zwey Tage

liegen,

liegen, ehe ich verbunden wurde. Am dritten Tage, war mein Arm so geschwollen, daß man den Brand vermuthete. Man suchte zwar ihn zu verhindern, aber umsonst. Er fand sich ein, und der Regimentsfeldscheer kündigte mir an, daß der Arm abgelößt werden müßte. Ach noch izo denke ich mit Entsetzen an die Zurüstungen, die dazu gemacht wurden, und an alle die Marterzeuge, die man um mich her legte. Und ich weiß doch warlich nicht, ob ein Straffenräuber mehr fühlen kann, wenn er das Gerüste bereiten sieht, auf dem er soll geradebrecht werden, als ich bey diesem Anblicke empfand. Zum Glück für mich erlag meine Natur unter Schauer, Entsetzen und Schmerz. Ich wurde ohnmächtig und erwachte nicht eher, bis ich meinen Arm verlohren hatte. Gott! meinen Arm! meinen rechten Arm! So bald ich genesen war, bekam ich fünf Gulden und einen Paß. Ich bettelte mich in mein Vaterland, um das wenige Geld, das mir mein Vater hinterlassen hatte, in Besitz zu nehmen. Aber meine Vormünder hatten es 'an einen Kaufmann verliehen, der Bankerout gespielt

hatte.

hatte. So bin ich zum Krüppel und Bettler ge=
worden. Und habe nun schon zwey Jahre mit
Elenden, die die menschliche Gesellschaft ausge=
stoßen hat, Deutschland durchreisen müssen. Was
sagen Sie dazu?

Ich bedaure sie herzlich.

Aber sollte uns das nicht mißtrauisch auf
Gottes Vorsehung machen? Herrscht solch Elend
wohl unter den Hirschen, Ratzen oder wilden
Schweinen, als unter den Menschen, die Gott
nach seinem Bilde schuf? Uns drey führt hier
der Zufall zusammen, und unser aller Leben ist
freudenlos. Und solcher Menschen giebts Mil=
lionen auf der Welt. Wenn alle die dreyhundert,
die mit mir im Lazarethe lagen, die Geschichte
ihres Elends beschreiben sollten —

Freund versündige dich nicht, und murre
gegen Gottes Vorsehung nicht. Gott macht alles
gut, aber ihr Menschen macht euch unglücklich.
Du und diese Weibsperson seyd doch an eurem
Elende schuld, und dieser ist elend durch seiner
Mutter Schuld.

Kann

Kann ich etwas dazu? fuhr dieser heftig auf, daß meine Mutter eine Hure war?

Und verſündigen Sie ſich nur nicht, ſagte der Einärmichte. Verurtheilen Sie nicht ſo geradezu die Elenden. Ich glaube noch immer an Gottes Vorſehung, obgleich ihre Wege mir unbegreiflich ſind. Ich glaube es, daß Gott die Menſchen gut gemacht, und ſie zur Glückſeligkeit beſtimmt hat. Unſere bürgerliche Verfaſſung iſt aber ſo eingerichtet, daß der Menſch dadurch immer in ſolche Lagen gedrängt wird, wo er nothwendig böſe werden, und ſich elend machen muß. Wenn ich dem ſanftmüthigſten Hund auf den Schwanz trete, ſo beißt er mich in die Wade und zieht ſich Stockprügel zu. Und wenn ich ein junges raſches Mädchen ſechs müßigen Studenten zur Diſpoſition überlaſſe, ſo muß ſie eine Hure werden, und am Ende die Naſe verlieren, und wenn ich ein geſchwängertes Mädchen hülflos laſſe, ſo muß ſie auf Kindermord denken, und wenn ein Graf ſein Kind betteln läßt, ſo muß es ſeinen Vater verfluchen, und wenn ein Student öffentlich gemißhandelt wird, ſo muß er ſich

schlagen,

schlagen, und wenn er in die Hand gestochen wird, so muß ihm die Mordsucht anwandeln, und wenn er gemordet hat, ist vom Gelde entblößt, und trift einen Werber an, so muß er Soldat werden u. s. w. Ich hoffe Sie verstehen mich.

Ich verstehe sie nur allzugut, und mein Herz blutet mir, wenn ich sie und diese zwey andern Elenden ansehe, und mich zu schwach fühle, ihnen zu helfen. Ich hoffe aber, daß es mit der Zeit doch besser werden werde. Läge der Grund zum menschlichen Elende in der menschlichen Natur, so wäre meine Hofnung eitel. Da er aber nur, wie ich schon lange geglaubt habe, und in diesem Glauben durch eine neue dreyfache Erfahrung bestärkt worden bin, in verschiedenen Fehlern der bürgerlichen Verfassung liegt, so kann und muß der Grund des menschlichen Elends einmal weggeräumt werden.

Ha! weggeräumt? Die Welt steht beynahe sechs tausend Jahr. Es hat zu allen Zeiten Leute gegeben, die dem menschlichen Elende entgegen gearbeitet haben, sind wir aber weiter gekommen?

Ich glaube doch. Wenn sie daran zweifeln, so lesen sie die Chronik der ersten Jahrhunderte, lesen, und vergleichen, und urtheilen sie!

Ich weis, was sie sagen wollen, wir haben mancherley Elend weggeschaft, aber an dessen Stelle ist mancherley andres gekommen. Vor etlichen Jahrhunderten gab es ohne Zweifel mehr Elende meiner Art. Aber Elende dieser Art, (er zeugte auf die zwey andern Bettler) giebt es itzo gewiß zehnmal mehr als sonst.

Aber wie, wenn eine sechstausendjährige Erfahrung dazu erfordert würde, um die Einsichten zu erlangen, die zu Wegschaffung des menschlichen Elends nöthig sind?

Ja das ist so etwas. Aber — so lange nicht das Wohl jedes einzelnen Mitgliedes, sondern die Befriedigung der Leidenschaften einiger Wenigen, der lezte Zweck unserer bürgerlichen Verfassung ist, so lange ist an so etwas nicht zu denken. Es werden sich immer tausende in unnatürliche Lagen müssen pressen lassen, damit einige wenige ihre Leidenschaften befriedigen können. Der Wirth, bey dem diese Unglückliche

glückliche diente, opferte vermuthlich alle Jahre ein oder zwey junge Mädchen auf, damit sein Haus für die Studierenden desto mehr Reiz haben möchte, und er seine Stuben um ein paar Thaler theurer vermiethen könnte. Wie es im Kleinen geht, so geht es auch im Grossen; um diese und jene Stadt volkreicher zu machen, setzt man gern etliche hundert Familien in Lagen, da sie zweifelhaft werden, ob sie sich hängen oder erschiessen sollen. Ich hoffe, sie verstehen, was ich sagen will.

Ich verstehe es ganz. Aber Freund! das Gewitter ist vorbey, meine Reise geht schleunig, itzo können wir die Welt doch nicht anders machen, als sie ist. Laßt uns vor der Hand das menschliche Elend lindern, wenn wir es nicht wegschaffen können. Für euch ihr beyden Elenden kann ich itzo weiter nichts thun, als euch ein paar frohe Tage machen. Hier habt ihr jedes einen Speciesthaler, thut euch dafür gütlich, und hütet euch, die Glücklichern zu beneiden. Und sie? armer Mann, hätten sie wohl Lust zu mir zu ziehen? Ich habe ein Land-

gut,

gut, das ich selbst bearbeiten lasse, wollten sie wohl die Aufsicht über die Arbeiter übernehmen? Sie können mir, wenn sie ihrem Amte wohl vorstehen, damit jährlich 2 bis 300 Thaler erhalten. Es ist also billig, daß ich ihnen dafür die Kost und einen Gehalt von hundert Thalern gebe.

Noch nie habe ich einen Menschen so gerührt gesehen. Er warf seinen Stock hin, fiel auf die Knie, und umfaßte mit seinem linken Arme meine Füße. Die beyden andern weinten. Auch mir flossen die Thränen über die Backen. Ich riß mich loß, schwang mich auf mein Pferd, und sagte dem Einärmichten meinen Namen und meine Wohnung. Er ist bereits bey mir angekommen.

Lange, lieber Karl! bin ich so selig nicht gewesen, als auf dieser Reise. Mehr Wonnegefühl kann der Auserwählte im Sitze der Seligen nicht haben, als ich da empfand. Und wodurch hatte ich es mir verschaft? durch Wohlthun. Nun Karl! so mag des Elends so viel in der Welt seyn, als da will, uns bleibt doch noch immer Plaz zu Himmelsfreuden übrig.

Wir

Wir können ja wohlthun. Wo wir nicht hel=
fen können, können wir doch rathen, und wo
kein Rath mehr möglich ist, können wir doch
warnen und trösten.

Dieß alles habe ich dir mit gutem Vorbe=
dachte so weitläuftig beschrieben, damit du dar=
über nachdenken, und Klugheitsregeln daraus
ziehen sollst. Du wirst sie gewiß finden, wenn
du alles recht überlegen willst.

Wie geht es denn mit Henriettchen? He?
hast du sie noch nicht gesprochen? Wenn ich erst
recht überzeugt bin, daß du durch sie glücklich
wirst, so will ich selbst nachdenken, wie ich sie
dir verschaffen kann. Das Vergnügen, dich
glücklich zu machen, wird das beste Mittel seyn,
den Schmerz zu lindern, den mir mein unge=
rathener Sohn verursacht. Ich bin

v. Brav.

———

N 3 Drey

Drey und dreyßigster Brief.

Carl v. Carlsberg an den Obersten v. Brav.

Grünau, den 28. Jul.

Ihr einärmichter Mann, liebster Herr Vetter! mag wohl recht haben, wenn er sagt, daß man sehr leicht in Lagen kommen könne, wo man müsse böse und unglücklich werden. Ich wenigstens bin in einer Lage, wo ich ein Bösewicht werden muß, wenn sie nicht bald abgeändert wird.

Ich schrieb an Henrietten inliegenden Brief, und erhielt bald darauf eine Antwort. Hundertmal drückte ich ihren Brief an meine Brust und küßte ihn, ehe ich ihn erbrach. Aber stellen Sie sich mein Entsetzen vor, da ich las, daß sie entschlossen sey, meinen Hauswirth zu heyrathen. Ich stund da, wie vom Donner gerührt.

rührt. Ich las noch zwey bis dreymal, denn ich traute meinen eignen Augen nicht, konnte aber nichts anders lesen. Unmöglich kann das ihre eigne Entschliessung seyn. Ihre Tante muß durch ihre Ränke sie dazu gebracht haben. Noch einmal muß ich sie sprechen, ehe sie ihr Wort von sich giebt. Vernehme ich denn aus ihrem eignen Munde, daß sie auf ihrem Vorsatze beharre — so schütze der Himmel meine Tugend, ich kann sie nicht länger schützen. Sie wird meine Hauswirthin, ich wohne mit ihr unter einem Dache. Und ein junger Mensch, der für seine junge Hauswirthin glühet, die gegen ihn auch nicht gleichgültig ist, und noch überdem einen alten mürrischen Mann hat, der muß ein Ehebrecher werden.

Ehebrecher — ich zittere, da ich dieses Wort schreibe. Aber ich weiß auch, daß ichs werden muß. Eine so heftige Leidenschaft, wie die meinige ist, deren Befriedigung ich so leicht und so nahe haben kann, diese zu bezwingen ist meine Kraft zu schwach.

 Wenn

Wenn Ihnen also die Tugend und Zufrie=
denheit ihres Carls lieb ist, so machen Sie An=
stalt, daß er von Grünau wegkomme, wenn die
traurige Verbindung noch vor sich gehen sollte.

Die ersten Stunden, die ich nach Empfange
dieses Briefs gehabt habe, waren schrecklich.
Ich war aufs äusserste gebracht, und meine
aufgebrachte Leidenschaft gab mir eine Menge
boshafter Entschliessungen ein, deren ich mich
izo vor mir selbst schäme. Da aber meine Ver=
zweiflung den höchsten Grad erreicht hatte, fiel
mir die Stelle ihres Briefes ein, da Sie sagen,
„daß, wenn auch die ganze Welt voll Elends
wäre, uns doch noch immer ein Platz zur Selig=
keit übrig bleibe, denn wir könnten ja noch wohl=
thun.“ Gott segne und erquicke Sie für diese
Stelle. Sie war mir wie ein Engel Gottes, der
dem Verzweifelnden die Hand bietet, und ihn
empor richtet. Ein wohlthätiges Licht erhellte
die schreckliche Nacht, in der meine Seele wan=
delte.

Du willst, sagte ich, ausgehen, und suchen,
wo etwas zu helfen, zu rathen und zu trösten
ist.

iſt. Meine Augen floſſen bey dieſem Gedanken von Thränen über, ich gieng zu meiner Kaſſe, (die durch Ihre und meiner Mutter Güte, wieder ſehr gefüllt iſt, und mich in den Stand ſetzt, wieder einen ziemlichen Theil meiner Spielſchuld abzuſtoſſen,) und nahm daraus eine Hand voll Geld, die ich zu mir ſteckte. Ach lieber Herr Vetter, des Himmels Vorſchmack hatte ich, da ich ſie zu mir ſteckte. Meine Empfindung wurde zum Gebete. Ich faltete meine Hände und ſeufzte: „Verzeihe es mir mein Gott und Vater! daß ich gegen dich gemurret habe, daß ich mit meinem Schickſale, das du Allgütiger beſtimmt haſt, unzufrieden war, warum murre ich denn? du verſagſt zwar meiner Wünſche Befriedigung — aber du gönnſt mir dagegen eine Freude, in der du ſelbſt deine Seligkeit ſetzeſt — du ſetzeſt mich in den Stand, meinen Brüdern, die noch weit elender ſind, als ich, wohl zu thun. O du unendlicher Wohlthäter! Gönne mir heute dieſe Freude, die ich ſo ſehr bedarf, laß mich die Perſon finden, die meinen Beyſtand am nöthigſten hat!“

 Noch

Noch izo ist mir der Zustand, in dem ich mich damals befand, ein wahres Räthsel. Ich konnnte meines Weinens kein Ende finden. Nie war ein Lachen so süß, als diese Thränen.

Sobald meine Augen trocken waren, gieng ich aus, um Elende zu suchen. Welchen Durst hatte ich, sie zu finden! Bey Gott! und wenn ich Henrietten gesucht hätte, meine Sehnsucht hätte nicht heftiger seyn können.

In Grünau darf man nicht weit gehen, wenn man Elende finden will. Ich gieng über den Markt, und hörte, da ich an den Raths=hof kam, ein erbärmliches Geschrey von Wei=bern und Kindern. Ich sprang zu —

Machen Sie sich gefaßt, eine der scheus=lichsten Scenen zu lesen, die wohl je auf Got=tes Erdboden war. Ein Weibsbild war an ei=nem Pfahl mit ihren entblößten Armen ange=bunden, und ein Teufel von Kerl zählte ihr, mit einer Peitsche, zwölf starke Hiebe zu. Sie schrie, was ihre Kräfte vermochten. Neben ihr lag ihr Säugling, der ebenfalls, so stark als möglich, schrie. Zwey Weibspersonen, die

schon

schon durchgeprügelt waren, stunden neben ihr, hielten ihre weinenden Kinder auf dem Arme, ihr Haar flog schrecklich umher, sie fluchten schrien und schimpften. Auf dem Boden lag ein Mädchen in Ohnmacht, dessen reizende Bildung durch die Miene der Unschuld noch mehr gewann, und neben ihr ihr Säugling. Zum Rathhause sahe das Scheusal vom Bürgermeister heraus, das ich Ihnen ohnlängst beschrieben habe, mit eben so einer unempfindlichen Miene, mit welcher ein Pächter seine Schweine abstechen sieht.

Eine von den geprügelten Weibspersonen erblickte ihn, und stieß gegen ihn alle Reden aus, die ihr die höchste Verzweiflung eingab. Kerl! rief sie, warum läßt du uns prügeln? Dafür, daß wir Kinder gekriegt haben? Die Landhuren läßt du herumlaufen, und bekümmerst dich nicht um sie? Du läßt huren und buben und ehebrechen — kein Hahn kräht darnach. Aber wir armen Thiere müssen geprügelt werden, weil wir Kinder bekommen haben. Wenn wir das Abtreiben gelernt hätten, wie

deines

deines Sohns Mägde, da würde kein Mensch etwas darnach fragen —

Ich verlohr das Bewußtseyn und meine Knie bebten.

Bald aber kam ich wieder zu mir selbst. Der Gerichtsdiener löste die Unglückliche ab, und wollte das ohnmächtige Mädchen an ihre Statt anbinden. Da er sahe, daß sie ohn=mächtig war, gab er ihr einen Stoß in die Seite und schrie: auf Canaille! und rief seiner Frau zu, daß sie einen Eimer voll Wasser bringen und auf sie gießen sollte.

Hier gerieth ich in Wuth. Was? sagte ich, Barbar! was hat das Mädchen gethan, daß du sie so mißhandeln willst?

Aergern Sie sich nur nicht, sagte er, es ist ja nur eine Hure.

Mag sie Hure seyn, antwortete ich, sie ist ein Mensch, und ihr Kind ist ein Mensch, ein unschuldiger Mensch, der nie eine Sünde that. Es ist himmelschreyend, wenn ein Mensch den andern so peinigt. Halt Kerl! ich gebe es nicht zu.

Da

Da müssen Sie, sagte der rohe Mensch, es mit dem Herrn da oben ausmachen, mich geht es nichts an, ich thue was mir geheissen wird. Ich prügle sie und lasse sie laufen, oder schneide ihr die Gurgel ab, wie es die gnädigste Obrigkeit verlangt.

Das wolltest du Kerl thun? einem so unschuldigen Mädchen die Gurgel abschneiden?

Das kümmert mich nicht. Dafür besoldet mich meine gnädigste Obrigkeit.

So halt Kerl! ich will es mit deiner gnädigsten Obrigkeit ausmachen.

Was halten, was halten, ich habe obrigkeitlichen Befehl, der muß vollzogen werden.

Aber wenn ich dir einen Gulden gebe —

Einen Gulden? ja das ist etwas anders. Gehn Sie nur, und reden Sie mit dem Herrn Bürgermeister. Es dauert mich selber das arme Mädchen.

Nicht einen Gulden, einen Thaler sollst du haben, aber daß du keine Hand an sie legst.

Sogleich wurde mein Barbar ein Menschenfreund. Frau! sagte er, hast du nicht ein

Bis-

Bischen Spiritus, das man dem armen Mäd=
chen vor die Nase halten könnte — einen Schluck
Wein — geschwinde — geschwinde.

Die Frau lief fort, und ich auch.

Fortsetzung.

Ich lief in die Gerichtsstube zum Bürgermeister
mit dem ich bey dem Hofrath Grimlein, da ich
ihn einigemal gesprochen, eine Art von Ver=
traulichkeit errichtet hatte. Um des Himmels
Willen, Herr Bürgermeister, sagte ich, wie ists
möglich, daß Sie die armen Weibspersonen so
barbarisch können mißhandeln lassen?

B. Sie haben gewiß auch ein Liebchen
darunter? He?

J. Sie irren sich sehr. Muß man denn
ein Weibsbild geliebt haben, um Mitleiden ge=
gen sie zu empfinden, wenn man sie auf eine
unmenschliche Art prügeln sieht und ihr armes
unschuldiges Kind bis zum Convulsionen schreyen
hört? Braucht man dazu mehr als ein un=
verdorbenes Herz?

B.

B. Die Gerechtigkeit fordert diese Genug=
thuung.

J. So? aber wenn Sie so gerecht sind,
lassen Sie denn auch den Verleumder geisseln?
auch den Wucherer, der das Mark der Armen
aussaugt? mich dünkt es gehört doch ungleich
mehr Bosheit dazu, ein Verleumder, und Wu=
cherer zu seyn, als einem starken Naturtriebe
unterliegen.

B. Wir richten nach den Landesgesetzen.

J. Welcher Narr hat denn diese dumme
Landesgesetze gemacht? Mich dünkt jede Hand=
lung sollte doch nach dem Grade ihrer Bos=
heit bestraft werden.

B. Menagiren Sie sich, mein Herr! wis=
sen Sie, wen Sie vor sich haben?

J. Ach ich weis es wohl — ich habe
den Grünauischen Bürgermeister vor mir, den
ich nur allzugut kenne. Ich muß Sie aber doch
noch etwas fragen. Ich kenne etliche öffentliche
Huren, die schon eine Menge Studirende ver=
führt haben. Haben Sie diese auch peitschen
lassen?

B.

B. Zeigen Sie sie an, so werden wir nach den Landesgesetzen über sie sprechen.

J. Ich bin Ihr Spion nicht. Ihnen als Richter kommt es zu, darüber zu wachen. Ich kenne Weiber, die durch ihren höchst ärgerlichen Umgang mit dem männlichen Geschlechte sich des Ehebruchs sehr verdächtig gemacht haben. Lassen Sie diese auch peitschen?

B. Wer sind denn diese Weiber?

J. Das sollten Sie, als Obrigkeitliche Person, längst wissen. Sie strafen also weder Hurerey noch Ehebruch, sondern nur das Kindergebähren. Sie reitzen also das weibliche Geschlecht zum Kindermorde?

B. Ich kann mich auf Ihr Philosophiren nicht einlassen. Böse Arbeit, böser Lohn. Hätten diese Weibsbilder nicht einen ärgerlichen Wandel geführt, so dürften sie nicht leiden. Dabey bleibt es.

J. Aber wer sind denn die Väter zu diesen Kindern?

B. Darnach haben Sie nichts zu fragen. Ich weis es auch nicht.

J.

J. Sie wissen es also nicht! also haben Sie sie auch nicht bestraft? Den Verführer lassen Sie also laufen, und die Elende, die das Unglück hatte verführt zu werden, lassen Sie peitschen?

B. Das Grübeln hilft nun alles nichts, ich spreche nach den Landesgesetzen.

J. Aber wenn diese nun dumm, barbarisch, rasend sind?

B. Herr! reden Sie nicht weiter oder ich lasse Sie in die Wache setzen. Ist das der Dank dafür, daß ich auf Zucht und Ordnung halte, und Personen strafe, die dem Publikum zur Last fallen?

J. Sind denn diese Unglücklichen nicht gestraft genung? Müssen sie nicht die Verachtung der ganzen Stadt tragen? Müssen sie nicht ihre armen Kinder ernähren, pflegen, warten, ohne den männlichen Beystand zu haben, den die Ehefrau genießt? Fühlen diese Unglücklichen nicht alles Elend des Wittwenstandes, ohne das Mitleiden und die Unterstützung zu finden, die man gegen Wittwen beobachtet? Ich dächte solche

Perſonen ſollten der Gegenſtand der chriſtlichen Barmherzigkeit ſeyn, und nicht weiter beſtraft werden.

B. Das iſt eine ſchöne Moral. Da kann man ſehen, was für eine Wohlthat die chriſt= liche Obrigkeit iſt, die das Schwerd nicht um= ſonſt trägt, ſondern eine Rächerin iſt, über den der Böſes thut. Das Gott erbarme! wenn erſt wir unſer Schwerd niederlegten, was wollte denn aus der Welt werden? da würde ja allen Laſtern Thor und Thür geöfnet.

J. Es iſt nicht genug, daß man das Schwerd führt, ſondern man muß es auch mit Vernunft führen. Dieſe Unglücklichen hatten durch ihre Ausſchweifungen einige Unordnungen im Staate angerichtet, die ſie vielleicht durch gu= te Erziehung ihrer Kinder wieder gut gemacht hätten. Nun aber ſind ſie ſchlechterdings ver= dorben. Durch die Führung Ihres Schwerds ſind ſie zu den boshafteſten Geſchöpfen gemacht worden, die zu den größten Bubenſtücken auf= gelegt ſind.

B. Wie verſtehen Sie das?

J.

J. Sie sind öffentlich beschimpft. Nicht für einen Heller Ehre haben sie mehr, deren Verlust sie von fernern Ausschweifungen abhalten könnte. Sie werden ihren Leib öffentlich feil bieten, und die Verführerinnen junger Mannspersonen werden. Hunger und Geilheit werden den Muttertrieb erstikken, sie gegen das Wimmern ihrer Kinder fühllos machen, sie werden sie verschmachten lassen, wenn sie die gegenwärtige Woche überleben sollten. Denn leider glaube ich, daß die Kinder noch heute sterben müssen, wenn sie die durch Zorn, Angst und Bosheit vergiftete Milch ihrer Mutter in sich saugen.

B. Desto besser. So hat das Publikum einige Hurenkinder weniger zu ernähren — Glauben Sie, mein Herr! unsere Gesetze sind sehr weise. Es wird dadurch die Zahl der Hurenkinder vermindert, die dem Publikum zur größten Last fallen würden. Von zwanzig Hurenkindern bleibt kaum eins am Leben. Ist denn das nicht weise, wenn man das Publikum durch gute Anstalten von seinem Unrathe zu säubern sucht?

D 2

J.

J. Barbarischer Mann! wäre es nicht noch besser, wenn Sie ein Landesgesetz hätten, das befähle, die Hurenkinder zu ersäufen, wie die jungen Hunde und Katzen?

B. Ich hätte nichts dagegen.

J. So sollten Sie ja aber auch eine Belohnung darauf setzen, wenn eine Hure ihrem Kinde, bey seinem Eintritte in die Welt, sogleich das Genick bricht? sie säubert ja das Publikum vom Unrathe?

B. Hum Hum — ich sehe der Herr ist ein Naturaliste, und mit solchen Leuten habe ich nicht gern etwas zu thun. Ich werde es aber an höhern Orte zu melden wissen, daß Sie die Landesgesetze geschimpft haben. Wer die Landesgesetze schimpft, der schimpft den Landesherrn. Sie haben ein Crimen laesae majestatis begangen — wissen Sie es mein Herr?

J. Ich muß es mir gefallen lassen, was Sie mit mir vornehmen. Aber — (hier zog ich meinen Beutel heraus) aber wäre es denn nicht möglich, das Mädchen, das noch nicht

gepeitscht

gepeitscht worden ist, mit Gelde von der Strafe los zu kaufen?

B. (mit holdseliger Miene) Je warum denn das nicht? das ist ja die Frage gar nicht. Wir haben einander unrecht verstanden (hier klopfte er mich freundlich auf die Achsel.) Lieber Freund! glauben Sie doch ja nicht, als wenn wir diese Weibsbilder ihres Fehltritts wegen so hart straften. Es geschieht blos deswegen, weil sie das Bagatell nicht erlegen, das sie bey ihrer Niederkunft entrichten müssen.

J. Und wie viel ist das?

B. Fünf Thaler — das ist alles — ist ja ein Bagatell.

J. Viel genug für ein unglückliches Weib, das kaum die Geburtsschmerzen überstanden hat, allenthalben von der Verachtung gepeinigt wird, neuen Aufwand bekommen hat, nichts verdienen kann, und vielleicht keinen Gulden in ihrem ganzen Vermögen hat. Fünf Thaler zu erlegen, sind eine schreckliche Summe für den, der sie nicht hat, und auch nicht aufzubringen weis.

O 3

B.

B. Aber überlegen Sie doch, lieber Freund! das allerhöchste Aerarium würde ja lädirt werden, wenn man gegen dergleichen Personen zu viele Nachsicht beweisen wollte. Müssen wir denn nicht als treue Diener dafür sorgen, daß es aufrecht erhalten werde?

J. Also sind die Strafgelder ein Einkommen für das allerhöchste Aerarium?

B. Ja nothwendig, wenigstens die Hälfte.

J. Hier, Herr Bürgermeister, sind fünf Thaler. Haben Sie die Güte und befehlen, daß das Mädchen mit anderweitiger Strafe verschont werde.

B. Recht gut, recht gut. Nein wir sind so barbarisch gar nicht, als Sie glauben, wir müssen uns nur einander entdecken. Aber noch eins —

J. Und was denn?

B. Das Mädchen hat vierzehn Tage im Arreste gesessen, da sind wieder Kosten aufgelaufen. Sie kann nicht eher von der Pön absolvirt werden, bis diese erlegt sind.

J. Nun wie viel betragen sie denn?

(Er

... (Er klingelte, daß der Kerkermeister kommen mußte, und trug ihm auf, die Rechnung über die Kosten zu machen, die während des Arrests der Unglücklichen aufgegangen waren. Sie wurden auf 6 Thlr. 12 gl. angeschlagen.)

J. Hier ist auch dieses Geld. Kann ich nun den Befehl wegen ihrer Freystellung bekommen?

B. Gar gerne, gerne, Herr Actuarius schreiben Sie:

Nachdem Friederika Charlotte Rübnerin, die ihr, in puncto Fornicationis, zuerkannten Strafgelder erlegt, auch die, wegen ihres Arrests aufgelaufenen, Kosten vergütet; als wird ihr hiermit angekündigt, daß sie ihres Arrests entledigt und mit anderweitiger Pön verschonet seyn soll. Decr. in sen. d. 26. Jul.

in Fidem

Zungenbrescher.

Ich ergrif das Papier mit eben dem Entzücken, mit welchem ein anderer den Adelsbrief würde ergriffen haben, und wollte zu der Unglücklichen rennen, um ihr ihre Rettung anzukündigen.

kündigen. Aber der Actuarius hielt ihn fest
und sagte, Sie zahlen sechzehn Groschen, für
Ausfertigung des Decrets. Der Bürgermeister,
gleich als wenn er keinen Theil daran nähme,
nahm eine Prise Toback, und wendete sich nach
dem Fenster um. Seine Schnupftobacksdose
schien der lezte Zufluchtsort zu seyn, den seine
Niederträchtigkeit aufsuchte, wenn sie sich länger
nicht verbergen konnte. Ich warf den Gulden
auch hin, nahm das Decret und gieng fort.
Nun gratulire, rief mir der Bürgermeister nach,
gratulire zu der guten Handlung, die Sie izo
verrichten —

Ich gieng fort, ohne ihm zu antworten.

Fortsetzung.

Barmherziger Vater! bewahre mich, so lange
ich lebe, vor der pharisäischen Härte, die die
Gefallnen grausam in den Abgrund des Elends
hinab stürzt. Schenke mir doch den sanften
Sinn deines Sohns, der die Gefallnen mit
Blicken des Mitleids ansahe, sie aufrichtete
stärkte, und sie mit den Worten entließ: gehe
hin,

hin, sündige forl nicht mehr, daß dir nichts ärgers wiederfahre —

So bete ich izo im ganzen Ernst. Mein ganzes Herz ist umgestimmt, seitdem ich des Wohlthuns himmlische Freude geschmeckt habe. Ich betrachte mich und die Welt mit ganz andern Augen, und viele Stellen des N. T. die mir sonst dunkel waren, werden mir deutlich. Ich dächte, wenn man einen Menschen erst so weit bringen könnte, daß er, aus eignem Herzenstriebe, eine gute That verrichtete, und die damit verknüpfte Seligkeit schmeckte, er müßte umgeändert werden.

Da ich auf den Rathshof kam, traf ich eine Menge Leute an, die die Neugier, theils die bestraften Unglücklichen, theils das Wunderthier zu sehen, das für eine gefallne Weibsperson so grossen Aufwand gemacht, herbeygelockt hatte. Sobald ich mich zeigte, flüsterten sie sich in die Ohren, und ein Weib hörte ich ganz laut sagen: es ist ein hübscher Mensch — er wird auch wohl seine guten Ursachen haben,

D 5

warum

warum er so viel Geld hingiebt. Was meynt ihr dazu, Frau Gevatterin?

Ja das versteht sich, antwortete diese, wer wird denn Geld hingeben für ein Weibsen, die einem weiter nichts angeht. Aber das möchte ich doch wissen, warum er das Geld nicht gleich gezahlt und das arme Thier so hat beschimpfen lassen.

Aus diesen und andern Reden und Mienen der Anwesenden schloß ich nur allzudeutlich, daß man mich, wegen gepflogner Vertraulichkeit mit der Unglücklichen, im Verdacht hatte. Dieß betrübte mich sehr, theils um der übeln Nachrede willen, theils, weil ich sahe, daß auch so wenig Mitleiden gegen diese Art von Unglücklichen in der Welt ist, daß man durchaus nicht glaubt, daß man gegen sie barmherzig seyn könne, ohne an ihren Ausschweifungen Theil genommen zu haben. Wenn ich einen armen Hund den Mißhandlungen eines rohen Jungen entrissen hätte, wer würde es mißbilligen? Aber eine gefallene Weibsperson aus den Händen ihrer

rer Peiniger zu befreyen, rechnet man uns zur Sünde an.

Desto besser. Meine Handlung macht mir nun noch mehr Vergnügen, da ich mir nicht vorzuwerfen habe, daß sie aus Ruhmbegierde entsprungen sey, und also nicht befürchten darf, daß ich meinen Lohn dahin habe.

Die Unglückliche war in die Stube des Kerkermeisters geführt worden. Sie hatte, da ich in die Stube trat, im linken Arm das Kind, den rechten hatte sie auf den Tisch gelegt, und ihren Kopf darauf.

Der Herr kommt, sagte der Kerkermeister. Sie fuhr auf, hatte aber den Muth nicht, mich anzusehen, sondern legte den Kopf in die Hand und schlug die Augen nieder.

Ich trauete mich auch nicht sie anzureden, sondern sagte zum Kerkermeister, diese Person ist von Gefangenschaft und von aller Strafe frey, zeigte ihm die Schrift und druckte ihm einen Thaler in die Hand.

Da schlug sie ihre Augen das erstemal auf und sagte: nun, mein lieber Herr, in meinem

Leben

Leben werde ich es ihnen nicht bezahlen können, was Sie izo an mir thun, aber der liebe Gott im Himmel, der Sie und mich kennt, der wirds vergelten.

Sie wollte mehr sagen, aber ein Thränenstrom und ein heftiges Schluchzen verhinderten sie etwas mehr, als halbgebrochne Worte, hervorzubringen. Ich war im Begrif fort zu gehen, um auf meiner Stube meinen Empfindungen freyen Lauf zu lassen, mußte mich aber doch wieder umkehren, weil mein Herz mir sagte, daß hier noch mehr wohlzuthun sey.

Hast du, sagte ich, armes Mädchen noch Eltern?

Einen Vater habe ich noch.

Und der ist?

Ein Leinweber.

Und wohnt?

In der Thorgasse, rechter Hand im Eckhause.

Gut! die Thorgasse weis ich nicht, aber auf der breiten Strasse am Brunnen will ich

deiner

deiner warten. Wenn du vorbey gehst, will ich dir nachfolgen, bis in deines Vaters Haus.

Ich gieng fort, und verabredete es mit dem Kerkermeister, daß er sie durch die Hinterthüre gehen lassen möchte, damit sie nicht nöthig hätte, der versammelten Menge sich so tief gebeugt zu zeigen.

Sie gieng bald vor dem Brunnen vorbey, ich folgte ihr nach, wir kamen in eine Gegend, wo Gärten waren, und niemand zu sehen war. Hier drehte sie sich um und wartete auf mich.

Ach bester Herr! sagte sie wieder weinend. Der liebe Gott muß Sie geschickt haben, anders kann es nicht seyn. Denn sonst keins, als der liebe Gott, weis wer ich bin.

Und wer bist du denn? du bist vielleicht verführt worden?

Verführt eben nicht — aber —

Nun, wie bist du denn in dieß Unglück gekommen?

Ach lieber Herr, ich gieng mit einem Schreinersgesellen um, das war gar ein feiner stiller Mensch, der wollte mich heyrathen.

Nu?

Nu? und warum thatst du es denn nicht?

Ich hätte es ja vor mein Leben gern gethan, aber er durfte mich nicht nehmen, weil er nicht Bürger war.

Warum wurde er denn nicht Bürger?

Weil er kein Geld hatte. Der Herr Bürgermeister sagte, er müßte sechzig Thaler herwenden, wenn er Bürger werden wollte. Das konnte er ja nicht. Er ist ein armer Schelm, der nichts hat, als ein ehrlich Herze. Er hat den Herrn Bürgermeister um tausend Gottes willen gebeten, daß er ihn doch annehmen möchte. Er sagte, Herr Bürgermeister! macht denn das Geld eben den Mann? Ist denn ein fleißiger Handwerksmann, der arm ist, nicht besser für die Stadt, als ein reicher Faullenzer? Sehen Sie da meine Fäuste an, sind denn die nicht mehr als sechzig Thaler werth? Ich kann Schränke, Kommoden, Tische, Stühle, alles machen, was mein Auge sieht. Erkundigen sie sich bey allen Meistern, wo ich gearbeitet habe, ob einer mir was böses nachreden kann. Ist

denn

denn das nicht besser als sechzig Thaler? Aber das hälf' alles nichts.

Nun währte der Umgang so fort, da kam ich endlich in das Unglück. Du lieber Gott! mein Vater hat mich zu allem Guten gezogen. In meinem Leben hab ich mich nicht lüderlich aufgeführt.

Und wo ist denn nun der Mensch hin?
Er ist fortgegangen.
Das ist aber doch teuflisch.

Ach schimpfen Sie ja nicht auf ihn. Er ist ein guter Kerl. Er heulte wie ein Kind, da er fortgieng', und ließ mir alle sein Geld da. Es war aber nicht mehr als 2 Thlr. Die habe ich für die Taufe hingeben müssen. Einen Thaler dem Herrn Magister, und einen Gulden dem Küster.

Kostet hier eine Taufe soviel?

Sonst kostet sie nicht mehr als acht Gro= schen. Aber so ein Kind zu taufen kostet so viel.

(Was sagen Sie dazu? Herr Vetter!)

Jtzo

Itzo kamen wir in das Gäßchen, wo des Mädchens Vater wohnte. Sie zeigte mir seine Hütte.

Nun, sagte ich, leb wohl armes Mädchen, du dauerst mich von ganzem Herzen, weil ich sehe, daß du so unschuldig bist. Nimm dein unschuldig Kind in acht. Gott ist sein Vater, und du wirst ihm einst müssen davon Rechenschaft geben, wie du es verpflegt hast. Er wird dir aber auch gewiß Brodt bescheren, es zu ernähren. Pflege deinen armen Vater! und — und hüte dich, daß du nicht in ein lüderliches Leben verfällst! Sieh, ich werde mich sorgfältig um dich bekümmern; so lange ich höre, daß du eingezogen und ordentlich lebst, verlasse ich dich nie: so bald ich aber erfahre, daß du ausschweifest, so thue ich nicht das geringste mehr für dich. Hier ist etwas, davon erquicke dich, deinen armen Vater und dein armes Kind.

Ich drückte ihr etwas in die Hand, und sprang fort, ohne ihren Dank abzuwarten.

Gott sey gelobt, daß er mein Gebet erhört, und mir zum Wohlthun Gelegenheit geschenkt hat.

hat. Ich verstehe nun das Gleichniß Jesu vom
Sámanne vollkommen, ohne daß ich es im
Grundtexte nachgelesen habe. Sie, liebster
Herr Vetter, waren der Sámann, der Spruch
von der Seligkeit des Wohlthuns war das Saa-
menkorn, und mein Herz war das Land, in welches es fiel. Gott sey dafür gepriesen, es ist
ein gutes Land. Itzo keimt das Körnchen zwar
nur noch, ich will aber des Keimchens so warten,
daß es gewiß hundertfältige Frucht tragen soll.
Ich wünsche herzlich, daß Sie recht oft Gelegenheit zum Wohlthun finden mögen, damit Sie
den Schmerz über meinen unglücklichen Vetter
mindern können.

Ich bin von ganzem Herzen

Ihr

Carl.

———

   Vier

Vier und dreyßigster Brief.

Carl an Henrietten.

Grünau, den 29. Jul.

Wenn ich an Feen glaubte, die bisweilen unvermuthet uns armen Erdensöhnen erscheinen, dann wieder verschwinden, ohne daß man im Stande ist, den Ort ihres Aufenthalts zu erfragen, so wäre ich sehr geneigt, Sie bestes, liebenswürdiges Mädchen! für so ein überirrdisches Wesen zu halten.

Da erschienen Sie mir in Richmanns Garten, schlüpften vor mir vorbey, sezten durch Ihren Blick mein ganzes Herz in Bewegung, druckten das Bild aller Ihrer Reizungen in meine Seele, dann verschwanden Sie, und alle mein Bemühen, den Ort Ihres Aufenthalts zu erfahren, war umsonst.

Sie wurden wieder in meines Hauswirths Stube sichtbar, erneuerten, verschönerten und belebten noch mehr das Bild, das schon so tief

in

in meiner Seele liegt. In eben dem Augenblicke
aber, da ich Ihnen meine Empfindungen erklä=
ren wollte, bekam ich auch den Befehl mich zu
entfernen, und sahe Sie nicht wieder.

Und ich muß Sie doch wieder sehen, ich
muß Ihnen sagen, daß mein ganzes Herz für
Sie schlägt, daß Sie das höchste Ziel meiner
Wünsche sind, und von Ihnen erfahren, wie Sie
diese meine herzliche und unschuldige Zuneigung
aufnehmen. Ehe kann ich die vorige Gemüths=
ruhe, die bey Ihrem ersten Blicke auf mich ver=
schwand, nicht wieder erlangen.

Seyn Sie doch liebes Mädchen so gütig,
als Sie schön sind, seyn Sie doch so geneigt,
einem unschuldigen Jungen seine Gemüthsruhe
wieder zu schenken, als Sie geschickt waren, sie
ihm zu rauben. Wie leicht muß es Ihnen seyn.
Nur eine halbstündige Unterredung, die Sie mir
erlauben, wird mich aus dem schrecklichen Schwe=
ben zwischen Furcht und Hofnung heraus reissen.
Darf ich es wagen, Sie in Koldingen zu besu=
chen? Haben Sie nicht in der Nachbarschaft ein
Wäldchen, einen Hügel oder Felsen, wo Sie

 der

der Sonnen Untergang zu sehen, oder den ge-
stirnten Himmel betrachten? Wohnt nicht etwa
in Ihrer Nachbarschaft eine Freundin, bey der
Sie sich bisweilen aufhalten? ach nennen Sie
mir den Ort, er heisse wie er wolle, wo ich Sie
finden, wo ich Ihnen gestehen darf, was in
meinem Herzen vorgeht!

Doch wohin treibt mich die Liebe! wie viele
Bedenklichkeiten wird Ihnen Ihr Herz gegen die
Unterredung mit einem Studierenden machen,
die leider sich in einen üblen Ruf gesetzt haben.
Wie viele mir unbekannte Besorgnisse werden
durch Ihre Seele gehen! Nur das Bewußtseyn
meiner Redlichkeit beruhigt mich wegen meiner
kühnen Bitte. Möchte es Ihnen doch so ein-
leuchten, wie ich es fühle, so würden Sie meine Bitte gewiß nicht zu kühn finden.

Seyn Sie versichert, daß ich die Achtung
und Schonung kenne, die man der Ehre eines
Frauenzimmers schuldig ist. Ich werde nie heim-
lichen Umgang mit ihnen suchen. Nur um eine
Unter-

Unterredung bitte ich. Ach verſagen Sie dieſe
doch nicht Ihrem Verehrer

Carlsberg.

Fünf und dreyßigſter Brief.

***

Henriette an Carln.

Koldingen, den 29. Jul.

Mein Herr von Carlsberg!

Wozu iſt eine Unterredung nöthig, wenn die
Sache ſchriftlich ausgemacht werden kann? Sie
wollen aus dem ſchrecklichen Schweben zwiſchen
Furcht und Hofnung geriſſen ſeyn? Wenn es
weiter nichts iſt, ſo kann ich es ja ſogleich thun,
indem ich Ihnen melde, daß ich meinem Vater
verſprochen habe, den Hofrath Grimlein zu hey=
rathen, und daß nächſtens die Verlobung vor
ſich gehen wird. Ich wünſche von ganzem Her=
zen, daß Ihnen dieſe Nachricht Ihre Gemüths=

ruhe

P 3

ruhe wieder schenke, die ich Ihnen ohne mein Wissen raubte. Ich bin

Henriette.

Sechs und dreyßigster Brief.

Carl an den Obersten von Brav.

Grünau, den 1. Aug.

Ich fühlte die Seligkeit, die das Wohlthun verschaft, immer lebhafter. Ja glauben Sie mir, liebster Herr Vetter! der heftige Schmerz, den mir Henriettens Brief verursacht hat, ist durch das Bewußtseyn, etwas Gutes gethan zu haben, schon ziemlich gemindert. Der Mensch scheint zur Liebe geschaffen zu seyn. Wird es ihm nicht erlaubt, eine Person des andern Geschlechts zu lieben, so giebt es ja noch Elende genug, an denen er seine Liebe thätig beweisen kann, die nicht so spröde und eigensinnig, wie die Mädchen sind, sondern jeden schwachen Beweis der Liebe zehnfältig erwiedern.

Gesetz

Gesetzt daß auch, schrecklich bleibt es freylich immer, gesetzt aber, daß Henriette mich gänzlich verschmähen sollte, so will ich mir einen Kreis von Bedruckten und Bekummerten verschaffen, in dem ich wandele, helfe, rathe und tröste, da werde ich dich, mir noch immer liebe Henriette bald vergessen können.

Ich habe mir schon einen Plan gemacht, wie ich die Sache anfangen will. Ich bekomme 400 Thlr. jährlich, ohne die Geschenke, die mir meine Mutter von Zeit zu Zeit macht. Sollte ein einzelner Mensch nicht von dreyhundert Thalern leben können? Gewiß ich kann es. Ich bin meinem Vorsaße mich aus der Sclaverey der Sinnlichkeit heraus zu reissen, getreu geblieben, und fühlte es, wie viel ein Mensch vermag, wenn er sich eine Sache ernstlich vornimmt. Ich habe kaum halb so viele Bedürfnisse als sonst. Ich will also nicht nur von 300 Thalern leben, sondern auch den Rest meiner Spielschulden bezahlen, das Uebrige alles soll dem Wohlthun geheiligt seyn. Unter deinen

Au=

Augen, Allwissender! sey dieß Gelübde gethan! Gieb mir Kraft es zu erfüllen!

Den folgenden Tag, nachdem ich das unglückliche Mädchen erlöst hatte, gieng ich aus, um sie und ihren Vater zu besuchen. Ihre Stube war eine Wohnung des Elends.

Stellen Sie sich ein kleines, niedriges, Stübchen vor, wo ein Mensch, von meiner Länge, kaum aufrecht stehen kann, aus der der stinkende Qualm einer eingeschloßnen, durch die Ausdünstungen der Speisen, Oellampen und Menschen, verunreinigten Luft, jedem Eintretenden entgegen dampft, dessen zwey kleine Fenster halb aus Glasscheiben, halb aus Papiere bestehen, wo ein Weberstuhl und zwey Betten stehen, in deren einem ein kranker schwacher Mann in einigen Lumpen liegt, die ehemals Kissen waren, neben sich einen Topf mit dünnem Biere, und eingeweichtem Brode, stehen hat, vor dem zwey Kinder und ein entehrtes Mädchen sitzen, das dem Zeugen seiner unglücklichen Liebe die Brust reicht, so haben Sie ein Bild von dieser Wohnung des Elends.

So=

Sobald ich hinein trat, rief Charlotte, dieß ist der Name meiner erlößten Unglücklichen, Vater! Vater! der Herr ist da, der mich erlößt hat.

Und der entkräftete Mann richtete sich auf, nahm seine Mütze vom Kopfe, faltete die Hände, und sagte: mein lieber guter Herr! Ich kann nicht viel Worte machen. Aber der, da oben, der alles sieht, zu dem ich gestern morgen betete: Herr du bist nahe, allen, die dich anrufen, allen, die dich mit Ernst anrufen, du thust, was die Gottesfürchtigen begehren, und höreßt ihr Schreyen, und hilfst ihnen, der wirds verlohnen —

Hier sank er kraftlos zurück.

Mein Herz wurde weich, und noch weicher, da alle Kinder zu weinen und zu schluchzen anfiengen. Ich mußte mich gegen das Fenster wenden, um meine Thränen zu verbergen. Nach ein paar Minuten wendete ich mich zu ihm und fieng eine Unterredung mit ihm an.

Lieber, kranker, Mann, sagte ich, ihr seyd sehr arm, wie es mir scheint.

K. Ich habe gestern mit meinen Kindern

kei=

keinen Bissen Brod gehabt, ich hätte noch keins, wenn Sie sich nicht über meine Tochter erbarmt hätten.

J. Seyd getrost! Gott verläßt niemanden.

K. Ach ich weis es, ich weis es. Ich habe gestern gar zu herzlich gebetet. Da hat es der liebe Gott erhört. Wenn die Noth am größten ist, da ist die Hülfe am nächsten.

J. Seyd ihr lange krank?

K. Seitdem sie meine Tochter hinsetzten. Da überfiel es mich und liegt mir in allen Gliedern.

J. Und Geld habt ihr nicht vorräthig?

K. Nicht einen Heller. Es ist bey uns gar ein schlechter Verdienst.

J. Wie viel verdient ihr den Tag?

K. Sechs Groschen. Was ist das für vier Mäuler!

J. Aber das linnene Zeug wird ja itzo stark gesucht. Ich höre, daß es die Bremer aufkaufen, und starke Versendung nach Amerika machen.

K.

K. Kann wohl seyn, das hilft unser einem aber nichts.

J. Und wem denn sonst?

K. Den Fabrikanten, für die wir arbeiten. Die bauen sich Häuser, halten Kutsche und Pferde und —

J. Und erhöhen euren Arbeitslohn nicht?

K. Ach daran ist nicht zu gedenken. Wenn sie nicht nur noch immer abschnittelten von dem Bischen Lohne.

J. Wie ist das zu verstehen?

K. Je das Gott erbarme, wenn man einen Monat, wie ein Gefangener, gearbeitet hat, und will nun sein Bischen Lohn holen, da geben sie einem leicht Gold oder verschlagen Kupfergeld. Da muß man hier einen Groschen, dort einen Groschen ans Bein wischen.

J. Mann! ist das möglich?

K. Ich würde es ja nicht sagen, wenn es nicht wahr wäre.

J. Und wie heißt der Barbar, für den ihr arbeitet?

K.

K. Es ist unserm Herrn Bürgermeister sein Sohn, Herr Kornmann.

J. Nun der Apfel scheint nicht weit vom Stamme zu fallen. Kann ich euch noch mit etwas helfen?

K. Ich weis, daß mein Erlöser lebt — er wird bald kommen — bald und sein Lohn mit ihm. Aber ach! ach! da liegt es auf dem Herzen, wie ein Zentner.

J. Und was denn?

K. Sünde, schwere Sünde.

J. Ich sollte kaum glauben, daß ein Mann, der so ehrlich spricht, schwere Sünde sollte gethan haben.

K. Geht ein bischen hinaus ihr Kinder! (die kleinen traten ab.) Lieber Herr, Sie scheinen mir gar ein christlicher, frommer, Herr zu seyn. Ihnen muß ich es sagen, ich kann es nicht mit in die Grube nehmen — ich bin ein Dieb.

J. Ein Dieb? bewahre Gott, wie so?

K. Es war unmöglich, daß ich mit meinen Kindern von dem Bischen Arbeitslohne le-

ben

ben konnte. Wir kauften nicht ein Loth Fleisch, bis des Sonntags. Es wollte aber doch immer nicht reichen. Wenn ein Kleidungsstück zu schaffen war, oder es wurde jemand von uns krank, so fehlte es immer. Da trieb mich die Noth etwas zu thun, was ich nicht hätte thun sollen.

J. Und was denn?

K. Ich unterschlug immer etwas von dem Garne, das ich zu verarbeiten kriegte. Und wenn ich genug zusammen hatte, so machte ich ein Stückchen Linnen für mich und verkaufte es. Ach Gott, das wird mir Verantwortung kosten, wenn ich vor deinen Richterstuhl komme!

J. Recht ist es nicht. Aber Gott ist barmherzig und vergibt denen, die ihre Fehler bereuen, und auf seine Gnade hoffen.

K. Das hoffe ich auch — ach aber mannichmal wird es mir doch gewaltig angst.

J. Und der Herr Kornmann wird schwerere Verantwortung haben, als ihr.

K. Wahr ists wohl. Der hat mich eben zum Diebe gemacht. Leben will man doch (hier

fieng

ſieng er bitterlich an zu weinen) und wenn es nun mit aller Arbeit nicht möglich iſt ſein Brod zu verdienen, was ſoll man denn da thun? Aber ach! das wird mir vor Gott nichts helfen.

J. Lieber Freund! habt ihr nicht einen Geiſtlichen, dem ihr euch entdecken könnt?

K. Ich habe ja wohl meinen Herrn Beichtvater. Ich habe mir auch lange ſchon wollen das heilige Abendmahl reichen laſſen. Da koſtet es aber auch wieder Geld.

J. Geld? der Geiſtliche wird doch von ſo einem armen Manne kein Geld nehmen?

K. Ja wie es ſo geht, die Herren wollen ja auch leben. Aber es iſt wahr, der Herr Kaplan iſt ja mein Herr Beichtvater. Das iſt ja gar ein lieber Herr. Ich will ihn wirklich rufen laſſen.

J. Der wird euch geiſtlichen Troſt verſchaffen. Izo will ich ſehen, ob ich nicht eure leiblichen Umſtände verbeſſern kann. Höre Mädchen, ſagte ich zu Charlotten, weißt du nicht, wo dein Liebhaber hingegangen iſt?

Ch.

Eh. Er hat es mir nicht gesagt. Zuerst, sagte er, wollte er zu seinem Pathen gehen.

J. Und wer ist der?

Eh. Der Herr Pfarrer in Friedrichsleben.

J. Und dieß Friedrichsleben liegt?

Eh. Zwey Meilen von hier, zum rothen Thore hinaus.

J. Gut. Ich ruhe nicht eher, bis du deinen Liebhaber wieder hast.

Eh. Meinen Heinrich?

J. Ja. Deinen Heinrich, wenn du glaubst, daß er ein ehrlicher Mann ist.

Eh. Ach der ehrlichste Mann, der auf Gottes Erdboden ist. Meinen Heinrich? den wollten Sie mir wieder verschaffen? Vater! hört ihr es denn? der Herr will mir meinen Heinrich wieder verschaffen.

K. Ach der herzensgute Herr. Aber was hilft dirs? Du darfst ihn doch nicht nehmen.

J. Dafür laßt mich sorgen. Seyd rechtschaffen und vertraut auf Gott, er verläßt euch gewiß nicht.

Mit

Mit diesen Worten gieng ich fort.

Leben Sie wohl und behalten lieb Ihren

Carl.

Sieben und dreyßigster Brief.

Carl an den Obersten von Brav.

Grünau, den 4. Aug.

Liebster Herr Vetter!

Die Begierde, der unglücklichen Charlotte zu helfen, war so groß, daß ich den Entschluß faßte, selbst nach Friedrichsleben zu reuten. Ob ich gleich deswegen verschiedene Collegia versäumen mußte, so glaubte ich doch einer ganzen Familie ihre Zufriedenheit wieder zu schenken, sey mehr werth, als alles, was ich in diesen Stunden lernen könnte.

Denn wenn ich Ihnen meine Meynung offenherzig sagen soll, so glaube ich, daß ich

weit

weit mehr lernen kann, wenn ich selbst ein Buch lese, und darüber nachdenke, als in den akademischen Vorlesungen. Das Buch sagt mir seine Meynung, und läßt mir die Freyheit sie zu prüfen, der Lehrer hingegen stürmt auf mich mit Syllogismen und Declamationen hinein, so lange bis meine Beurtheilungskraft das Gewehr streckt, und sich in seine Fesseln schlagen läßt. Wir haben hier zwey philosophische Partheien, die Riboniusische und die Bendersche. Jede ist für ihren Meister so eingenommen, daß sie seine Lehrsäze auf das eifrigste vertheidigt. Da kommt es mir nun vor, als wenn zu einem fleißigen Studenten erfordert werde, daß er selbst zu urtheilen aufhöre, und seinen Meister für sich urtheilen lasse. Wenn ich z. E. Zelnicken urtheilen höre, so höre ich nicht ihn, sondern den Pr. Ribonius und wenn mein Freund Gutenberg urtheilt, so urtheilt eigentlich Bender. Beyde haben ihre Systeme beständig bey sich, und brauchen sie als einen Leisten, nach dem sie jeden Satz abmessen, und jeden für falsch und gefährlich erklären, der diesem Leisten nicht angemessen ist. Wenn ja alles nach einem gewissen Leisten beurtheilt werden soll, so dächte ich, ich schnitzte mir selbst einen, anstatt mir ihn von andern schnitzen zu lassen.

Genug ich bestellte mein Pferd. Vor Tagesanbruch war es schon vor meiner Thür, und weil ich mich vom Kaffee unabhängig gemacht habe, so war ich auch im Stande, es zu besteigen, ohnerachtet meine Aufwärterin noch im tiefen Schlafe lag.

Ein Bube, von ungefähr sechzehn Jahren, hatte es mir gebracht. Er hatte einen abgelegten Studentenrock, und Halbstiefeln an, hielt in seinem Munde eine kurze Tobakspfeife, und sein zusammengeschrumpftes verzognes Gesicht schien mir zu sagen, daß er alle akademischen Laster vollkommen begriffen habe.

Wem gehörst du an, mein Sohn? fragte ich ihn.

B. Ich bin ein Burschenkind.

J. Und wer war dein Vater?

B. Ein Siebenbürge.

J. Hast du etwas gelernt?

B.

B. Genung. Ich kann Pferde ſtriegeln, putzen, aufzäumen und ſatteln, und kann reuten wie ein Grasteufel.

J. Kannſt du auch leſen?

B. Wo ſoll ich denn das gelernt haben? ich bin ja nicht in die Schule gegangen.

J. Alſo iſt dir auch wohl nichts von Gott geſagt worden?

B. Ich laſſe den lieben Gott einen guten Mann ſeyn.

J. Aber was will denn aus dir werden? wenn du nichts gelernt haſt, keine Kenntniß von Gott und der Religion beſitzeſt?

B. Hum. Ich bin noch keinmal hungrig zu Bette gegangen, und weis von keinen Grillen etwas.

J. Wovon ernährſt du dich denn?

B. Ich lebe von den Studenten, trage Stammbücher umher, ſcheere die Hunde, ſchneide Tobaksköpfe, und warte auf, wenn die Studenten eine Fidelität haben. Mannichmal giebts auch ſonſt noch ſo was zu verdienen ha ha ha.

 Wenn

Wenn Sie einmal etwas brauchen, so können Sie es nur bey mir bestellen.

J. Aber die Lebensart kann man doch nicht immer dauren? du wirst ja älter?

B. Sorgen Sie nicht! ich will mich schon durch die Welt schlagen. Künftige Woche habe ich Hochzeit.

J. Du Bube? Hochzeit?

B. Und warum denn das nicht? In vierzehn Tagen halte ich Kindtaufe.

J. Bist du närrisch? oder glaubst du, daß ich ein Narr bin, daß ich solch Zeug glaube?

B. Ha! Ha! Ha! morgen krieg ich funfzig Thäler auf ein Bret gezahlt — da kann ich ja leicht meinen Namen hergeben. Das Kind will ja doch einen Vater haben.

J. Aber wie lange denkst du denn Frau und Kind von diesen funfzig Thalern zu ernähren?

B. Ernähren? Ja das bin ich nun eben nicht gesonnen. Wenn ich nur erst die funfzig Thaler habe, so mag Frau und Kind gehen wohin

hin sie wollen. Ernähren? Ha! Ha! Ha! des=
wegen. nehme ich eines andern Hure nicht.

J. Aber bedenk doch, da werden ja wie=
der zwey unglückliche Leute mehr in der Welt.

B, Warum denn unglücklich? Meine Frau
wird sich schon etwas zu verdienen wissen — Ha!
Ha! und das Kind — dem wird nach Jahr
und Tag auch kein Zahn mehr weh thun.

Meine Natur empörte sich gegen einen Men=
schen, bey dem ich nicht das geringste Gefühl
für Recht und Unrecht bemerkte. Ich warf ihm
sein Biergeld hin und ritt fort.

Die ganze Stadt lag noch im tiefen Schlä=
fe, da ich ritt. Ich fühlte mich, und glaubte
ein paar Stufen höher zu stehen, als alle, die
noch in ihren weichen Federn träumten.

Wie es nun so geht, wenn man in den Früh=
stunden sich selbst überlassen ist, die Seele schweift
umher, und denkt weit freyer, als in den an=
dern Stunden des Tages, da sie einen grossen
Theil ihrer Kraft auf die Verdauung wenden
muß. Ich hatte ganz sonderbare Einfälle. Aurora
musis amica, fiel mir ein, und ich dachte, in

                        einem

einem Orte, der sich einen Musensitz nennt, sollte vier Uhr, wenigstens im Frühling und Som-
mer, alles munter seyn; eine Gesellschaft, die
sich anmaßt, die Nationen aufzuklären, sollte
wenigstens richtige Vorstellungen vom Werthe der
Zeit, von den Wirkungen der kühlen Morgen-
luft, und eines erhitzten Federbetts haben, die
Kunst, des Morgens Nervenstärkung zu genießen, sey mehr werth, mehr für Menschenglück
nützlich, als die Kenntniß aller griechischen und
römischen Alterthümer. Unter solchen Betrachtungen ritt ich fort, und es kam mir vor, als
wenn der größere Theil der menschlichen Gesellschaft die schönsten Stunden seines Lebens ver-
träume, und aus der Welt gehe, ohne die er-
quickendsten Freuden der Schöpfung genossen zu
haben.

Der halbe Himmel war mit einem herrlichen
gelb und blau und roth gefärbt, und ich fühlte
mich bey diesem Anblicke so selig, daß ich mit
Mitleiden auf meine schlafenden Brüder herab
sahe, und zu singen anfieng:

Ihr

Ihr wollustreichen Prasser,
Was ihr für Glück verschlaft!
Seyd eure eignen Hasser,
Und durch euch selbst bestraft,
Verschlaft die schönsten Stunden.
Nie wird von euch empfunden,
Was diese schöne Welt
Für Wunder in sich hält.

Unter solchen Betrachtungen erreichte ich das Ende des Waldes, durch den ich zeither geritten war, und wurde von einem unerwarteten Anblick überrascht. Ich sahe mich auf dem Gipfel eines Berges, an dessen Fusse ein langes Thal zwischen zwey Ketten von Bergen lief, und durch dessen Schoos ein Fluß sich schlängelte. Das gegenüber liegende Gebirge war ein zusammenhängender Weinberg, an dessen Ende die Trümmern eines alten Schlosses zu sehen waren, das mich mit meinen Gedanken in die alten Ritterzeiten zurück führte. Mitten im Thale lag Friedrichsleben, dem ersten Anblicke nach der Wohnsitz der ländlichen Ruhe und Zufriedenheit. Es war da

Q 4 keine

keine Spur von der bittern Dürftigkeit, unter der sonst die Landleute seufzen, sichtbar. Die Aecker waren mit Garben besetzt, auf den Wiesen weidete eine zahlreiche Heerde Rindvieh, und auf dem Hange eines Hügels eine noch zahlreichere Heerde Schaafe. Das Dorf war durch ein Erlenwäldchen eingeschlossen, und bestund aus Häusern, die alle mit Ziegeln gedeckt waren, davon jedes mit einem geräumigen Garten schien verbunden zu seyn. Das schönste Haus lag an der Kirche, und ich vermuthete, daß dieß das Pfarrhaus seyn möchte.

Glücklicher Mann, dachte ich, der du dieses Haus bewohnest. Frey von dem glänzenden Elende, unter dem die Städtebewohner seufzen, durchlebst du deine Tage am Busen einer holden Gattin, und im Kreise gesunder, dich liebender, Kinder! Bist so nahe der Natur, kannst mit jedes Tags Anbruche im Schoose derselben wandeln und ihre Freuden unmittelbar aus ihrer Hand empfangen, kannst deinen Schöpfer bald in diesem Walde, bald in den Blumen und Insekten, bald in Wetterwolken wirken sehen, kannst

die

die Früchte essen, die du selbst mit deinen Kin=
dern erzeugt hast, und wenn du nun sechs Tage
Geistesnahrung eingesammelt hast, trittst du am
siebenden vor einer Versammlung auf, die dich
wie ihren Vater ehret, theilst ihnen mit
aus deiner Vorrathskammer, lehrst sie Gott ver=
trauen, recht thun, des Lebens Mühseligkeit
tragen, und den Weg zur Ewigkeit mit Blumen
bestreuen. Könnte ich hier mit Henrietten woh=
nen, wie gern wollte ich auf alles andere, was
sonst die Welt in sich hält, Verzicht thun. Glück=
licher Mann!

Itzo war ich am Hause dieses Glücklichen.
Ich stieg ab, band mein Pferd an, und gieng
hinein. Der glückliche Mann kam eben zur
Treppe herab. Auf seinem Kopfe hatte er eine
große Federmütze, und, wie ich aus dem Ver=
hältnisse seines dicken Bauchs zu seinem hagern
Gesichte schließen konnte, hatte er unter seinem
Brusttuche ein dickes Kissen. In den Händen
hielt er etliche Arzneygläser.

Da wir einander begrüßt hatten, bat er um
Verzeihung, daß er mich nicht weiter unterhal=

Q 5

ten

ten könnte, weil seine Kinder heute Purgirtag hätten, und izo nothwendig einnehmen müßten. Doch ließ er mich mit in seine Stube gehen.

Sobald wir hinein traten, entstund ein jämmerliches Geschrey, das drey Kinder erhoben, die in blosen Hemden herum liefen. Ach das Gott erbarme! da kommt er der Papa! und die viele Arzney! Uhu! hu! so schrien sie und hielten die Augen zu.

Ihr Närrchen, sagte er, was habt ihr denn vor? es schmeckt ja gut, ich wollte ja gleich das alles austrinken, nahm einen Löffel, und goß das eine Arzneyglas in denselben. Komm liebes Henriettchen, sagte er, nimm das Tränkchen — es schmeckt nicht garstig.

Aber Henriettchen wurde blaß wie eine getünchte Wand, ihr ganzer Leib bekam ein fieberhaftes Beben, und sie bat auf das wehmüthigste, ach lieber Herzenspapa, lassen Sie mich gehen, ich kann es nicht hinunter bringen.

Du mußt, antwortete er, sonst mußt du sterben. Weißt du noch, wie sie die vorige Woche Sabinchen begruben, wie sie da so gelb im

Sarge

Sarge lag! itzo fressen sie die Würmer. Willst du nun auch sterben? sollen dich die Würmer auch fressen?

Ach nein! lieber Papa! sagte Henriettchen, bebte nach dem Löffel zu, schauderte ein paarmal zurück, nahm aber doch alle ihre Kräfte zusammen, und wollte die Arzney verschlingen — so wie sie aber ihre Kehle berührte, so empörte sich die Natur, alle Muskeln widerstrebten, und der Vater bekam die ganze Purganz auf den Schlafrock. Henriettchen schrie ach! ach! da ist der Tod drinne.

Statt der Antwort bekam sie eine Ohrfeige. Der Vater nahm ein anderes Glas, das auf diesen Fall schon in Bereitschaft war, goß es ihr ein, und da die Natur es wieder von sich geben wollte, hielt er ihr den Mund zu, und brachte es endlich dahin, daß es bey ihr blieb.

Nun kam die Reihe an Franzen. Der, sagte er, wird schon verständiger seyn. Aber Franz hielt den Kopf weg, und machte mit seiner Hand eine Bewegung, die den höchsten Abscheu gegen das angebotne Tränkchen ausdrückte.

Endlich

Endlich faßte er doch Muth, nahm die Arzney in den Mund, lief nach der Kammer, und ich sahe ganz deutlich, daß er sie in eine Ecke spuckte.

Wo ist Christian? fragte der Pfarrer. Der war nicht da. Man rief, es erfolgte aber keine Antwort. Endlich sahe die Mutter seinen Fuß unter der Bettstelle hervorragen, unter die er sich verkrochen hatte, und zog ihn hervor. Er brüllte, ich mag nicht einnehmen, ich thue es nicht — aber der Vater wußte ihn schon zu zwingen. Nachdem er ihm einige tüchtige Ruthenhiebe gegeben hatte, warf er ihn zwischen die Knie der Mutter, die ihm die Hände hielt, und der Magd befahl, ihm den Mund aufzubrechen. Auf diese Art füllte er ihm die Arzney ein. Und nun Christine! sagte er zur Magd, bringt die Kinder in das Bette, und schaft Nachtstühle in die Kammer!

P. Sehn Sie mein Herr! sagte er zu mir, was man für Plage in der Welt hat — Ehestand, Ehestand, ist Wehestand! das ist ein altes, aber sehr wahres, Sprüchwort. Da habe

ich

ich mich nun mit den Kindern herum geplagt, und nun muß ich noch den ganzen Vormittag das Winseln und Lamentiren hören. Mein Haus ist ein wahres Hospital. Das eine Kind hat Kopfschmerzen, das andere Zahnschmerzen, das dritte triefende Augen — und ich — ich habe auch meine Plage an meinem Leibe. Hier in der linken Schulter — hier sitzt es, und zieht so heftig, daß ich täglich einen Schlagfluß erwarte. Nun es sind Gottes Schickungen, der diejenigen züchtigt, die er lieb hat. Denn ich und meine Liebste lassen es an Wartung und Pflege, das ist Gott bekannt, nicht fehlen. Wir bezahlen jähr-lich zwischen vierzig und funfzig Thaler an den Apotheker, wir sehen sorgfältig darauf, daß keine harten und unverdaulichen Speisen auf unserm Tisch kommen, wir lassen alle Abende das Schlafzimmer heizen, und versehen die Kin-der noch überdieß mit Nachtkappen und Nacht-mützen, wir verstatten ihnen niemals eine hefti-ge Bewegung, und erlauben ihnen nicht eher auszugehn, als wenn der Himmel heiter und die Luft gelinde ist. Sehn Sie, lieber

das thun wir alles, und sie sind doch nicht ge=
sund.

J. Auf diese Art sahen ihre Kinder wohl
noch nie die Sonne aufgehen?

P. Niemals. Es sind ja zarte Kinder, die
man doch wenigstens bis acht Uhr muß transspi=
riren lassen.

J. Hörten auch wohl nie des Abends den
Schlag der Nachtigall?

P. Doch ein paarmal, da die Abende vor=
züglich warm waren. Denn sonst, sonst verwah=
re ich sie vor der Abendluft sehr sorgfältig, da
ich ihre Schädlichkeit kenne.

J. Aber Veilchen und Schlüsselblumen zu
pflücken, erlauben Sie ihnen doch wohl?

P. Nicht wohl. Sie wachsen im Frühlinge,
und in dieser Zeit steigen sehr giftige Dünste aus
der Erde.

J. Also auch wohl nicht das Ballspiel?

P. Ballspiel! ist ein gefährliches Spiel,
man kann sich dabey gar zu leicht erhitzen.

J. Und noch weniger, daß sie Schneemän=
ner machen, und auf dem Eise glitschen dürfen?

P.

P. Bewahre Gott! wie könnte ich das zugeben? könnten sie sich nicht erkälten oder ein Bein zerbrechen? Nein, mein Herr! ich kenne die Vaterpflicht, und werde die Kinder, die mir Gott anvertrauet hat, nie unnöthiger Gefahr aussetzen.

J. Aber was haben denn da ihre Kinder für Vergnügen auf der Welt?

P. Nun dafür sorge ich schon. Sie haben ein paar Schachteln voll bleierne Soldaten, ein Spiel Würfel, vorige Woche habe ich ihnen ein paar Gaukelmännerchen gekauft. Da vertreiben sie sich immer die Zeit damit, und zwar ohne alles Lärmen und Geräusche.

J. Aber Sie sprachen ja auch von unverdaulichen Speisen, die Sie ihnen nicht zu geniessen erlaubten. Was sind denn das für Speisen?

P. Deren giebt es viele, sehr viele, besonders für die zarten Magen der Kinder. Z. E. Milch, die wird lauter Schleim, Obst, das verursacht Säure, alle gesalzne, saure geräucherte Speisen.

J.

J. Und wenn die Kinder dieß alles nicht essen dürfen, was essen sie denn sonst?

P. Nun dafür sorgt die gute Mutter. Ein Süppchen, Spargel, Spinat, Kalbfleisch, Hüner, Tauben, es giebt ja Gott lob noch allerhand, woran Schwache sich erquicken können.

J. Nun mein lieber Herr Pfarrer! ich glaube es, daß in ihrem Hause das Elend wohne. Menschen, die aus dem grossen Freudenmeere, das Gott schuf, nichts zu geniessen trauen, die der Sonnenaufgang und des Frühlings balsamische Dünste scheuen, die des Herbstes Ueberfluß wie Gift betrachten, die nur zu leben scheinen, um zu leiden, zu schwitzen und zu purgiren, die sind doch wohl elend zu nennen.

Ich empfand mit dem Manne wahres Mitleiden, und noch mehr mit seinen Kindern, die durch die väterliche Liebe nach und nach ausgemergelt und getödtet werden, und hätte gern den Vater zu überzeugen gesucht, daß er selbst die Ursache alles dieses Elends sey, wenn ich nur einige Hofnung gehabt hätte, daß ein Mann

könnte

könnte von der Wahrheit überzeugt werden, der so voll von Vorurtheilen ist, daß er auch die schätzbarsten Geschenke Gottes für Gift hält.

Ich brach also ab und lenkte das Gespräch auf die Hauptsache.

Ich erkundigte mich nach seinen Pathen, und erfuhr von ihm, nachdem er die schrecklichsten Verwünschungen gegen ihn ausgestoßen hatte, daß er in die Fremde gelaufen sey, wo ihn die Strafgerichte Gottes gewiß verfolgen würden, wegen der Verbrechen, die er auf seinem Gewissen habe. Denn so nannte er den Fehltritt, den er gethan hatte.

Da er sich nach meinen Namen erkundigte, und erfuhr, daß ich ein Student sey, gab er mir nicht undeutlich zu verstehen, daß er mich wegen gepflogener Vertraulichkeit mit dem unglücklichen Mädchen in Verdacht habe.

Da nun hier für mich nichts mehr zu hoffen war, meine Seele auch in den Gesprächen dieses Mannes wenig Nahrung fand, überdieß die Purganzen in der Nebenstube zu wirken anfiengen, so eilte ich aus diesem Wohnsitze des Elends zu entkommen, schwang mich auf mein Pferd und ritt davon.

Fortsetzung.

Mein Weg gieng wieder durch den Wald, der ohne Zweifel noch eben so schön und reizend war, als vor einigen Stunden, meine Seele war aber so unruhig und mißmuthig, daß ich davon nichts empfand. Es kam mir vor, als wenn ein schwarzes Tuch über die Natur gebreitet sey, das mir alle ihre Reitzungen verhüllte.

Was hilfts, dachte ich, daß die Welt so schön ist, wenn ihre Bewohner so wenig Empfänglichkeit für ihre Schönheit haben? Gott besetzt seine Tafel täglich mit mannichfaltigen Erfrischungen, aber den mehresten Gästen liegt etwas im Magen, das ihnen Widerwillen gegen alle Gottes Gaben erregt. Macht der ganze Reichthum der Natur wohl der Familie des armen Friedrichslebischen Pfarrers mehr Vergnügen, als eine Schüssel voll Fische, und eine Flasche Wein einem Menschen, der das kalte Fieber hat? Beyde beben vor dem zurück, was zu ihrem Ver-

gnügen

gnügen bestimmt war. Auch die arme Charlotte und ihr Geliebter, sitzen an Gottes Tafel, und beyde könnten daran sich freuen, wenn ihnen nur nicht durch unvorsichtigen Genuß ein Splitter in den Hals gekommen wäre, der sie ausser Stand setzte, an der Mahlzeit Theil zu nehmen. Ich wollte ihnen helfen, und kann nicht, muß diese guten Leute sich neben mir krümmen und winden sehen, ohne vermögend zu seyn, etwas zu ihrer Rettung zu thun; kann ich meines Genusses mich wohl freuen, wenn mein Nachbar neben mir ersticken will?

So dachte ich, vergaß auf den Weg zu merken, verirrte mich und merkte meine Verirrung nicht eher, bis ich an das Ende des Walds kam, wo ich ein, mir ganz unbekanntes, Städtchen vor mir liegen sahe.

Wie heißt dieser Ort? fragte ich einen jungen Menschen, der von dort her kam. Koldingen, war die Antwort.

Koldingen? Koldingen? fragte ich begierig, und da mich dieser Mensch nochmals versicherte, daß es Koldingen sey, verschwand auf einmal

die

die ganze traurige Scene, die mich so mismuthig gemacht hatte, und meine Henriette stand vor mir. Die Begierde sie zu sehen, wuchs binnen zwey Minuten so stark, daß sie mich fortriß, und mir nicht verstattete zu überlegen, ob es klug oder unklug sey, ein Mädchen zu besuchen, das mir alle Hofnung benommen hatte, jemals die Meinige zu werden. Mein Pferd bekam die Spornen, die so gut wirkten, daß ich schon nach einer halben Viertelstunde mich an der Thür des Gasthofs befand.

Meine erste Frage, bey dem Eintritte in denselben, war nach dem Amtsschreiber Helwing. Der Wirth zeigte mir seine Wohnung, und ich gieng nach derselben zu, ohne zu wissen was ich daselbst machen wollte. In der That würde ich auch eine sehr lächerliche Rolle gespielt haben, wenn der Amtsschreiber mir sogleich begegnet wäre, und mich nach meinen Anbringen gefragt hätte.

Zum Glück begegnete er mir nicht. Auch auf dem ganzen Hofe, über den ich gehen mußte, war niemand zu sehen, dessen Anblick mich in Ver-

Verlegenheit hätte setzen können, durch die Sta=
cketen aber, die zwischen dem Garten und Hofe
waren, erblickte ich etwas, das mich sogleich von
dem Hause weg, nach den Garten zu zog.

Sie war es, saß, den Kopf in die rechte
Hand gelegt, tiefsinnig an einem Teiche, auf
den sie ihren melancholischen Blick geheftet hatte.
In der linken Hand hielt sie ein Schnupftuch,
mit dem sie einigemal über die Augen fuhr, und
Thränen wegzuwischen schien, die sie nicht von
jedermann wollte gesehen haben.

Dieser Anblick flößte mir solche Ehrfurcht ein,
daß es mir unmöglich war, mich ihr zu nähern,
sondern mir damit genügen ließ, daß ich etliche
Minuten auf ihrem Gesichte die Züge der leiden=
den Unschuld, mit innigster Theilnehmung, be=
trachtete — aber sie entdeckte mich. Sie hatte
eben die Augen wieder gewischt, und sahe sich
schüchtern nach der Gartenthüre um, um zu se=
hen, ob sie etwa von jemanden wäre bemerkt
worden — da fiel ich ihr in die Augen.

Sie richtete sich erschrocken auf und stund
unentschlossen da, ob sie mir entgegen gehen,

R 3

oder

ober fliehen sollte, und ich öfnete mit zitternder Hand die Thür, taumelte zu ihr, und faßte ihre Hand mit einer Empfindung, die ich nicht beschreiben kann. Die Heftigkeit des Affects erstickte die Stimmen auf beyden Seiten, und wir waren kaum vermögend, durch einige gebrochne Worte uns das zu sagen, was unsere Augen und Hände einander weit deutlicher erklärten. Ich setze Ihnen von unserer Unterredung her, so viel wir davon noch beyfällt.

H. Sie? Hier?

J. Beste Henriette!

H. Herr von Carlsberg?

J. Verzeihen Sie meine Freyheit! es war unmöglich länger —

H. Aber hat Sie niemand im Hause bemerkt?

J. So viel ich weis niemand.

H. Ich bin verlohren, wenn Sie hier gesehen werden. Wollen Sie nicht einen Augenblick in dieß Gartenhaus treten?

(Wir waren schon drinne, ehe sie recht ausgeredet hatte.)

J. Aber meine Theuerste! mein Leben! ist denn gar für mich keine Hofnung mehr da?

H. Was für Hofnung?

J. Und Sie können so hart seyn, und diese Frage an mich thun, nachdem Sie meinen Brief gelesen haben?

H. Einen Brief? einen Brief? was für einen Brief?

J. Den ich Ihnen schrieb.

H. Sie? mir geschrieben? einen Brief? ich habe keinen gesehen.

J. Und haben ihn doch beantwortet? und durch Ihre Antwort mich trostlos gemacht?

H. Herr von Carlsberg!

J. Henriette, kennen Sie diese Hand nicht? (Ich hatte den Brief bey mir und zeigte ihn ihr.) Sie riß ihn mir aus der Hand, las ihn, ihr ganzer Leib zitterte, dann gab sie mir ihn wieder, verbarg ihr Gesicht hinter das Schnupftuch, und ließ ihren Thränen freyen Lauf. Ich schlang meinen Arm um sie.) Also scheint es doch, als wenn es Ihnen dauere, daß Sie mir so großes Leiden verursacht haben?

H.

H. Ich habe den Brief nicht geschrieben. Ich kenne die Hand. Es ist die Hand einer Furie.

J. Ists möglich? Also haben Sie mich nicht zurückgestoßen?

H. Ich habe den Brief nicht geschrieben.

Diese unerwartete Entdeckung, nebst Henriettens Thränen und Wehmuth, brachten mich aus aller Fassung. Ich fieng auch an zu weinen, sank mit ihr auf das Kannapee, und drückte den ersten Kuß auf ihre Lippen. Den ersten Kuß! ach bester Herr Vetter! wenn unser Leben auch weiter nichts als eine lange Reihe von Leiden wäre, so ist doch der erste Kuß so süsse, daß er alles Andenken an dieselben auf einige Augenblicke vertilgen kann. Auf ihn folgten noch eine Menge andere, und wir verlohren uns ein paar Minuten in eine sprachlose Umarmung. Da wand sie sich aus meinen Armen, sprang auf und sagte: Gott was thue ich!

J. Was Sie thun? Sie schenken einem Leidenden seine Zufriedenheit wieder.

H. Mein Herr von Carlsberg, ich begehe eine Sünde, ein Verbrechen begehe ich.

J.

J. Ists Verbrechen, die redlichste die unschuldigste Liebe durch einen Kuß auszudrücken?

H. Ach Gott nein. Für tausend andere Mädchen ists nicht Sünde, aber für mich —

J. Und warum für Sie? für eine so reine, unschuldsvolle, himmlische Seele?

H. Ists wahr, daß Sie mich lieben?

J. Und wie ists möglich, daß Sie daran zweifeln können?

H. So beweisen Sie es! verlassen Sie mich! Herr von Carlsberg! (hier lag ihr Kopf auf meiner Schulter) verlassen Sie mich!

J. Aber wie können Sie unmögliche Dinge von mir verlangen?

H. Verlassen Sie mich, Herr von Carlsberg, und dringen nicht in mich!

J. Ich muß, wenn Sie es so wollen. Aber —

H. Aber ich kann es Ihnen nicht sagen. Soll ich meinen Vater in Kummer lassen, wenn es bey mir steht, ihn zu retten?

J. Das nicht. Aber was wollen Sie damit sagen?

R 5.   H.

H. Meine Verbindung mit dem Hofrath Grimlein wird ihn retten, und er verlangt sie von mir, als eine Probe meines kindlichen Gehorsams. Bin ich nun nicht eine Sünderin, da ich mich Ihren Umarmungen überlasse, die ich für einen andern bestimmt bin?

J. Und Ihre Gesinnung gegen den Hofrath?

H. Ist — doch Herr von Carlsberg, Sie erfahren zu viel von mir, Sie werden ein Verführer der Unschuld, fliehen Sie mich. Erlauben Sie mir, daß ich mich für den Vater aufopfere.

J. Edles Mädchen! aber kann der Vater nicht ohne dieß theure Opfer gerettet werden?

H. Ich weis nicht. Aber verlassen Sie mich! Wann meine Tante Sie bey mir findet, so bin ich ohne Rettung verlohren. Und das wollen Sie doch nicht.

J. Bey Gott! nicht. Ist aber gar kein Mittel mehr übrig, Sie noch einmal zu sprechen?

H.

H. Ich weis keines, als daß Sie die Sache mit meiner Tante Luise überlegen. Sie ist eine redliche Seele.

J. So leben Sie denn wohl, liebes, edles Mädchen! Gott stärke Sie! Gott rette Sie! Ich verlasse Sie, wenn meine Gegenwart Sie unglücklich macht.

Ich verließ sie wirklich, aber dieß verlassen mochte doch wohl eine gute Viertelstunde dauern. Denn bey jedem Schritte den ich that, kehrte ich wieder um, um noch etwas zu sagen. Und wenn ich meine Kräfte sammlete, um im Ernste fortzugehen, so rief sie mir ein Lebewohl nach, das mich so kräftig wieder zurückzog, als ein: o so bleiben sie doch. Endlich kam ich doch bis in den Garten, wo sie mir eine Hinterthür zeigte, durch die ich schlüpfen mußte. Ich that es so schüchtern, sahe mich so furchtsam nach allen Gegenden um, daß, wer mich gesehen hat, gewiß hat glauben müssen, ich hätte wenigstens Kirschen gestohlen. In der That glaube ich auch, daß mancher Dieb, wann er von seinem Raube zurück kommt, nicht so beklemmt ist,

als

als ich war, da ich von dem unschuldigsten Genusse
zurück kehrte.

Es ist doch ein närrisches Ding, um die
Verfassung, in der wir leben, wenn Handlungen,
die unser Gewissen billigt, und die Gott selbst
gut heißt, uns zu Verbrechen gemacht werden.
Denn wenn in eben der Minute, da mein Mund
an Henriettens Mund hieng, da unsere Seelen
zusammenschwebten, wenn in eben dieser Minute
mich der Schlag gerührt, und meinem Richter
mich entgegen geführt hätte, ich hätte nicht erschrecken wollen. „Allwissender! würde ich gesagt haben, du bist ein Zeuge meiner Liebe gewesen, und ich weis, du verdammtest sie nicht.
Den Trieb zum andern Geschlechte pflanztest du
in meine Brust. Ich habe deine Pflanze ge-
nährt, und sorgfältig verwahret, daß sie durch
Unkeuschheit nicht verderbt wurde. Ich sahe
Henrietten, und mit ihr alle die Reizungen,
mit welchen du sie ausgeschmückt hast, und
mein Trieb wurde gereizt, ich wünschte sie zu
besitzen, suchte sie auf, fand sie, ihr ganzes
Betragen gegen mich bewieß, daß sie eben das

für

für mich empfände, was ich für sie empfand, da ward ich trunken von Vergnügen und umarmte sie." Und ich weiß gewiß, Gott würde meine Liebe billigen. Aber wenn eben diese Liebe vor den Richterstuhl der alten Tante Henriettens, ihres Vaters, des Grünauischen Bürgermeisters, und vieler andern Leute dieser Art, gezogen würde, wie würde es mir da gehen! wie ein armer Sünder würde ich da stehen, und das Verdammungsurtheil anhören müssen.

Und so kann auf diese Art leicht die unschuldigste Neigung, die Gott selbst billigt, in ein Verbrechen ausarten, indem ich gedrungen werde, unerlaubte Mittel zu brauchen, um ihr Befriedigung zu verschaffen. Schon gehen eine Menge Entwürfe durch mein Gehirn, die alle darauf abzielen, mit Henrietten einen Plan gegen ihren Vater zu machen. Das Kind einen Plan gegen den Vater! es ist schrecklich. Und gleichwohl wie kann es anders seyn, wenn der Vater dem Kinde, indem es der Befriedigung der feurigsten und unschuldigsten Wünsche entgegen eilt, in den Weg tritt.

Gott

Gott stehe mir bey, und bewahre mich vor Verirrungen!

Unter solchen Betrachtungen kam ich auf mein Pferd, nach Grünau, in mein Bette, ohne daß ich bemerkt habe, was während dieser Reise um und neben mir vorgegangen ist. Ich bin Ihr

Carl.

Acht und dreyßigster Brief.

Friederike Helwingin an Luisen Helwingin.

Kolbingen, den 4. Aug.

Henriette muß ihn nehmen, den Hofrath, dabey bleibt es. Ich habe schon ihren Vater dahin beredet, daß er darauf besteht, und es als eine Probe ihres kindlichen Gehorsams von ihr fordert. Das ist ja auch billig. Ihr Vater hat ihr bis hieher Brod verschafft, ists nicht ihre Schuldigkeit, ihm auch zu einem Stück Brode zu verhelfen?

Du

Du wirst zwar sagen, ich thäte dieß alles aus Neide, aber ich bin gewiß nicht neidisch. Nur leiden kann ich es nicht, daß ein Mädchen oder Frau mir nahe kommt, die die Freuden genießt, die ich so lange vergeblich gesucht habe.

Ich habe so ein Vögelchen pfeifen hören, das mir eine schlaflose Nacht gemacht hat. Unsere Magd will einen jungen wohlgewachsenen Menschen in den Garten haben gehen sehen, gerade da Henriette drinne war. Sie will es mir nicht gestehen, aber mir ahndet so etwas. Nun wenn es auch wahr ist, so denke ich, daß ich ihr die Lust so ziemlich will benommen haben, ferner dergleichen Besuche anzunehmen. Ich habe so mit ihr gesprochen, daß sie gestern keinen Bissen hat genießen können. Und ich will noch mehr mit ihr so sprechen, bis sie den Hofrath am Halse hat. Dieß ist das einzige Mittel, sie mit mir auszusöhnen.

Heute haben sie unsere Diakonusin begraben. Ihr Mann und fünf Kinder folgten ihrem Sarge, und zerflossen fast in Thränen. Wer wird

wird um mich weinen? Ha! kein Auge wird
bey meinem Grabe naß werden, an meinen Brüsten werden Maden saugen, und die Keime, die
in mir liegen, werden die Würmer fressen.
Es schwindelt mir — ich kann es nicht länger
aushalten.

Friederike.

Neun und dreyßigster Brief.

Luise an Henrietten.

Grünau, den 4. Aug.

Bestes Henriettchen!

Ich habe einige sehr trübe Tage und schlaflose
Nächte gehabt, und habe niemanden auf der
Welt, dem ich den Gram klagen könnte, der mein
Herz zerfrißt, als dich. Höre also an! meine
Klagen können dir heilsam seyn.

Ich will es dir freymüthig gestehen, ich liebe und werde geliebt. Mein Geliebter ist der
junge

junge Mann, von dem ich dir schon geschrieben habe, ein Freund deines Carls.

Dieser gab mir nun vorige Woche auf einem Spaziergange eine Brochüre, die den Titel hatte: Die deutsche Fürstin, ein Dialog von Anton Wall, und sahe schalkhaft dazu aus, als er mir sie gab.

Ich las sie den folgenden Morgen, und fand darinne eine sehr feine Satyre auf unsern Kopfputz und unsern ganzen Anzug, wir wurden mit den alten Griechinnen verglichen, und verlohren bey dieser Vergleichung so viel, daß wir gegen sie als wahre Thörinnen erschienen. Hier hast du das Buch selbst, lies es, und frage dein Herz, ob der Mann wohl recht hat. Mir kam es wenigstens so vor, denn ich konnte nichts Vernünftiges dagegen einwenden. Unterdessen machte ich es mit diesem Buche so, wie wir es mit den mehresten zu machen pflegen, ich gab den Grundsätzen, die in demselben vorgetragen waren, Beyfall, überließ die Befolgung andern, und setzte mich, um mich eine

Viertelstunde den Händen des Friseurs zu überlassen, der eben in meine Stube trat.

Mein Zelnik war aber damit nicht zufrieden. Bey der ersten Unterredung, die er mit mir hatte, faßte er meine Hand und fragte, wie stehts? haben Sie die deutsche Fürstin gelesen?

J. Gleich den folgenden Tag.

Z. Und Ihr Urtheil davon?

J. Ist, daß der Verfasser viel Gutes gesagt hat.

Z. Aber wie stehts mit der Befolgung?

J. Die will ich einer andern überlassen.

Z. Im Ernst? meine Luise wollte andern die Ehre überlassen, zuerst zur Natur und zum guten Geschmack zurück gekehrt zu seyn?

J. Sie sagen dieß doch nicht im Ernst?

Z. Im Ernst. Wenn es so wahr ist, als die Sonne am Himmel steht, daß der gewöhnliche Kopfputz, vom Anzuge will ich noch nicht reden, unsere Schönen verunstaltet, sollte ich nicht wünschen, das Mädchen, für welches mein ganzes Herz schlägt, mit dem ich wünsche ewig verbunden zu seyn, von dieser Verunstaltung befreyet zu sehen?

J.

J. Sie scherzen loser Mann.

Z. So glauben Sie also wirklich, daß es mir unwichtig ist, diese schwarzen Locken, die Ihnen die Natur gab, in ihrer natürlichen Schönheit um diesen weissen Nacken fliegen zu sehen?

J. Und wenn ich nun dieß thäte — was würde die Stadt dazu sagen?

Z. Einige Tage lachen, dann Sie loben, am Ende vielleicht nachahmen.

J. Dazu gehört viel Entschlossenheit. Können Sie dieselbe wohl von einem schwachen Mädchen verlangen?

Z. Sie sind doch ein deutsches Mädchen?

J. Soviel ich weis.

Z. Und die Deutschen sind dazu gemacht, das Joch zu zerbrechen, das von Zeit zu Zeit der Menschheit aufgelegt wird. Ein Deutscher zerbrach das Joch, das Rom auf der Menschheit Nacken gelegt hatte; deutsche Mädchen werden zuerst das Joch abschütteln, das in Paris ist verfertigt worden.

J. Ja wenn ich eine Fürstin wäre.

Z. So würden sie einem ganzen Lande das

Joch

Joch abnehmen können. Aber um Ihr eigen Joch abzuschütteln, brauchen Sie dazu eben eine Fürstin zu seyn?

J. Warum brauchen Sie aber ein so hartes, entehrendes Wort? Joch!

Z. Es ist das gelindeste, das ich brauchen kann. Nehmen Sie an, meine Liebe, daß unser Fürst die Verordnung machen wollte, daß das Frauenzimmer ganz von seiner Laune abhängen, und nicht eher ausgehen solle, bis er es erlaube, was würden Sie von ihm sagen?

J. Daß er ein Despot sey.

Z. Sie hätten Recht. Aber übt der Friseur nicht eben diesen Despotismus gegen Sie aus? wenn Ihr Friseur des Nachts geschwärmt hat, und den andern Tag den Rausch ausschlafen will, dürfen Sie sich wohl unterstehen, einen Fuß vor die Thür zu setzen, ehe seine Laune es Ihnen erlaubt? Sind Sie nicht ganz von ihm abhängig?

J. Wir werden die Sachen doch nicht anders machen, lieber Zelnik. Haben Sie den Herrn von Carlsberg kürzlich gesprochen?

Z.

Z. Ja, ja! nun soll die Rede auf Carls= bergen gelenkt werden. Unbegreiflich! Daß es doch so schwer ist, das Frauenzimmer, das doch offenbar ein weit feiner Gefühl für das Schöne, als wir Mannspersonen, hat, von der Häßlich= keit ihres Kopfputzes zu überzeugen. Sind Lo= cken, wie sie die Natur schuf, nicht reizender, als das Gewirre von Pferdehaaren und erborgten Menschenhaaren? ists nicht unverantwortlich, wenn man das reizende Blonde oder Schwarze eines Frauenzimmerkopfs mit Puder bedeckt, und uns statt der süssen Düfte, die von einem gesunden, reinlichen Frauenzimmer ausgehen, Pomadengeruch einathmen läßt?

So moralisirte er, während des ganzen Spaziergangs. Und, als er sich am Ende von mir trennte, küßte er mich so kalt, seine Um= armung war so matt, daß ich vor Verdruß hätte versinken mögen.

Liebes Henriettchen, meine hohe Frisur, und der dazu nöthige Firlefanz, hat schon einen Liebhaber verscheucht. Er war schön, wohlge= wachsen, redlich, witzig, liebte mich von ganzem

Herz

Herzen, berechnete aber seine Einnahme gegen den Aufwand, der erforderlich seyn würde, die Ausstaffirung meines Kopfs und Körpers zu erhalten, und da er erstere hierzu nicht hinlänglich fand, trennte er sich von mir, unter sehr nichtigem Vorwande. Ein gebrannt Kind fürchtet das Feuer, und die Besorgniß, abermals einen Liebhaber, vielleicht den letzten in meinem Leben, durch das Haarwerk, womit ich meinen Kopf beklebt habe, wegzuschrecken, war bey mir so groß, daß ich dieselbe Nacht nicht schlafen konnte.

Meine ganze Seele war angespannt, um für mein eignes Haar eine solche Lage zu erfinten, in der ich mit Anstand in Gesellschaften erscheinen könnte. Itzo hatte ich sie gefunden, die Haare über die Stirne gekämmt, und abgestuzt, an den Seiten zwey natürliche Locken, die auf den Busen fallen, das übrige Haar aufgeschlagen, darauf einen Hut mit Federn bessteckt — traun das muß gut lassen!

Meine Seele war durch diese Erfindung so begeistert, daß sie sich mehr, als jemals, nach

Tages

Tages Anbruch sehnte. Und kaum war die Morgendämmerung da, so verließ ich mein La= ger, um meine Erfindung auszuführen.

Ich schämte mich vor mir selbst, da ich alle den Kram ablegte, mit dem mein Kopf zeither belastet gewesen war, den Wulst, über den man meine Haare gezogen, die falschen Haare und Locken, die man mir angeklebt und angesteckt hatte. In der That glaube ich nicht, daß viele Gegenstände in der Natur sich befinden, die ekel= hafter sind, als die Anatomie eines frisirten Kopfs. Und ich kann nicht begreifen, wie wir Frauenzimmer, die wir doch mehrentheils ein sehr feines und richtiges Gefühl für das Schö= ne und Schickliche haben, so tief herabsinken könnten, daß wir Dinge zu unserm Putze wählten, die wir sonst, mit blossen Händen, an= zurühren, uns scheuen würden — Haare, der Himmel weis, von welcher lüderlichen Weibs= person.

Nachdem ich meinen Kopf von dieser Last befreyet hatte, sieng ich an mein Haar auszu= kämmen, und befreyete es von einer solchen

Menge

Menge Unrath, als vielleicht alle Bürgersmäd=
chen in Koldingen zusammen nicht auf ihren
Köpfen haben.

Nun war die Operation zu Ende, und ich
lief vor den Spiegel, um da meinen nächtlichen
Einfall auszuführen. Aber hilf Himmel! wel=
chen Anblick hatte ich! Ach meine Henriette!
die Worte fehlen mir, ihn dir zu beschreiben,
und die Empfindung auszudrücken, die ich da=
bey hatte. Das ganze Vordertheil meines Kopfs
war kahl, wie meine Hand, schrecklich anzuse=
hen, wie ein Todenkopf. Ich sahe izo das er=
stemal, daß, durch das viele Herumzausen und
Verwirren, meine Haare nach und nach fast alle
waren verloren gegangen, und daß der ganze
Thurm, den ich zeither auf meinem Kopfe trug,
aus fremden Haaren zusammengesetzt gewesen
war. Grausen vor mir selbst überfiel mich, ich
sank kraftlos auf meinen Lehnstuhl, und mir
war es, als wenn die Worte in meine Ohren
schallten: ihr seyd wie die übertünchten Grä=
ber, welche auswendig hübsch scheinen, aber
inwen=

inwendig sind sie voller Todenbeine und alles Unflaths.

Uebertünchte Gräber — auswendig hübsch — inwendig voll Todenbeine — voll Unflat — diese Gedanken wurden so lebhaft in meiner Seele, daß ich unter denselben fast erlag. Ich sprang auf, lief wild umher, und fiel wieder nieder, sah in den Spiegel und fiel wieder zurück. Meine Kleinen kamen, um den Vormittag bey mir zuzubringen, ich bat sie aber, mich zu verlassen und ihren Eltern zu sagen, daß ich nicht zu Tische kommen könne, weil ich krank sey.

Ach! ich war ja auch krank. Was ist Fieber und Gicht gegen die Pein, die ich ausstund? den ganzen Tag brachte ich unter derselben zu. Und die Nacht — an die denke ich lebenslang. An der Verzweiflung Abgrund taumelte ich. Auf einmal sahe ich mich, aus einem Mädchen, das doch noch immer seine Bewunderer fand, in ein Gespenst verwandelt, das jedermann fliehen würde. Meinen Zelnik sah ich mit ofnen Armen mir entgegen kom-

S 5

men

men — zurück beben, und unwillig wegscheichen. Ich warf mich von einer Seite zur andern, schloß die Augen, suchte den Schlaf, und er flohe mich, als wenn er meinen kahlen Kopf scheuete.

Ach! schwarze Gedanken flatterten um mich her. Gleich wie der Fuchs, da er seinen Schwanz verlohren hatte, alle Füchse bereden wollte, ihre Schwänze abzuschneiden, so faßte ich auch den teuflischen Entschluß, allen Mädchen die Frisur anzupreißen, damit sie nach und nach alle kahl und mir ähnlich werden möchten.

In dieser Stunde der Verzweiflung lernte ich den Ursprung unsers Kopfputzes. Irgend eine Dame verlor ihr Haar, wollte doch noch gefallen, und erfand in der Angst die Kunst fremdes Haar aufzusetzen, die Mädchen sahen es, glaubten es lasse gut, und thaten es nach. Ihr Haar wurde grau, aus Furcht ihre Anbeter zu verlieren, bestreute sie es mit Puder. Die Mädchen sahen es, glaubten es liesse schön, und thaten es nach. Ihr Schweiß bekam einen übeln Geruch, sie suchte ihn zu vertreiben, bal-

samirte

samirte sich mit Pomade und wohlriechenden Wassern ein. Die Mädchen rochen es, glaubten es rieche gut, und thaten es nach. Auf diese Art ist ganz gewiß unser Gefühl für das Schöne verdorben worden.

Sonst pflege ich zu beten, wenn es in meiner Seele trübe ist, und finde alsdenn Aufheiterung. Itzo aber war es mir beynahe unmöglich. Ich zürnte mit Gott und der ganzen Welt.

Nach drey Uhr endlich breitete ich meine Hände aus und seufzte: mein Vater!

Und gleich als wenn der gute Vater sichtbar würde und meine Hand drückte, so wurde ich bewegt. Mein Vater! sagte ich, und Thränen brachen aus. Ich habe mein Schicksal verdient. Ich bin ein stolzes, eitles, Mädchen gewesen. Ich verschmähete die Reizungen, die deine Hand mir gab, und wollte sie von Friseurs Händen empfangen — darf ich murren, wenn das, was ich verschmähte, mir entrissen worden ist? Ich habs verdient, ich will es dulden, und nie, nie will ich eines deiner liebenswürdigen

würdigen Geschöpfe bereden, den Weg zu betreten, auf dem ich elend ward.

Dieser Entschluß kostete mir Thränen, aber verschafte mir Erleichterung, und bald sank ich in einen süßen erquickenden Schlummer.

Fortsetzung.

Und nun, liebes Henriettchen, will ich meinen gefaßten Entschluß zuerst bey dir ausführen. Laß dir meinen kahlen Todenkopf zur Warnung dienen, daß du nie auf die Thorheit gerathest, die schönen schwarzen Locken, die Gott dir schenkte, wegwirren zu lassen, und an ihre Stelle falsches Haar zu setzen.

Denn was in aller Welt sollte dich wohl dazu bewegen? du glaubst doch wohl nicht dadurch schöner zu werden? glaubst doch wohl nicht, daß ein Friseursjunge dich schöner machen könne, als dich dein weiser Schöpfer schuf? oder meynst du, daß du in einem unnatürlichen Kopfputze mehr gefallen werdest, als in deinen natürlichen Locken? So sieh doch auf die Erfahrung.

fahrung. Sieh, wie der Carlsberg, den ich immer höher schätze, je näher ich ihn kennen lerne, sieh, wie feurig er dich liebt, wie er bereit ist, seinem Adel und allen Vorrechten, die er ihm ertheilt, zu entsagen, um dich zu bekommen. So feurig ward ich nie geliebt, obgleich mein Haar alle Figuren angenommen hat, die die Parisischen Coquetten erfanden. Die Natur hat eine allmächtige Gewalt, die die Kunst nie erreichen kann: Sind wohl alle Pomadenbereiter und Friseurs in ganz Europa, mit aller ihrer Kunst, vermögend, uns den Reiz zu geben, der in einem schmachtenden, oder feurigen Auge, oder in einem gewölbten Busen liegt? Was ist die schönste Unterlage gegen eine glühende Wange? und was will der ganze Reichthum des Puderbeutels und der Pomadenbüchse sagen, gegen einen sich hebenden Busen? Tritt, Henriette! voll Zutrauen zu dir selbst, in jede Gesellschaft. Dein schlanker Wuchs, deine blühende Farbe, deine schwarzen Locken, dein voller Busen, dein gesunder Verstand, dein ungekünstelter Witz, werden dich hoch über

alle

alle Geschöpfe des Friseurs und Schneiders erheben, und jedes männliche Herz wird deinen Werth fühlen.

Und gesetzt, daß es hie und da ein süsses Herrchen gäbe, das sich schämte, einem unfrisirten Mädchen die Hand zu küssen — desto besser für dich, so bist du gegen die Zudringlichkeit manches Gecken geschützt, der dir ausserdem lästig würde geworden seyn.

Rechne auch darauf, daß du nicht Coquette, sondern Ehefrau werden willst. Und diese gefällt ihrem Manne immer mehr, durch eigenthümlichen, als durch erborgten Werth. Und ich kann kaum begreifen, wie ein Mann seine Frau lieben, und ihr treu bleiben kann, wenn er sieht, wie sie alles, womit sie in Gesellschaft schimmerte, ablegt, sobald sie blos für ihn lebt, und mit ihm das Ehebette besteigt.

Willst auch wohl Mutter werden? Willst deine Kinder auf deinen Schooß setzen und an deinem Busen spielen lassen? willst sie lassen sich an deinen Hals hängen, und dich küssen? aber diese Wollust wirst du entweder gar nicht, oder

nur

nur halb genießen, wenn du deine Haare in eine gekünstelte Form bringest, und einen eben so unnatürlichen Anzug wählst. Die Besorgniß deine Frisur zu zerstossen, wird das Muttergefühl in dir ersticken, und dich nach und nach geneigt machen, deine Kinder auf eine unnatürliche Art von dir zu entfernen.

Glaube ja nicht, meine Liebe, daß ich die Sachen übertreibe! Ich habe erst heute noch ein sehr trauriges Exempel hiervon gesehen. Da brachte, nach aufgehobener Tafel, unsere Amme der Frau von Rosewitz ihr kleines Söhnchen. Es streckte brünstig die Arme nach ihr aus, und ich kenne kein grösser Glück für ein Frauenzimmer, als dieses, zu sehen, wie ein gesundes, schönes, Kind, brünstig die Aermchen nach ihm ausstreckt. Sie nahm es, aber Gott! gar nicht mit der Empfindung, mit der ich glaube, daß ich mein Kind nehmen würde. Kaltsinnig nahm sie es auf den Arm und sprach mit ihrem Manne. Unterdessen sperrte das Kind den Mund auf, machte große Augen, betrachtete die hohe Frisur, streckte langsam seine ne Händchen darnach aus, ergrif eine Locke, und riß sie herunter.

Da stieg das Blut der Mutter ins Gesichte, sie gab dem armen Kinde einen heftigen Schlag auf die Hand und sagte: du kleine Bestie!

Du hättest sehen sollen den Jammer, der sich auf einmal in dem Gesichte des unschuldigen Kindes ausdrückte, das das Unrecht, das ihm die Mutter zugefügt hatte, ganz zu fühlen schien, du hättest sehen sollen, wie jämmerlich es sich von der grausamen Mutter wegwandte, und nach der Amme reichte, so würdest du einen bleibenden Abscheu gegen unnatürlichen Schmuck bekommen, und Begierde empfunden haben, stets solche Locken zu tragen, an denen deine Kinder spielen könnten. O das Spielen eines Kindes an den Haarlocken der Mutter — es ist warlich mehr werth, schaft mehrere Herzensfreuden, als aller Firlefanz, den die Pariserinnen, die vielleicht nie Mutterfreuden fühlten, zu uns gebracht haben.

Ach

Ach Gott! was fühle ich, da ich dieß schreibe. Der Schöpfer hat so viele Herzens= freuden für uns bereitet, und wir verschmähen sie, und suchen Freuden in allerley Quark, der keine Freude geben kann. Es fällt mir hier der Spruch ein, mich den lebendigen Brunnen verlassen sie, und machen sich selbst Brunnen, die löchricht sind, und kein Wasser geben. Sind Gottes Werke nicht ein lebendiger Brun= nen, dessen Erfrischungen unerschöpflich sind? Und was ist dagegen das Werk des Friseurs= und Schneiders? und gleichwol stossen wir jene von uns, um diese zu besitzen.

Ich wollte auch, daß Seelenmaler Chodo= wiecki den traurigen Auftritt gesehen hätte, ihn gruppirte, und allen deutschen Müttern zur Be= herzigung vorlegte! Ich dächte, jedes Herz, das noch nicht alles Muttergefühl abgelegt hat, müßte dadurch gerührt, und abgeneigt von Mo= den gemacht werden, die die süssesten Natur= triebe ersticken.

Das war also mein Rath für dich. O könn= test du, liebes Jettchen, mir einen Rath für mich geben ! was soll ich thun? soll ich mich Zellnicken mit meinem kahlen Kopfe zeigen? oder soll ich gegen ihn die Vortreflichkeit und den Nutzen der Frisur vertheidigen? Ach! in beyden Fällen ist mein Zellnick für mich verlohren. Denn so zärtlich er ist, so fest und unbiegsam ist er auch in seinen Urtheilen.

Denk nur, da er mich bey dem lezten Spaziergange verließ, sagte er noch recht trozig: wer einen frisirten Kopf schön finden kann, hat kein Gefühl für Schönheit. Ich traue ihm eben so wenig Geschmack zu, als einem Menschen, der die Schnörkel, mit denen Gothische Gebäude verbrämt sind, schön findet. Und nimmermehr werden wir jenes starke Gefühl für natürliche Einfalt, das die Griechen soweit über uns erhebt, wieder erlangen, so lange unsere Kinder unter frisirten Köpfen aufwachsen, und den Enthusiasmus der Mütter, für verunstaltenden Putz, sehen.

Carlsbergen hab ich seit einigen Tagen nicht gesehen. Aber ich weis von sicherer Hand, daß du unfrisirtes Mädchen seine Göttin bist, und

daß

daß die geschickteſten Friſeurs nicht vermögend ſind, unſern Mädchen für ihn den Reiz zu geben, den dir Gott gab, da er dich bildete, und deine ſchwarzen Augen in deinen Kopf ſetzte.

Leb wohl! da liegt alle das Zeug vor mir, das ich auf meinem Kopfe trug. Meine ganze Natur empört ſich dagegen. Zellnicken wird er mir rauben, dieſer vermaledeyte Plunder. Zellnicken meinen Geliebten! O gern wollte ich auf alle Schätze, die die Haarſiebereyen, und Werkſtätte der Friſeurs hervorbringen, auf ewig Verzicht thun — wenn ich ihn nur haben ſollte. Denn was iſt eine Stube voll Pferde und Menſchenhaare, Pomade und Puder, gegen einen lieben jungen Mann?

Ich bin ſtets deine dich liebende

Luiſe.

———

Vier=

Vierzigster Brief.

Der Oberste von Brav an Carln.

Holdersleben, den 6. Aug.

Hier überschicke ich dir, lieber Carl! meinen unglücklichen Sohn. Die verständigsten meiner Freunde haben mir gerathen, ihn zu dir zu thun, theils, weil Leuten, die so tief als er gesunken sind, die Einsamkeit sehr gefährlich sey, theils, weil sie glauben, daß durch deinen Umgang sein Herz, und durch den D. Rieland in Grünau, seine Gesundheit am sichersten wieder hergestellt werden könne. Nimm ihn auf, als den Sohn deines Vetters, der dich allezeit wie sein eignes Kind geliebt hat, gieb ihm stets ein lehrreiches Exempel, und erinnre ihn oft an die Häßlichkeit seines Fehlers, an den traurigen Zustand eines entmannten Jünglings, und suche in ihm das Gefühl für die Freuden der Ehe zu erregen. Hier, hier ist der Ort, wo du zeigen kannst,

daß

daß du das Vergnügen des Wohlthuns zu schätzen weißt. Denn der Aufwand an Gelde, den
wir bisweilen zu Minderung des menschlichen
Elends machen, will wirklich nicht viel sagen.
Ich brauche nur mir ein Kleid weniger zu schaffen, eine beschlossene Reise auszusetzen, und das
dadurch ersparte Geld in die Hände der Elenden
auszuschütten, so ist das gute Werk vollbracht,
ohne daß ich dadurch weiter in meinen Geschäften und in dem Genusse meiner Vergnügungen
unterbrochen werde. Aber — einen Verirrten,
einen tief herabgesunkenen Bruder wieder auf
den Weg der Tugend zu leiten, wie viel Nachdenken, Aufmerksamkeit, Geduld, wird dazu
erfordert! Ich habe daher immer das Zeugniß,
das Jesu Feinde von ihm ablegten: dieser nimmt
die Sünder an, und isset mit ihnen, als seinen
größten Lobspruch angesehen. Denn wie weit
muß der über gewöhnliche Menschen erhaben
seyn, der Gefallne, von dem Abgrunde, in den
sie stürzen wollen, liebreich zurück zu ziehen sucht,
sich nicht niederschlagen läßt, durch viele fehlge-
schlagene Versuche, durch ihr Widerstreben,

durch

durch die Lästerung des Pöbels: dieser nimmt die Sünder an! Die Speisung von 5000 Mann, ist mir Kleinigkeit gegen sein Bestreben, Menschen zu retten, die, ihrer Ausschweifungen wegen, von der bürgerlichen Gesellschaft ausgeschlossen waren. Verabsäume also die Gelegenheit nicht, auf eine so edle Art wohlzuthun, und sey versichert, daß großer Lohn deiner warte, wenn du die edle That vollbringen wirst.

O Gott! wie muß das Glück erfreun,
Der Retter einer Seele seyn!

Die Offenherzigkeit, mit welcher du mir alle deine Handlungen erzählst, gefällt mir sehr wohl, und ich werde sie stets als einen Beweis deines Zutrauens gegen mich ansehen. Ich glaube nicht, daß dasselbe werde vermindert werden, wenn ich dir über ein und anderes deiner Urtheile und Handlungen eine Erinnerung gebe.

Ich wollte nicht, daß du die Behauptung des einärmigen Unglücklichen, der sich bey mir sehr wohl befindet, und mir, durch seine Gespräche

spräche und Aufsicht über meine Arbeiter, gute
Dienste leistet, als wenn man oft in Lagen kä=
me, wo man müsse Böses thun, ohne alle Ein=
schränkung annähmest. Denn sie könnte dir leicht
gefährlich werden, und dir zum Vorwande
dienen, heftigen Leidenschaften nachzugeben.
Denn wer sich zu jedem seiner Lebenstage mit
Gebet vorbereitet, und durch tägliche Betrach=
tung der Wahrheiten der Religion, Licht in sei=
ner Seele zu erhalten sucht, kann nicht nur
manche gefährliche Lage vermeiden, sondern ist
auch vermögend, die größten Versuchungen zu
überwinden. Aber freylich, müssen die mehre=
sten Menschen Böses thun, weil sie die Mittel
nicht haben kennen und brauchen lernen, durch
die man seine Unschuld bewahren kann. Und in
diesem Falle hat der Einärmige recht. Wenn ich
einen Menschen, der nie angeleitet wurde auf
Eise zu gehen, über das Eis jage, so muß er
fallen, und wenn ich den, der nie schwimmen
lernte, zwinge, in die Donau zu springen, so
muß er ersaufen.

T 4

Auch

Auch habe ich es nicht gern gelesen, daß du gegen den grünauischen Bürgermeister so laut gesprochen hast. Wenn du nicht lernst dein Urtheil über die Unregelmäßigkeit unserer bürgerlichen Verfassung zurück zu halten, so wirst du dir so viele Feinde, und Streit und Verfolgung, zuziehen, daß du erliegen mußt, und für die menschliche Gesellschaft unnütze wirst. Der Weise sieht die vorhandenen Unordnungen, bedauret sie, verbirgt seinen Unwillen, und wartet gelassen den Zeitpunkt ab, wo er etwas zu ihrer Abstellung beytragen kann. Und auf diese Art wirkt er tausendmal mehr, als durch alles Eifern und Declamiren.

Und nun zur Hauptsache. Ich habe dich zeither in Ansehung deiner Liebe ganz frey handeln lassen, ich gestehe dir auch, daß ich deine Wahl billige, und daß ich Henrietten für das Mädchen halte, in dessen Armen du des Lebens Glück ganz schmecken, und seines Elends lachen kannst, aber nochmals bitte ich dich, daß du dich wohl prüfest, ob du Kraft genung habest, dich über die Vorurtheile deiner Zeitgenossen hinauszusetzen, fetzen, auf die Vorrechte des alten Adels, auf die Gunſt des Hofs, Verzicht zu thun, und dir dein Glück durch deinen Kopf und deine Arme ſelbſt zu verſchaffen. Iſt dieſes, ſo iſt bey dir die Kette zerriſſen, die die Menſchheit feſſelt, und ſie auſſer Stand ſetzt, die hohe Stufe zu erſteigen, für die ſie geſchaffen iſt. Du biſt frey, und genießt als ein freyer Mann in Henriettens Armen der ehelichen Liebe hohes Glück, gegen welches freylich alle Titel, Ordensbänder und Pfründen, Plunder ſind. Fühlſt du dich aber hiezu zu ſchwach, rühren dich die Vorrechte des alten Adels noch, willſt du ſie haben und zugleich Henrietten beſitzen, ſo iſt das Beſtreben nach ihr die gröſte Thorheit. Ihr Beſitz wird dir eine unerſchöpfliche Quelle von Leiden werden. Sey ſtark! entſage ihr, und ſuche dir ein Mädchen von der älteſten Familie. Niemand kann zween Herren dienen. Ihr könnt nicht dienen der Natur und Unnatur.

Im Falle, daß du Entſchloſſenheit genung haſt, allem zu entſagen, um Henrietten zu beſitzen, ſo zweifle ich nicht, daß dein und ihr und

ihrer

ihrer Muhme Verstand Mittel finden werden, sie
zu bekommen, ohne daß du nöthig hast, gegen
ihren Vater Cabalen zu machen.

Ich bin sehr begierig wieder einen Brief von
dir zu lesen, und verbleibe stets rc.

Brav.

Ein und vierzigster Brief.

Henriette an Luisen.

Kolbingen, den 6. Aug.

Wache ich? oder träume ich? ich sahe ihn bey
mir, meinen Carlsberg, war recht nahe bey ihm,
legte meine Hand auf seine Brust, und sein Herz
schlug heftig, und hörte ich recht, *so schlug es*
mir lauter Betheurungen der redlichsten Liebe
zu, und er schloß mich in seine Arme, und —
küßte mich, und sagte mir, — ach ich weis es
selbst nicht mehr, was er sagte. Es war aber
lauter Gutes, was er mir sagte. Ich kann ihn
nicht

nicht wieder aus meinem Herzen heraus bringen, Tante! ich kann es nicht, ich kann es nicht. Und ich kann auch ihn nicht ferner lieben. Mein Vater will ich soll den Hofrath nehmen, mein Vater will es. Und Tante Friederike martert mich zu tode. Er hat einen Brief an mich geschrieben, und sie hat ihn aufgefangen, hat ihn beantwortet und meinen Namen darunter gesetzt — und er hat geglaubt, ich hätte ihn geschrieben. Die Magd hat ihn auch sehen zu mir gehen und hat es Tante Friederiken wieder gesagt. Nun quält sie mich. Ach! ich kann es nicht schreiben, wie sie mich quält. Es wird bald mit mir aus seyn, des tröste ich mich. Sie könnten mich noch retten, wenn sie mir Gelegenheit verschaften, ihn zu sprechen, nur eine Stunde, ach nur eine Stunde, aber ungestört. Nur die Stunde lassen Sie mich noch geniessen, dann will ich gern sterben. Es ist nicht schwer das Sterben, wenn man das Leben nicht länger aushalten kann. Es ist süsse die Last abzuwerfen, unter der man zu Boden gedrückt wird.

Ich

Ich will mich nicht frisiren laſſen, wenn ich weiß, daß ich ohne Friſur Carlsbergen beſſer gefalle. Wenn ich Ihnen doch nur zu rathen wüßte! Hat man kein Mittel, die verlohrnen Haare wieder wachſend zu machen?

Ach! noch eins! Tante Friederike ſagt, Carlsberg hätte mit einer lüderlichen Weibsperſon ein uneheliches Kind erzeugt! Ach wenn es nur nicht wahr iſt. Wenn — ja wirklich — aber — wenn er ſich gebeſſert hätte. — Ich weis nicht mehr was ich ſchreibe. Mein ganzer Kopf iſt verwirrt — ach wenn doch meine Mutter mir erſchiene, und nur eine Viertelſtunde mit mir ſpräche! Aber ſie erſcheint nicht. Retten Sie mich. Ich bin.

Henriette.

———

Zwey

Zwey und vierzigster Brief.

***

Carl an den Obersten von Brav.

Grünau, den 10. Aug.

Ihr Sohn, liebster Herr Vetter! ist glücklich angekommen, nachdem er zuvor, auf dem nächsten Dorfe, von einem Schwarme trunkner Studenten sehr ist gemishandelt worden. Sie hatten, da er von der Post stieg, erfahren, daß er erst von Schulen käme, und glaubten deswegen berechtigt zu seyn, durch Pfeifen, Klatschen, Fragen nach dem Herrn Conrector, Herrn Papa und Frau Mama, ihn hudeln zu dürfen. — Was sagen Sie dazu? Beynahe schäme ich mich, mich zu den Musensöhnen zu rechnen, da viele von ihnen solche Unarten an sich haben, die sich kaum die Söhne der Ceres und des Vulkans verzeihen würden. Denn das habe ich doch noch nie gehört, daß die Schmiedegesellen und Baurenpursche

renpursche ihre Zunftgenossen verspotteten, weil sie jünger als sie wären.

Ich will an ihm thun was ich kann. Und wenn man das Gefühl für die Freuden des Ehestands dadurch erregen kann, wenn man mit Begeisterung von seiner Geliebten spricht, so muß Ihr Sohn dieses Gefühl bekommen, weil schwerlich ein Jüngling von seiner Schöne so eingenommen seyn kann — als ich. Ja glauben Sie mir! ich will allem entsagen, was man in der grossen Welt Glück zu nennen pflegt, wenn ich mir nur dadurch Henrietten verdienen kann. Denn ich kenne kein Erdengut, das mir soviel wahre Freude schenken könnte, als der Besitz eines Weibes, für welches mein Herz entflammt ist. Was ist dagegen ein Regiment Dragoner? Mein Gut, das mir mein Vater hinterlassen hat, kann mir ja doch nicht entrissen werden. Und sollte das nicht hinlänglich seyn, soviel zu liefern, als eine Familie bedarf?

Die Helwingin hat mich versichert, daß sie mir Gelegenheit schaffen will, Henrietten zu sprechen. Sie dringt aber darauf, daß ich von

meiner

meiner Mutter die Einwilligung, sie zu heura=
then, auswirken soll. Eher, sagt sie, könne
nichts Ernstliches vorgenommen werden.

Das, denke ich, soll mir ja nicht schwer
seyn. Denn wenn meine Mutter nur das Mäd=
chen erst einmal sieht, so muß sie ja gleich über=
zeugt werden, daß sie alle Eigenschaften besitze,
die zur Versüssung des Lebens ihres Sohnes,
und zu Erzeugung gesunder munterer Enkel nö=
thig sind. Ein Fräulein ist sie freylich nicht, und
ich glaube ganz gern, daß es adeliche Familien
genung giebt, die Fräuleins aufzeigen können,
denen Henriette nachstehen muß. Denn so wenig
ich glaube, daß uns der Adel einen eigenthümlichen
Werth gebe, so wenig glaube ich auch, daß ihn
der bürgerliche Stand verschaffe. Hätte ich zuerst
gegen eine Gräfin empfunden, was ich für Hen=
rietten fühle, so würde ich alles gewagt haben,
um sie zu verdienen. Da das nun aber nicht
geschehen ist — was kann ich dazu?

Beynahe glaube ich, daß für jeden Jüngling,
unter allen Erdentöchtern, nur eine geschaffen
sey,

sey, daß das Herz heftig schlage, so bald es ihr nahe kommt, und laut sage: das ist sie!

Wenigstens ist dieß mein Fall. Ich habe doch so manches Mädchen aus allerley Ständen gesehen, habe es bewundert und schön gefunden. Es war aber ein ganz ander Ding, da ich Henrietten sahe. Der erste Blick — ha! der brachte alle mein Blut in Bewegung — und das ihrige muß wirklich auch nicht kalt geblieben seyn, da ich sie das erstemal anschielte.

Ob ich nun gleich so verliebt bin, als vielleicht jemals ein Jüngling war, so habe ich doch die leidende Familie, der ich meinen Beystand versprochen habe, nicht vergessen. Ich gieng gestern zu ihr, Charlotte sahe mich durch das Fenster, sprang mir entgegen, und fragte begierig: haben Sie Heinrichen ausgemacht? noch nicht, antwortete ich, gutes Mädchen, ich hoffe es aber nächstens zu können, und so gieng ich in die Stube, und sie folgte mir betrübt nach.

Bey meinem Eintritte wurde ich sehr gerührt. Ueber den Tisch war ein weisses Tuch gebreitet,

gebreitet, das Bette hatte einen weiſſen Ueber-
zug, der vermuthlich von irgend einem Nachbar er-
borgt war, und der Kranke ſaß in demſelben
mit einem weiſſen Hemde angezogen, hatte eine
weiſſe Mütze auf ſeinem Kopfe, und las mit
gefaltenen Händen in einem Gebetbuche. Ich
betrachtete ihn mit Ehrfurcht und fragte, was
dieß zu bedeuten habe?

Ich will, ſagte er, heute meine Andacht
haben.

In eben dieſem Augenblicke trat auch ein
junger Geiſtlicher, nebſt dem Küſter, herein.
Der erſtere grüßte den Kranken freundlich, fragte nach ſeinem Befinden, und der leztere ſtellte
unterdeſſen einen Kelch auf den Tiſch, ſchenkte
ihn voll Wein, legte auf eine Schaale eine
Hoſtie, und ſchlug ein Buch auf, in welchem
das Formular beſchrieben war, das bey dem
Genuſſe des Abendmahls pflegt gebraucht zu
werden.

Als dieſes geſchehen war, winkte der Geiſtliche, daß die Anweſenden abtreten ſollten, ſie
thaten es, ich wollte es auch thun, aber der

Kranke sagte: Ihro Ehrwürden, den lassen Sie immer hier bleiben! Es ist ein frommer Herr, ich kann nicht mehr beichten, als er schon weis. So blieb ich denn, und der Geistliche schien es zufrieden zu seyn.

Fortsetzung.

So sage er denn seine Beichte an, lieber Freund, sagte der Geistliche.

Kr. Ehrwürdiger, lieber Herr! ich bitte, sie wollen meine Beichte hören, und mir die Vergebung sprechen um Gottes willen! aber ich habe keine Beichte gelernt, ich muß ihnen nur aus dem Kopfe sagen, was ich auf dem Herzen habe.

G. Desto besser! Ich habe es immer lieber, wenn meine Beichtkinder mir, mit ihren eignen Worten, den Zustand ihres Herzens entdecken, als wenn sie auswendig gelernte Formeln hersagen, an denen das Herz keinen Theil hat. Sage er an, lieber Freund! Gott
sieht

ſeht nicht auf Worte, ſondern auf das Herz, und ich auch.

Kr. Ehrwürdiger lieber Herr! ich bekenne vor Gott und ſie, daß ich ein armer Sünder bin. (Ein Thränenguß unterbrach ihn.)

G. Das ſind wir alle, mein Freund! Wenn wir vor Gott dem Allwiſſenden ſtehen, ſo ſind wir allzumal Sünder, und mangeln des Ruhms, den wir an Gott haben ſollen.

Kr. Aber ich — ich bin gar ein groſſer Sünder.

G. Gottes Gnade iſt gröſſer als unſere Sünden. Aber welches iſt die Sünde, die ihn beunruhigt? Rede er offenherzig. Ich bin ein Geiſtlicher, und bin ſchon durch mein Amt zum Stillſchweigen verbunden.

Kr. Ach ich habe meinen Herrn, für den ich arbeitete, betrogen — ich habe ihm Garn unterſchlagen, wird mir wohl das Gott vergeben?

G. Das hat er gethan? und ich hielt ihn immer für einen ehrlichen Mann.

U 2

Kr.

Kr. Ich bin es auch. Ich habe allen Betrug verabscheuet, mein Leben lang. Aber — ich — ich konnte meine Kinder nicht ernähren, von dem geringen Lohne, den ich bekomme, der Hunger hat mich dazu gebracht.

G. Es wären wohl noch Mittel gewesen, auf andere Art sich zu helfen. Unterdessen die Sache ist geschehen. Wenn er daran denkt, wie ist ihm da zu Muthe?

Kr. In den Erdboden möchte ich kriechen. Ich unterstehe mich kaum zu Gott zu beten.

G. Ist es denn viel, darum er seinen Herrn betrogen hat?

Kr. Wer will das wissen!

G. Aber ist er denn entschlossen, seinem Herrn es wieder zu ersetzen?

Kr. Lieber Gott! wovon denn? ich habe ja nichts.

G. Aber dazu ist er doch wohl bereit, daß er nimmermehr sich diese Sünde wieder erlauben will?

Kr. Ach daß Gott erbarme! auch das kann ich nicht versprechen. Denn ich kann es nicht

hal-

Halten. Meine Kinder kann ich nicht verhungern laſſen.

G. Weis er denn gar kein Mittel, ſeine Umſtände zu verbeſſern?

Kr. Das wüßte ich wohl, wenn ich für mich arbeiten, und meine Waare ſelbſt verkauffen dürfte.

G. Warum darf er denn das nicht?

Kr. Ja wenn ich Geld in Händen hätte, daß ich mir Garne einkaufen, und meine Waare liegen laſſen könnte, bis ſie geſucht wird.

G. Und wie viel müßte das wohl ſeyn?

Kr. Wenigſtens dreyhundert Thaler.

G. Dreyhundert Thaler! aber wenn ſeine Umſtände verbeſſert wären, ſo wäre er doch wohl zum Erſatze bereit?

Kr. Ach gerne. Aber was würde mein Herr ſagen, wenn ich es ihm geſtünde, daß ich ihm Garn unterſchlagen hätte? glauben Sie mir, (mit jammerndem Geſichte) Ihro Ehrwürden, er lieſſe mich ins Zuchthaus ſetzen.

G. Nun das ſollte er wohl bleiben laſ-

 ſen.

sen. Aber wir können es ja heimlich thun, und ihm das Geld auf der Post zuschicken.

Kr. Ach das will ich von Herzen gerne thun.

G. (nach einigem Besinnen) Ich habe so viel Geld nicht, aber ich habe in die Häuser einiger Adelichen und Kaufleute Zutritt, die mir den Auftrag gethan haben, ihnen leidende Familien bekannt zu machen, und immer einiges Geld in Bereitschaft haben, sie zu unterstützen. Vielleicht bin ich im Stande von ihnen so viel zusammenzubringen, als zu seiner Rettung nöthig ist.

Kr. Ach mein guter Herr! Gott vergelte es ihnen und ihren lieben Kinderchen, was Sie an mir thun.

G. Und nun sey er getrost, mein Freund, er hat gefehlt, er hat seinen Fehler bereuet, er ist entschlossen ihn gut zu machen, glaubt er wohl, daß ihm Gott vergeben werde?

Kr. Ja ich glaube es. Mein Herz sagt es mir.

Hierauf ertheilte ihm der Geistliche die gewöhnliche Absolution, und reichte ihm das Abendmahl.

mahl. Er ſchluckte den Wein begierig — ach es war ſein letzter Trank. Sobald der Kelch von ſeinem Munde weg war, bekam er einen ſo ſchrecklichen Huſten, daß ſein ganzes Geſicht braun wurde, und ihm endlich ein Strom von Blut aus dem Halſe ſprang, der ihn erſtickte.

Er ſank in ſeiner Tochter Arm, die in eine laute Klage ausbrach, und ihr Geſchwiſter klagte und weinte auch ſo laut, daß durch das Geſchrey die ganze Nachbarſchaft rege gemacht wurde, herbeylief, und an der Klage Theil nahm. Die Scene war ſo rührend, daß weder der Geiſtliche noch ich die Thränen zurückhalten konnten, ſondern ihnen freyen Lauf laſſen mußten.

Der Geiſtliche wendete ſich endlich zur Tochter, wollte ſie tröſten, wurde aber nicht angehört, weil der Schmerz ihrer Seele viel zu heftig war, als daß ſie eines ruhigen Nachdenkens fähig geweſen wäre. Er ſchwieg alſo, ſchüttete ſein Beutelchen in ihre Hand, in dem ſich ohngefähr acht bis zehn Zweygroſchenſtücke befanden, als einen Beytrag zum Begräbniſſe.

Ich

Ich steckte ihr auch etwas zu, und wir verliessen sie, mit der Versicherung, daß wir uns ihrer und ihrer Geschwister ferner annehmen wollten.

Das war doch ein schrecklicher Zufall, sagte ich zu dem Geistlichen, als ich vor das Haus kam. Ich möchte doch die Ursache davon wissen.

G. Die wollte ich wohl rathen. Der Mann hatte eine schwache Brust, nun goß er das Zeug hinein, das eher Gift, als Wein heissen sollte. —

J. Herr Prediger, was sagen Sie da, war denn der Wein nicht gut?

G. Ach das, schlechteste Zeug, das weit und breit zu bekommen ist. Kein Mensch ist im Stande es zu trinken, der Mann, der damit handelt, verkauft es nur den Wundärzten, zu Umschlägen bey Arm = oder Beinbrüchen, und zur Communion.

J. Ich erstaune.

G. Ja, lieber Freund! das sind solche Pünctchen, durch welche unsere ganze Religion

nach

nach und nach verächtlich und lächerlich wird. Wenn wir schmauſſen, ſo gieſſen wir die beſten Weine, bis zum Berauſchen, in uns, und wenn wir die religiöſe Mahlzeit halten wollen, ſo ſeze man uns Eſſig vor. Ich habe mein Tage nicht gegrübelt über das Uebernatürliche, das bey dieſer Mahlzeit ſeyn ſoll, ſoviel iſt doch aber ganz gewiß, daß Chriſtus eine Mahlzeit verordnete, die ſeine Bekenner gemeinſchaftlich genieſſen, ſich dabey zur Bruderliebe ermuntern, und des Stifters erinnern ſollten, deſſen Lehren unſern Geiſt eben ſo erquicken und ſtärken, als Brod und Wein den Hungrigen. Wir haben aber alles verkehrt. Unſer Abendmahl iſt keine Mahlzeit, denn es iſt da weder Nahrung noch Erquickung. Es iſt da kein Brod, das den Hunger ſtillen, noch Wein, der erquicken könnte. Eſſig iſt es, der uns gewiß tödten würde, wenn wir eine hinlängliche Portion davon zu uns nähmen.

J. Vielleicht ſoll es eine Erinnerung an den Gallentrank ſeyn, der dem Erlöſer gereicht wurde.

G.

G. Nun wenn das wäre, so hätte kein schicklicher Sinnbild gewählt werden können. Denn es müssen wohl jedem, der aus unserm Kelche trinkt, die Worte des Evangelisten beyfallen: als er es aber kostete, wollte er es nicht trinken. Nun, sehen Sie, mein Herr, der Glaube an das Uebernatürliche bey dem Abendmahle nimmt in unsern Tagen ab, und gute natürliche Wirkungen thut es auch nicht mehr, folglich wird es immer mehr geringgeschätzt, und thut gar keine Wirkung mehr. Und doch — doch muß ich einen grossen Theil meiner Zeit zu Austheilung des Abendmahls anwenden. Ach! (hier sahe er wehmüthig gen Himmel) ach der schwarze Mantel ist schwer zu tragen! schwer, schwer zu tragen.

Die Thränen traten ihm in die Augen, da er dieß sagte. Dieß machte mich so begierig, diesen Mann näher kennen zu lernen, daß ich ihn bat, mit mir einen Kaffee zu trinken. Erst wollte er sich nicht dazu verstehen, und wendete seine Geschäfte vor. Endlich entschloß

er

er sich aber doch dazu und sagte: ich habe lange niemanden gehabt, mit dem ich ein Wort im Vertrauen hätte reden können. Sie scheinen mir der Mann zu seyn, mit dem man offenherzig sprechen kann. Das wird dem Herzen Luft machen, und die Arbeit wird hernach desto besser von statten gehen.

Fortsetzung.

Aber, sagte ich, als wir auf die Stube kamen, können Sie denn, lieber Mann, diese grossen Misbräuche nicht abändern?

G. Ich? wie würde es mir da gehen? Die ganze Liturgie hat in den Augen der mehresten eine solche Heiligkeit, daß man jede Veränderung derselben als einen Kirchenraub ansicht. Glauben Sie, mein Herr, ich kann ein Verleumder, ein Ehrenschänder seyn, kann die Wittwe trostlos von mir gehen lassen, kann Geld für 8 Procent ausleihen, kann dem Dürftigen sein Kleid und Decke entziehen, und das alles wird mir nicht soviel schaden, als eine Veränderung der Gottes=

tesdienstlichen Gebräuche. Ich habe es vor etlichen Jahren erfahren, da ich ein Kind ohne Exorcismus taufte.

J. Was ist das, der Exorcismus?

G. Es ist die Formel, die man über die jungen Kinder ausspricht: „Ich beschwöre dich, du unreiner Geist, bey dem Namen des Vaters, des Sohns und des Heiligen Geistes, daß du ausfährest und weichest von diesem Diener Jesu Christi." Wozu, dachte ich, ist dieser Mißbrauch des göttlichen Namens? Sollten die Kinder den Teufel bey sich haben, die uns so holdselig entgegen lächeln, sobald sie anfangen sich bewußt zu werden? die Kinder sollten den Teufel haben, die uns unser Erlöser immer zum Muster vorstellt? denn die Kinder hätten wohl den Teufel noch bey sich haben müssen, die man zu Jesu brachte, weil sie wahrscheinlicher Weise nicht getauft waren. So dachte ich, ließ den Exorcismus weg, wurde deswegen verklagt, vertheidigte mich, und hätte darüber bald mein Amt verlohren.

J.

J. Aber der Gebrauch des Essigs im Abendmahle, gehört doch wohl nicht zur Liturgie?

G. Freylich nicht. Aber man ist so nachläßig, nur den geringsten Aufwand für Sachen zu machen, die zu Erregung religiöser Empfindungen etwas beytragen könnten, daß es beynahe unglaublich ist. Von allen Kanzeln wird immer das heilige Abendmahl als die allerwichtigste, feyerlichste, Handlung angepriesen, und den Verächtern desselben wird Gottes Zorn und Ungnade angekündigt, und gleichwohl thut man nicht das Geringste, um dieser Handlung einige Feyerlichkeit zu geben, vielmehr alles, um sie verächtlich zu machen. Denn wenn Sie die Sachen sehen sollten, die ich anstatt des Brods austheilen muß — oh!

J. Nun Brod ists freylich nicht. Es hat weder Geschmack, noch Geruch, noch Kraft, aber reinlich scheints doch zu seyn.

G. Sagen Sie doch ja nicht von Reinlichkeit. Erstlich bekommen wir es von auswärts geschickt, und der Himmel weis, wie es

ist

ist zubereitet worden. Hernach hat es insge-
mein so lange gelegen, daß es ein Geniste von
Würmern worden ist. So wahr ich vor Ihnen
stehe, ich gehe, wenn ich das Abendmahl austheilen soll, erst eine Viertelstunde vorher in
die Kirche, um die Oblaten von Würmern zu
reinigen. Dieß Wurmgehäusse soll nun Sinnbild des größten Wohlthäters seyn! und der
Essig, Erinnerung an seine Liebe. Wie kann
man denn von den Menschen verlangen, daß
sie gegen diese Handlung Achtung behalten
sollen?

J. Aber lieber Freund! vielleicht sind manche Gemeinen zu arm als —

G. Ey was arm! das ärmste Haus bringt
doch immer soviel auf, daß es zu gewissen Zeiten seinen Kuchen bäckt, und seinen Braten
verzehrt. Sollte es denn nicht möglich seyn, so
viel zu verschaffen, als nöthig ist, um bey einer
so wichtigen Feyerlichkeit, gutes schmackhaftes
Brod, und guten Wein, herbey zu schaffen?
dafür stehe ich, Armuth ist an dieser schändli-
lichen Nachlässigkeit gar nicht schuld.

J.

J. Sollte denn aber diese Handlung wirklich so wichtig seyn, als sie vorgestellt wird?

G. Sie ists allerdings, und ich finde darinne, so wie in allen Reden und Handlungen des großen Stifters unserer Religion, einen starken Beweiß von seiner tief eindringenden Menschenkenntniß. Der Mensch ist kein Geist, sondern ein Mensch. Er muß stets etwas haben, das seine Sinne rührt, wenn er zu gewissen Absichten geleitet werden soll. Mit blosen Speculationen richtet man nichts bey ihm aus. Darnach hat sich Jesus immer gerichtet, er hat seine Vorträge gleichsam eingekörpert, indem er die wichtigsten Wahrheiten in eine Geschichte hüllte, hat die Menschen immer auf sinnliche Gegenstände, Vögel, Blumen, Weinstöcke, Feigenbäume verwiesen, daß sie davon lernen sollten. In dieser Absicht stiftete er auch das Abendmahl. Stellen Sie sich vor, was es für Wirkungen thun müßte, wenn diese Mahlzeit den Absichten ihres Stifters gemäß gehalten würde, wenn der Fürst und Knecht, der Reiche und der Bettler, zu gewissen Zeiten sich versammleten,

ten, des Unterschiedes des Standes und des Vermögens vergäſſen, und dadurch das Bekenntniß ablegten: Gott! vor dir sind wir alle gleich, alle deine Kinder, alle Brüder. Wenn bey dem Genuſſe eines schmackhaften Brodes und eines stärkernden Weins uns gesagt würde: Sehet, was Brod und Wein eurem Körper ist, das ist Jesus euren Seelen; wenn uns seine Liebe vorgestellt, und wir erinnert würden, einander so zu lieben, wie er uns geliebt hat, wenn dazu ein zweckmäßiges Lied gesungen würde, was meynen Sie, sollte das nicht starke Wirkung thun?

J. Freund! Sie begeistern mich. Ich kann kaum glauben, daß ein Mensch so fühllos seyn könnte, der durch diese Handlung nicht gerührt würde.

G. Ach die Menschen sind alle gut, lieber Mann, wir machen sie aber tückisch und boshaft, durch die verkehrte Art, wie wir sie behandeln. Ich könnte davon noch gar vieles sagen, aber ich halte Sie wohl zu lange auf.

J.

J. Mich? im geringsten nicht. So vertraut sprach noch kein Geistlicher mit mir, und ich versichere Sie, daß mir ihre Unterredung sehr lehrreich gewesen ist. Fahren Sie ja fort! ich bitte Sie.

G. (lächelnd) Haben Sie denn Lust mir bis nach Mitternacht zuzuhören? Und doch würde diese Zeit kaum hinreichend seyn, ihnen nur die Misbräuche zu erzählen, die bey dem Abendmahle eingerissen sind. Hören Sie nur die Lieder, die dabey gesungen werden. Alles, alles ist darinne mysteriös, manches hart, vieles anstößig, und manches offenbar falsch. Selten kommt ein Vers vor, der gute Empfindungen und Entschliessungen erregen könnte. Die Abendmahlslieder sind in den mehresten Gesangbüchern die schlechtesten. — Die sie singen, denken entweder gar nichts dabey, oder, wenn sie etwas denken wollen, so geräth ihre Seele in eine so unnatürliche Spannung, die sogleich aufhört, als sie aus der Kirche kommen. Wie viel Stof zu den fruchtbarsten Betrachtungen finden wir im Leben und Tode Jesu! das bleibt alles unbenutzt, und man beschäftigt sich blos mit mystischen Vorstellungen von dem Genusse seines Leibes und Blutes.

Eine der Hauptabsichten, die Belehrung, daß vor Gott kein Ansehen der Person gelte, kann izo auch nicht mehr erreicht werden, da die Reichen das Abendmahl besonders geniessen, und es nur allzu gewöhnlich ist, daß die Communikanten eben die Rangordnung beobachten, die im bürgerlichen Leben eingeführt ist.

Nun leben Sie wohl, lieber junger Mann! und verzeihen Sie mir mein Gespräch.

J. Ich lasse Sie wirklich nicht. Sie müssen ein Butterbrod bey mir essen.

G. Das geht nicht an, es ist bald fünf Uhr, und da habe ich Amtsverrichtungen. Aber schliessen Sie aus dem, was ich gesagt habe, in was für einer unangenehmen Lage wir Geistlichen uns befinden. Ja wenn wir schlecht handeln, blos mechanisch unser Amt treiben, und nur auf die Vergrösserung unserer Einnahme denken wollen, so ist das geistliche Amt sehr

be=

bequem, und man kann sich dabey mästen. Aber — wenn wir die grosse Absicht unsers Amts beherzigen, uns vorstellen, daß wir die Leute sind, die die Menschheit veredeln, sie Selbstbeherrschung und Bruderliebe lehren sollen, so befinden wir uns eben so übel, wie ein Schreiber, der schön schreiben soll, mit einer Feder, die bald keine Dinte von sich giebt, bald sie um sich sprützet. Jeder Strich, den er thut, macht ihn unmuthig. Und fast alle die Geschäfte, die wir treiben müssen, sind zu unserer Absicht so hinlänglich, wie eine solche Feder zum schön schreiben. Wir mögen Beichte hören oder das Abendmahl austheilen, beten oder singen, predigen oder taufen — so gehts uns wie einem solchen Schreiber. Alles ist zweckwidrig, alles macht uns unmuthig. Bedenken Sie nur unsere Gebetsformeln — doch da schlägt es wahrhaftig fünfe — ich muß gehen, leben Sie wohl!

J. Und Sie besuchen mich doch wohl bald wieder?

S. Vielleicht. Kommen Sie aber auch

zu

zu mir. Ich habe ein Gärtchen, da können wir ja mit einander plaudern. —

So gieng er denn fort und ließ mich in tiefen Betrachtungen. Wenns alles so ist, wie er mir es beschrieb, so möchte ich doch wirklich kein Geistlicher seyn. Ich bin Ihr

Carl.

Drey und vierzigster Brief.

Carl an den Obersten von Brav.

Grünau, den 14. Aug.

Bester Herr Vetter!

Ich gieng heute nach der Wohnung des Geistlichen, um zu überlegen, was wir mit den Kindern des Webers thäten? fand ihn aber nicht zu Hause.

Die Thür öfnete mir ein junges Weibchen, dem Gesundheit, Unschuld und Fröhlichkeit,

aus

aus den Augen lachte, und ich wurde sehr über=
rascht, da ich sahe, daß sie die Miene, den An=
stand, Kleidung, Kopfputz, und Sprache, wie
meine Henriette, hatte. Sie war die Frau des
Predigers, und sagte mir, daß ihr Mann nach
Koldingen verreist sey, um eine kranke Freun=
din, des Amtsschreibers Tochter, zu besuchen.

J. Haben Sie nicht gehört, was sie für
eine Krankheit hat?

Fr. Ich weis es wirklich nicht. Ich glaube
es ist eine Gemüthskrankheit.

J. Ey! Ey! Gemüthskrankheiten sind üble
Krankheiten. Sie hat doch nicht etwa einen
Verdruß gehabt?

Fr. Es muß ja wohl so etwas gegeben ha=
ben. Mein Mann wirds aber schon wieder gut
machen, wenn er hinaus kommt.

J. Da thut er auch recht wohl dran. Aber
es wundert mich, daß Ihr lieber Mann nicht
dem Verdrusse vom Anfange vorgebeugt hat.

Fr. Er ist wohl seit einem Jahre nicht nach
Koldingen gekommen, ja seitdem meine selige
Schwester tod ist. Es gab einen kleinen Ver=

X 3

druß

druß zwischen meinem Manne und meinem Schwager, wie es nun da zu gehn pflegt!

J. Aber sonst, waren sie wohl öfterer zusammen.

Fr. Es vergieng keine Woche, da wir nicht
entweder bey ihnen, oder sie bey uns waren.
Die Tochter ist ganze Monate bey uns gewesen.

J. Wirklich? da erfahre ich ja auf einmal,
wem sie ihre vortrefliche Bildung zu verdanken
hat.

Fr. Kennen Sie denn Henriettchen?

J. Hum ja, ja ich kenne sie.

Fr. Sehn Sie doch! Ists nicht gefällig ein
wenig mit herein zu kommen? (daß ichs that,
versteht sich) aber Sie dürfen mir es nicht übel
nehmen, ich muß Sie mit in meine Kinderstube
führen. Es sieht nicht gar zu ordentlich aus.
He! da hat der kleine Schelm, Peitsche, Kräu-
sel, Steckenpferd alles liegen gelassen, räum es
doch weg, Fickchen! Sie nehmen es nicht übel,
in einer Kinderstube pflegt es nicht anders aus-
zusehen.

J.

J. Ich wüßte nicht, was für mich mehr Reiz haben könnte, als eine Stube, die mit so schönen Kindern besetzt ist.

Sie nahm eine solche Stellung gegen mich, daß ihr die Kinder nicht in das Gesicht sehen konnten, dann drohte sie mir mit dem Finger, welches mich auf den Gedanken brachte, daß ich wohl einen pädagogischen Fehler möchte begangen haben, da ich ihre Kinder ins Gesicht, wegen ihrer Schönheit, lobte. Und dieser Fingerzeig hat solchen Eindruck auf mich gemacht, daß ich mich wohl mein lebelang hüten werde, daß ich diesen Fehler nicht wieder begehe. Sie verließ mich hierauf einige Augenblicke, weil sie ihre Geschäfte abriefen.

Unterdessen unterhielt mich ihr kleinster Sohn, ein Knabe, von ohngefähr drey Jahren. Nachdem er mich ein paar Augenblicke vom Kopfe an, bis auf die Füsse, betrachtet hatte, zeigte er auf meinen Degen, und fragte: ist Degen?

J. Allerdings, lieber, kleiner!

Kl. Kannst du herausziehn Degen?

J. Ja, fieh! (ich zog ihn ein wenig her=
aus.)

Kl. Stichft du die Leute tod mit Degen?

J. Nein liebes Kind! ich fteche nieman=
den tod.

Kl. Stichft du Lämmer tod mit Degen?

J. Auch Lämmer nicht fteche ich tod mit dem
Degen. (Seine drey Schweftern, die am Tifche
faßen und arbeiteten, hörten mit fchalkhaftem
Lächeln zu.)

Kl. Ich will dir weifen Lämmchen, hat
Mann tod geftochen. (Er holte mir Weifens
A. B. C. Buch und zeigte mir das geftochne
Lämmchen) hat Mann mit Degen tod ftochen,
Lämmchen?

J. Nein, mein Kind, er hat es mit dem
Meffer tod geftochen.

Kl. Mit Meffer tod ftochen Lämmchen. Was
ftichft du tod mit Degen?

J. Gar nichts, liebes Kind.

Kl. Was machft du mit Degen?

Diefe Frage fetzte mich in folche Verlegen=
heit, daß ich wirklich nicht wußte, was ich ant=

worten

worten sollte. Ich wendete mich also zu den Mädchen und fragte, was sie arbeiteten. Sie sahen einander an und lachten, und die älteste flüsterte mir ins Ohr, sie verfertigten ein Angebinde auf des Vaters Geburtstag, ich sollte aber ja nichts davon sagen, daß es nicht etwa der kleine Wilhelm höre, und es wieder plaudere.

Da trat die Mutter wieder herein. Ich hätte gern ihre Kinder wieder gelobt, unterstund es mich aber schon nicht mehr. Um also doch wieder ein Gespräch anzufangen, sagte ich, ich hätte noch nie das Vergnügen gehabt die Frau Predigerin zu sehen.

Fr. Es kann wohl seyn, ich komme nicht oft aus.

J. Auch nicht ins Concert?

Fr. Nicht gar oft. Wie es so geht, wenn man einmal Mutter ist, so kann man an solchen Vergnügungen nicht viel Theil nehmen. Der Körper ist in der Gesellschaft und das Herz bey den Kindern.

J. Haben Sie keine Magd, der Sie ihre lieben Kinder anvertrauen könnten?

X 5

Fr.

Fr. Das wohl. Aber man vertraut ja der Magd nicht gern die Speisekammer an, wie viel weniger die Kinder.

J. O eine vortrefliche Mutter! Gebe doch Gott allen Kindern solche Mütter!

Sie schien betreten zu seyn, daß ich von dieser Sentenz, die ihr ganz natürlich zu seyn schien, so viel Aufhebens machte, erröthete, schwieg ein paar Augenblicke, dann fragte sie: also kennen Sie Henriettchen?

J. Ja ich habe sie gesprochen.

Fr. Vielleicht bey dem Herrn von Rosewitz?

J. Ich bitte um Verzeihung.

Fr. Logiren Sie nicht bey dem Herrn von Rosewitz?

J. Nein.

Fr. So! Sie werden vielleicht im Riboniusschen Hause wohnen?

J. Nein ich — ich logire im Grimleinschen Hause.

Fr. Im Grimleinschen Hause? Nu? was hört man denn von Ihrem Herrn Hauswirthe? er soll sich ja verändert haben?

J.

J. Leider.

Fr. Und warum denn leider? da gehen Sie ja bald zur Hochzeit.

J. Ich kann mich aber nicht freuen, wenn ich sehe, daß gute Menschen unglücklich werden. Die Braut soll, wie man sagt, keine Neigung zu ihm haben.

Fr. Sehn Sie doch! um Vergebung! im Grimleinschen Hause soll ja auch ein gewisser Herr von Carlsberg wohnen? ist er Ihnen bekannt?

J. Ich bin es selbst. Sie haben doch wohl nichts Böses von mir gehört?

Fr. Nichts als Gutes. Aber wenn das Frauenzimmer keine Neigung zu dem Herrn Hofrath hat, so wird ja die Sache auch noch wohl Anstand haben. Nun wenn Sie meinen Mann sprechen wollen, ich glaube, Morgen wird er wieder zu Hause seyn.

J. Gott gebe, daß er gute Nachricht mitbringt!

Fr.

Fr. Ich hoffe es. Wenn das Glück gut ist, bringt er vielleicht (mit einem sehr schalkhaften Nasenzuge) die Patientin gar mit.

J. Desto besser. Nun ich werde gleich nach der Ankunft Ihrem lieben Manne meinen Besuch machen.

Fr. Es wird ihm lieb seyn. Es scheint, als wenn Sie den lieben Mann sehr lieb hätten?

J. (Das war eine vielbedeutende Frage, die mit einer noch vielbedeutendern Miene ausgesprochen wurde.) Ja, seitdem ich ihn das erstemal gesehen habe, liebe ich ihn sehr.

Fr. Und es scheint, als wenn er Sie auch recht lieb hätte.

J. Das wäre ein grosses Glück für mich.

Fr. Wirklich? Nun sobald der liebe Mann ankommt, will ich es Ihnen wissen lassen.

Mit diesem Versprechen setzte sie mein ganzes Herz ins Feuer, gab mir aber auch einen ziemlich deutlichen Wink, meinen Abschied zu nehmen, welches ich denn auch, wie ich vermuthe, mit ziemlich glühendem Gesichte that.

Ich

Ich müßte mich ganz irren, oder die Frau weis um alles, entweder die Helwingin, oder Henriette haben es ihr entdeckt. Mag es seyn, sie scheint mir zu rechtschaffen zu seyn, als daß sie von der Entdeckung einen übeln Gebrauch machen sollte.

Morgen muß ich also vermuthlich wichtige Dinge erfahren. Ich bin Ihr

Carl.

Vier und vierzigster Brief.

Carl an den Obersten von Brav.

Grünau, den 17. Aug.

Ich wäre gestern gern mit Tagsanbruch wieder in das Haus des Diakonus Rollow, (dieß ist sein Name) gegangen, wenn ich nicht besorgt hätte, seine Frau zu beleidigen, die mir ein stillschweigend Verbot gegeben hatte, nicht eher wieder zu kommen, bis sie mich rufen ließe.

Gegen

Gegen neun Uhr kam ihr ältestes Töchterchen, meldete mir des Vaters Ankunft, und lud mich auf den Nachmittag zum Kaffee ein.

Ist der liebe Vater allein wieder gekommen? fragte ich.

M. Nein er hat die Jungfer Muhme von Koldingen mitgebracht.

J. Ist diese recht wohl?

M. Ja ganz wohl.

Ich war vor Freuden ausser mir, und sahe mich allenthalben um, ob ich nichts finden könnte, das ich diesem lieben kleinen Boten schenken könnte, fand aber nichts. Da gab ich ihr mein Taschenkalenderchen, ein paar Mäulchen, bat, mich ihrem lieben Vater und Mutter und (versteht sich) Jungfer Muhme zu empfehlen, und versprach, mich zur bestimmten Zeit einzufinden.

Ich war da, noch einige Minuten vor drey Uhr, wurde von dem Diakonus empfangen, und auf seine Studirstube geführt. Ich fragte, was wir mit den Kindern des verstorbnen Webers anfangen würden? Sie erziehen zu

lassen,

laſſen, gab er zur Antwort, möchte wohl zu viel koſten, wie wäre es, wenn wir ſie ins Waiſenhaus thäten?

J. Glauben Sie, daß das hieſige Waiſenhaus gut eingerichtet ſey?

D. Gewiß weiß ich es nicht, denn ich habe damit nichts zu thun, ich hoffe es aber doch. Wir können es ja verſuchen.

J. An wen werde ich mich deswegen wenden müſſen?

D. Ich will es ſchon beſorgen.

J. Erlauben Sie, daß ich es thun darf. Sie haben ja mehr Geſchäfte, als ich.

D. (die Hand druckend) Sie ſcheinen mir ein ſehr braver Mann zu ſeyn. Ich will Ihnen das Vergnügen nicht rauben, der Waiſen Vater zu ſeyn. Gehen Sie nur ins Waiſenhaus, in der Koldingſchen Vorſtadt, morgens neun Uhr, da finden Sie die Waiſenväter verſammlet, und können die Sache mit ihnen überlegen. Denn Geſchäfte habe ich freylich viel.

J. Leſen Sie etwa auch Kollegia?

D. Itzo nicht mehr.

J.

J. Also haben Sie sonst welche gelesen?

D. Ja, vor einem Jahre fieng ich an ein Exegeticum zu lesen, über die Epistel an die Römer, ich ließ es aber bald wieder liegen.

J. Darf ich fragen, warum?

D. Das kann ich Ihnen wohl sagen. Ich mußte viel nachlesen und nachdenken, wann ich dann auf den Katheder kam, so saßen ohngefähr zwanzig zwanzigjährige Menschen vor mir, hörten mich an, mehrentheils so gleichgültig, als wenn sie mir durch ihre Gegenwart einen Gefallen erzeigten. Manche schliefen auch. Da dachte ich, ihr Bursche, ihr seyd ja jünger als ich, habt nicht so viele Arbeit, als ich, wenn ihr wollt die Epistel an die Römer verstehen lernen, so könnt ihr ja die Nase selbst hineinstecken. Wozu brauche ich denn meine Kräfte meiner Familie und Gemeine zu entziehen, euch vorzuarbeiten, und euch in eurer Trägheit zu stärken? Ueberhaupt (hier rückte er mit dem Stuhle hart an mich) wenn ich Ihnen von der Einrichtung unserer Universitäten meine offenherzige Meinung sagen soll, so halte ich sie

für

für einen Schnitzer gegen die Moral und Psychologie.

J. Wie verstehen Sie das?

D. Nehmen Sie an, daß ein Mann zwanzig bis vierzig erwachsnen Jünglingen die Speisen kauen und in den Mund streichen sollte, wie würden Sie das finden?

J. Sehr abgeschmackt.

D. Ist es denn aber nicht eben so, wenn ein Mann, einer Menge jungen Leuten vordenken, vorarbeiten und versprechen muß? Könnten sie nicht selbst arbeiten, und da, wo sie nicht weiter könnten, einen Sachverständigen Mann zu Rathe ziehen? Lehrt den Schülern erst Sprachen und die Anfangsgründe der Wissenschaften, dann müssen sie sich selbst forthelfen können. So aber wird ihnen alles vorgearbeitet, die Lehrer werden darüber hypochondrisch, und die Studirenden wissen vor Müßiggang nicht, was sie anfangen wollen. Der steife Kopf hört allenfalls noch zu, aber der gute Kopf ist nicht beschäftigt genug, und fängt daher an zu — Doch ich mag die Ausschweifungen des

akademischen Lebens nicht aufdecken. Sie werden Ihnen schon bekannt seyn.

J. Leider sind sie mir bekannt. Ich glaube aber nicht, daß viele sich finden würden,
die Lust hätten, selbst zu denken und zu arbeiten.

D. Herr! wer zum Studiren gemacht ist,
der hat Lust dazu, und arbeitet sich durch alle
Schwierigkeiten durch. Er braucht keinen Lehr-
meister, nur Muse, guten Rath und einige
Bücher, um ein Mann zu werden, der dem
Fache gewachsen ist, dem er sich widmet.

J. Wo kommen denn aber die hin, die
nicht zum Studiren gemacht sind?

D. Wo sie hinkommen? hinter den Leisten,
hinter den Ambos, hinter den Pflug, oder hinter ein ander Werkzeug, zu dem sie Talent und
Neigung haben.

J. Auf diese Art würde aber die Zahl der
Gelehrten sehr klein werden.

D. Sie wollen sagen, die Zahl derer, die
sich Gelehrte nennen. Und das wäre eine große Wohlthat für die Welt. Denn Heuschrecken

und

und Raupen und anderes Ungeziefer, sind keine
solche Landplage, als die Leute, die sich Ge=
lehrte nennen, und es doch nicht sind. Sehen
Sie, (hier rückte er noch näher) wer kein Ta=
lent zum Studiren hat, der ist nicht im Stan=
de, durch eignes Nachdenken sich Kenntnisse zu
erwerben. Er läßt also den Lehrer für sich den=
ken, nimmt sein System als Evangelium an,
und lernt es auswendig. Dieses System ist
nun seine Gelehrsamkeit, das er umher trägt,
wie der Schuhmacher seinen Leisten. Darnach
mißt er nun alle Kenntnisse und Urtheile ande=
rer Menschen ab, und was damit nicht über=
einstimmt, verwirft er und bestreitet er als
Irrthum.

Ist er Belletrist, so ist ihm nichts schön,
als was nach den Regeln seines Meisters schön
ist. Ist er Philosoph, so hält er jeden für ei=
nen Feind der Wahrheit, der sich anders aus=
drückt, als sich sein Meister ausdrückte. Ist er
Arzt, so kurirt er alles, Gelehrte und Bauern,
nach den Recepten, die ihm sein Meister gab.
Ist er Jurist, so wird, ohne alle Rücksicht auf

 Zeiten,

Zeiten, Personen und Umstände, alles nach den Gesetzen verurtheilt, die er auswendig gelernt hat, und ist er Theolog, so wird jeder verketzert, und als ein Mann mit grundstürzenden Irrthümern verschrien, der sich nicht gerade so, wie der Meister, ausdrückt. Herr! daß wir in den schönen Wissenschaften, in der Philosophie nicht weiter gekommen sind, daß jährlich so viele Menschen methodice und von Rechtswegen hingerichtet werden, daß noch immer, statt Menschenliebe, Dogmatik gepredigt wird, das haben wir den Männern zu danken, die die Natur für den Pflug bestimmte, die aber durch unsere Universitäten zum Studiren gezogen wurden. Wären sie doch bey dem Pfluge geblieben!

J. Aber wir haben doch so viele würdige Männer auf Universitäten. Was sagen Sie zu den Professoren P. Q. R.?

D. Verstehen Sie mich doch nur recht. Ich rede ja nicht von den Männern, die auf Universitäten lehren, sondern von der Einrichtung der Universitäten. Unter jenen kenne ich

sehr

sehr gelehrte, rechtschaffene und würdige, Män=
ner, aber die ganze Verfassung, in der sie le=
ben, taugt, nach meiner Meinung nichts. Die
haben sie aber nicht gemacht, und können sie so
wenig ändern, als ich meine Liturgie. Und so
unbillig es wäre, wenn man mir deswegen Vor=
würfe machen wollte, daß ich von unschuldigen
Kindern den Teufel auszutreiben suche, eben
so unbillig wäre es, akademischen Lehrern es
zur Last zu legen, daß sie für Jünglinge, die
in ihrer besten Kraft stehen, denken und ar=
beiten, sich dadurch hypochondrisch, und ihre
Zuhörer verdrossen machen. Die Einrichtung
unserer Universitäten ist in Zeiten gemacht wor=
den, da die Welt noch arm an Büchern war,
und ein Mann, der lesen und schreiben konnte,
unter die Seltenheiten gehörte. Und für diese
Zeiten mochten sie sehr nützlich seyn. In unsern
Tagen machen sie aber eine eben so elende Fi=
gur, wie eine Festung, die zu den Zeiten der
Kreuzzüge angelegt wurde, in einem Kriege,
wo man zu Bestürmung der Festungen Bom=
ben und Kanonen zu brauchen pflegt.

P 3 Fort=

Fortsetzung.

Zu einer andern Zeit würde ich dieß Gespräch, das mir sehr lehrreich war, mit Vergnügen noch ein paar Stunden fortgeführt haben. Aber izo hatte ich etwas im Kopfe, das mir mehr am Herzen lag, als das Wohl aller Akademien in Europa. Da ich nun sahe, daß dieser gute Mann mit solchem Eifer sprach, daß ich gar nicht hoffen durfte, daß den ganzen Nachmittag an etwas anders würde gedacht werden, so rückte ich ängstlich auf dem Stuhle umher, spielte an meinem Uhrbande, hohlte die Uhr etlichemal heraus, bezeigte keine Aufmerksamkeit mehr, und da dieß alles nichts helfen wollte, fiel ich ihm endlich in die Rede und sagte: ich habe gehört, daß Sie eine kranke Freundin in Koldingen besucht haben, befindet sie sich wohl?

Da lachte er sehr schalkhaft, brach von seiner Materie sogleich ab, und sagte, ja ja, die kranke Freundin die, die Kranke Freundin wird

Ihnen

Ihnen wohl mehr am Herzen liegen, als die Krebsschäden unserer Akademien.

Kurz von der Sache, lieber Herr von Carlsberg! ich bin ein ehrlicher Mann, Henriette ist mir so lieb wie meine eigne Tochter. Glauben Sie mir nicht, so fragen Sie sie selbst. Daß Sie ein ehrlicher Mann sind, weis ich auch, denn ich habe seit 2 Tagen, seit der Zeit, da ich mit der Madem. Helwingin, meiner Schwägerin, gesprochen habe, genaue Nachricht von Ihnen eingezogen. Besonders hat mir Ihr Verhalten gegen die unglückliche Rübnerin sehr wohl gefallen. Was die Stadt davon urtheilt, weis ich wohl, aber was ich davon urtheile, weis ich auch. Wer, den Vorurtheilen einer ganzen Stadt zum Trotze, eine Unglückliche retten, und alle die Randglossen verachten kann, die in Bier- und Brandeweinhäusern und an Toiletten und in Kaffeegesellschaften darüber gemacht werden, der hat sich, wenigstens bey mir, als ehrlichen Mann legitimirt. Nehmen Sie diesen Kuß als eine vorläufige Versicherung meiner Hochachtung gegen Sie an.

Y 4

Er

Er umarmte mich und drückte mich so herzlich an seine Brust, daß mir Freudenthränen in die Augen traten.

Und nun zur Sache! fuhr er fort. Wenn zween Männer mit einander sprechen, davon jeder den andern für rechtschaffen hält, so müssen sie sich ganz anders betragen, als wenn zwey Maskirte eine Unterredung anfangen, davon keiner weis, ob unter des andern Maske ein ehrlicher Mann, oder ein Schurke, stecke. Ohne Komplimente, ohne Präliminarien, Freund! ists nicht wahr, Sie lieben Henrietten?

J. So, liebe ich sie, daß es mir unmöglich scheint, ohne sie leben zu können.

D. Eine Offenherzigkeit ist der andern werth. Ich sage Ihnen also, daß das Mädchen mir gebeichtet hat, daß sie Sie so liebt, daß sie an keine andere Mannsperson denken kann.

J. Mich? Henriette? und das hat sie Ihnen gestanden? Ach bester Mann! o Engel, den mir Gott sandte.

D. Nun die Entzückungen wollen wir bey Seite setzen, bis Sie bey Henriettchen sitzen.

Itzo

Itzo wollen wir uns bemühen bey Vernunft zu bleiben, und alles mit Vernunft zu überlegen, denn die Sache ist wichtig. Was haben Sie bey Ihrer Liebe für Absichten?

J. Keine andern, als die sie bey einem ehrlichen Manne vermuthen müssen.

D. Also vermuthlich sie zu heyrathen?

J. Das ist mein heissester Wunsch.

D. Aber — trauen Sie sich auch wohl eine Familie ernähren zu können? Henriette ist ganz ohne Vermögen.

J. Ich habe ein Gut von meinem Vater, das mir zugeschrieben ist, einen Kopf und gesunde Arme.

D. Die zwey letzten Stücke sind wohl die wichtigsten. Wissen Sie auch, was Sie mit Ihren Armen und Ihrem Kopfe anfangen sollen?

J. Wenigstens kann der erste überlegen, wie die Oekonomie zu verbessern ist, und hat von meinem alten Verwalter schon vieles gelernt und wird noch mehr lernen, und diese Arme

Y 5

können

können wenigstens Weinstöcke und Bäume ver-
schneiden, und den Garten bauen.

D. Nun das wäre so etwas. Ich kann Ihnen also nicht bergen, daß Henriette, in dieser
Rücksicht, auch ein ansehnliches Vermögen be-
sitzt, gesunden Menschenverstand, ein redliches
Herz, ein paar geschickte Hände, und, welches
ich noch für ein Kapital von etlichen tausenden
anschlage — eine Abneigung gegen alle Eitelkeit.

Von dieser Seite wären also keine Schwierigkeiten. Aber — Sie haben einen Vetter,
wird dieser diese Verbindung billigen?

J. Der weis um alles. Ich habe seine
völlige Einwilligung.

D. Wieder eine Schwierigkeit weniger.
Aber Ihre Frau Mutter?

J. Diese weis zwar nichts von der Sache,
aber ich zweifle gar nicht —

D. Ja! ich zweifle gar sehr. Lieber Herr
von Carlsberg! eine alte adeliche Familie mit
bürgerlichem Blute zu beflecken, wird in manchen
Häusern für eine Todsünde gehalten. Das wäre
also eine Schwierigkeit, die freylich nicht klein
iſt.

ist. Die andere ist auf Seiten Henriettens. Ihre Muhme in Koldingen, und ihr Vater, der das Echo von jener ist, werden auch schwerlich zur Einstimmung können bewogen werden. Sehn Sie also, wo wir die Sache angreifen müssen. Sie schreiben an Ihre Frau Mutter, und ich wirke auf Henriettens Vater und Muhme. Weiter können wir vor der Hand nichts thun.

J. Auch nicht Henrietten sprechen?

D. Freund! ich nähre nicht gern Begierden, wenn ich nicht gewiß weis, daß sie können befriedigt werden.

J. Sehr philosophisch gesprochen. Aber, lieber Mann, haben Sie nie geliebt?

D. Sind Sie in meiner Kinderstube gewesen?

J. Nun wenn ich nach der Hausmutter und der Kinderstube urtheilen soll, so sollte ich fast glauben, daß sie sehr verliebt gewesen seyn müssen, und es noch sind.

D. St! daß es niemand höre. Was würde die Welt von mir denken, wenn sie erführe, daß ich verliebt wäre? Kinder kann ich wohl zeugen,

zeugen, aber — aber wenn man wüßte, daß ich meine Frau streichelte und küßte, und mit ihr auf dem Kanapee scherzte und tändelte, ich glaube, ich würde abgesetzt. Bey uns Geistlichen muß alles, was wir thun, mit einer gewissen Gravität und Feyerlichkeit geschehen.

J. Aber haben Sie sich, da Sie Ihrem Weibchen nachgiengen, auch die strenge Moral gepredigt, die Sie mir itzo predigen?

D. Das war eine Gewissensfrage. Nun — kommen Sie mit in mein Gärtchen, da will ich sie Ihnen beantworten.

Fortsetzung.

Als wir in den Garten kamen, zeigte er mir alle die verschiednen Arten von Kohl, Gurken, Bäumen und Weinstöcken, die darinne wuchsen, worauf ich aber wenig achtete, weil mir ahndete, daß ich etwas finden würde, das mir ungleich wichtiger war. Ich fand es, da wir an das Gartenhäuschen kamen, dessen Thür er

mir

mir schalkhaft öfnete. Meine Henriette (denn sie darf, sie darf wahrhaftig keines andern seyn, die Bande, die unsere Herzen verbunden, hat die Natur geknüpft, ich will doch sehen, wer sie zerreissen will) meine Henriette saß neben dem Weibchen des Diakonus. Beyde strickten. Sobald ich sie erblickte, war ich auch schon bey ihr, hatte sie in meinem Arme, ihre Hand an meinem bebenden Herzen, und stammelte ihr her, alles was ein liebevolles Herz in sich zu schliessen pflegt. Und — sie stieß mich nicht zurück. Ihr Blick, ihr Händedruck, ihre Miene, alles sagte mir, daß ihr meine Gegenwart nicht unangenehm sey.

Der Diakonus war so gütig, daß er sein Weibchen bey der Hand nahm, mit ihr fortgieng, und ihr sagte: Komm Minchen! hier scheinen wir überflüßig zu seyn.

Da waren wir also ganz ohne Zeugen. Die ersten Augenblicke brachten wir zu in einer stummen Umarmung, deren Empfindungen ich Ihnen unmöglich beschreiben kann. Da Sie aber selbst geliebt haben, so werden Sie sich leicht

vor=

vorstellen können, wie man sich befinde, wenn man das Mädchen, nach dem man lange gelechzt, das man lange gesucht hat, das erstemal ohne Furcht in seinen Arm schliessen kann.

Nach der ersten Ergiessung unsers Vergnügens öfneten sich unsere Herzen, und wir klagten einander die Leiden, die wir hatten ausstehen müssen. Bester Herr Vetter! die meinigen sind nichts gegen die Ihrigen. Die Muhme meiner Henriette, die bey ihr wohnt, ist ein wahrer Satan, der alles angewendet hat, um das arme Mädchen zu peinigen. Und das alles deswegen, weil sie auf unsere Liebe neidisch ist. Ach was das für eine Welt ist! eine Welt, wo ein Mensch des andern Teufel ist, ein Mensch sich ein Geschäfte daraus macht, des andern Freude zu verbittern.

Unser Gespräch wurde immer ernstlicher, am Ende wurde ich so kühn, daß ich fragte — aber beste Henriette, Sie sind das erste Mädchen, das ich liebe, aber so liebe, daß es mir unmöglich ist, von Ihnen getrennt zu leben. —

(Sie

(sie seufzte) Wenn ich Sie nun bate —
(hier fieng ich an zu stammeln, und brachte
mit vieler Mühe so etwas heraus, das einem
Heyratsantrage ähnlich war.)

H. Bester Herr von Carlsberg! was soll
ich Ihnen hierauf antworten? die Frage kommt
mir gar zu unerwartet.

J. Aber haben Sie denn noch nicht ge-
merkt, daß ich Sie liebe?

H. Nu es ist mir freylich so gewesen.

J. Und Sie sind doch wohl darüber nicht
böse geworden?

H. (Ein Seufzer war die Antwort.)

J. Und wenn Sie wußten, daß ich Sie
liebte, konnten Sie wohl von einem rechtschafnen Manne eine andere Absicht vermuthen, als
eine lebenslange Verbindung?

H. Sprechen Sie mit meinem Vetter davon. Ich kann — ich kann — nein wirklich ich
kann nichts dazu sagen.

J. Aber darf ich denn, bestes Mädchen,
auf Ihre Einwilligung rechnen?

H.

H. Es ist eine doppelte Einwilligung nöthig.

J. Und welche denn?

H. Meines Vaters und — meines Herzens.

J. Und darf ich auf Ihres Herrn Vaters
Einwilligung rechnen?

H. Sie müssen es versuchen.

J. Aber — die andere Einwilligung?

H. Nu — nu — suchen Sie doch nur
erst jene, mit dieser — ja wie gesagt, die erste
suchen Sie nur.

Ich wollte sie eben wieder umarmen, als
der Diakonus kam, und uns zum Abendessen
einlud. Nun — sagte er, die Zeit ist euch
doch nicht lang geworden? und ohne die Antwort abzuwarten, nahm er Henrietten bey der
Hand, sprang mit ihr voraus und ließ mich
nachtraben.

Die Tischgesellschaft war fünf Personen
stark. Außer dem Diakonus und seinem Weibchen, Henrietten und mir, war auch Mademoiselle Helwingin da.

Wir

Wir waren sehr vergnügt, redeten und scherzten. Henriettens Einfälle waren durchaus das Gepräge des naivsten Witzes, nur die Helwingin hatte einen sehr melancholischen Blick. Vielleicht ist er die Wirkung einer unglücklichen Liebe. Gebe Gott! daß sie sich bald so, wie die meinige, entwickeln möge.

Unsere Hauptüberlegung gieng dahin, wie wir der Helwingin Schwester gewinnen wollten. Die Helwingin schlug vor, daß wir nächstens eine Spazierfahrt, nach Richmanns Garten vornehmen, und ihre Schwester dazu einladen wollten. Wir wendeten ein, daß ihre Gegenwart ganz gewiß unser aller Vergnügen verbittern würde, sie versicherte aber, daß sie alles schon so einrichten wolle, daß wir damit zufrieden seyn würden.

Mit dieser Verabredung schieden wir aus einander, nachdem ich dem Prediger zuvor hatte versprechen müssen, daß ich nur selten sein Haus und Henrietten besuchen wollte, damit nicht etwa einer gewissen Klasse von Leuten

Gelegenheit zu Klätschereyen gegeben würde.
Ich bin.

Carl.

Fünf und vierzigster Brief.

***

Carl an den Obersten von Brav.

Grünau, den 20. Aug.

Ihr Sohn, liebster Herr Vetter, ist itzo unter den Händen des Arztes, der mir versprochen hat, daß er Ihnen selbst, von Zeit zu Zeit, von seinem Befinden Nachricht geben will.

Ehegestern bin ich mit ihm bey dem Prorektor gewesen, und habe ihn in die Zahl der akademischen Bürger aufnehmen lassen. Die Verstandesschwäche, die Sie an ihm bemerkt haben, hat ihm seine Aufnahme so wenig erschwert, daß ich glaube, man hätte ihn auch aufgenommen, wenn er ganz ohne Verstand gewesen wäre. Es wurde weder wegen seines Charakters,

noch

noch wegen seiner Sitten, noch wegen seiner Kenntnisse, Untersuchung angestellt. Die einzige Bedingung, die man ihm vorschrieb, war die Erlegung eines Louisd'or für den Prorektor, und eines Gulden für den Pedellen. Als der Prorektor den erstern besehen, und für vollwichtig erkannt hatte, hielt er ihn für vollkommen würdig, an den Rechten und Freyheiten der Musensöhne Theil zu nehmen.

Nun mußte er einen förmlichen Eid ablegen, daß er die akademischen Gesetze beobachten wolle, die er noch nicht gesehen hatte. Als dieses vorbey war, bekam er die Gesetze, und ein Zeugniß, daß er in die Zahl der Bürger der Grünauischen Universität aufgenommen sey, welches, meines Erachtens, weiter nichts war, als eine Quittung über erlegte 5 Thlr. 16 gl. und eine Zusicherung der Freyheiten, die die Studenten vor den jungen Kaufleuten, und Handwerkern voraus haben.

Ich bat den Prorektor um Vorschläge, wie der junge Mensch künftig sein Studiren einrichten solle? Er gab mir zur Antwort, daß dieses

von

von der Freyheit eines jeden Studirenden ab=
hänge. Doch empfahl er ihm vorzüglich die
Vorlesungen seines Schwiegersohns, des Pro=
fessor Benders.

Da wir nach Hause kamen, schloß Ihr
Sohn die beschwornen akademischen Gesetze in
sein Pult, wo sie vermuthlich ruhen werden,
bis er die Akademie verläßt.

Der Diakonus Rollow mag doch wohl so
unrecht nicht haben, wenn er behauptet, daß
die Einrichtung unserer Akademien ein Schnitzer
gegen die Psychologie und die Moral wären.

Gestern gieng ich auch in das Watsenhaus,
um zu versuchen, ob ich nicht die hinterlassenen
Kinder des Webers hineinbringen könnte. Es
lag auf einem freyen Platze, war schön ge=
bauet, und über dem Eingange war das Bild
des Erlösers, der seine Hände über eine Menge
arme Leute und Kinder ausreckt und spricht:
was ihr gethan habt, dem geringsten mei=
ner Brüder, das habt ihr mir gethan.

Ich las diese Worte und betrachtete dieses
Bild mit großer Rührung. Der Trieb, den

Er=

Erlöser in seinen armen Brüdern zu erquicken, ward stark, so daß ich meine Schritte verdoppelte, um in die Stube zu kommen, wo sich die Waisenväter versammelt hatten.

Mit mir gieng auch ein Bauer hinein, der einen kleinen, sehr verwachsnen, Knaben bey sich hatte.

Gott grüße sie, meine Herrn! sagte er: da bring ich ihnen meinen Pathen wieder. Haben sie ihn zum Krüppel gemacht, so mögen sie ihn auch ernähren.

Der Oberste unter den Waisenvätern ließ ihn hart an und sagte: ist das der Dank, daß wir eurem Pathen so lange Brod gegeben haben?

B. Den Bissen Brod, den er bey ihnen gefunden hat, den hätte er allemal auch haben können, wenn er vor den Thüren herumgegangen wäre.

Wv. Also seyd ihr doch gleichwol ein so gewissenloser Mann, der kein Bedenken trägt, seinen Pathen betteln zu lassen?

B.

B. Ist er denn was anders als ein Bettler? nur mit dem Unterschiede, daß er itzo ein gesunder grosser, gerader Bettler wäre, wenn er das Waisenhaus nicht gesehen hätte, nun aber ein kleiner, gräßiger, verwachsner Bettler ist.

Wo. Bringt ihr denn das in keinen Anschlag, daß euer Pathe zur Arbeit gewöhnt worden ist, und nun dem Publikum mit seiner Arbeit nützen kann?

B. Du lieber Herr Jesus! schwatzen sie doch nicht von ihrer Arbeit? was kann er denn für Arbeit? spinnen und krempeln, das ists alles. Ist das auch eine Arbeit für eine Mannsperson? kann er damit wohl Salz und Brod verdienen? Sonst ist er ja zu nichts zu gebrauchen. Er stellt sich zu allen so dumm an, wie wenn er ein Bret vor dem Kopfe hätte. Da schickte ich ihn das Frühjahr hinaus, daß er mir Gras aus dem Weizen für meine Kuh suchen sollte, hatte mir der Dummkopf nicht den Weizen ausgerauft? Gebe ich ihm die Hacke in die Hände, so hat er keinen Mark

in

in den Knochen, und läßt sie fallen, wenn er ein paar Hiebe gethan hat; gebe ich ihm die Sichel, so weis er nicht, wie er sie angreifen soll, und haut sich in die Beine; stelle ich ihn hinter den Pflug, so laufen die Pferde mit ihm davon. Ich brachte ihn bey einen Tuchmacher, da konnte der Knurps mit den Füßen nicht herunter auf den Tritt reichen; ich that ihn bey einen Schneider, der schickte ihn mir in vier Wochen zurück, weil alle Gesellen die Grätze von ihm gekriegt hatten. Ich wollte ihn an einen Werber verkaufen, der Soldaten nach Amerika suchte, und der sonst so ekel eben nicht ist, und alle Bucklichte und Lahme annimmt, aber meiner Seele! auch der wollte ihn nicht. Nehmen sie ihn also, ich verlange und begehre ihn nicht.

Wv. So behaltet ihn doch nur, mit der Zeit wird es sich ja geben.

B. Das schwatzen sie doch einem Narren vor und mir nicht! der Stelzfuß sollte gerade, die hohe Schulter gleich werden? der Knurps sollte in seinem Leben groß werden?

Z 4

Wv.

Wb. Warum denn nicht? wenn er erſt mehr Bewegung bekommt.

B. Je, wiſſen ſie denn wie alt er iſt?

Wb. Doch wohl erſt vierzehn Jahr.

B. Sachte doch! am Michelstage iſt er 18 Jahr geweſen. Wenn ich bedenke, was ich in den Jahren für ein Kerl war! ich will nicht ehrlich ſeyn, wenn mir dazumal nicht die Sol=daten ſchon nachſtellten.

Wb. Nu was hilfts! einmal iſts nun doch nicht zu ändern, es iſt doch immer beſſer ein ordentlich erzogner Krüppel, als ein geſun=der Bettler.

B. Nu, nu, darüber lieſſe ſich noch diſputiren. Von ſeiner ordentlichen Erziehung ſchweigen ſie aber nur ſtille. Ich habe mein Lebta=ge keinen unordentlichern und unreinlichern Men=ſchen geſehen. Er wäſcht ſich nicht, er kämmt ſich nicht, er macht ſich keinen Schuh reine, und wenn meine Frau ihn nicht mit Zanken und Beiſen dahin brächte, daß er des Sonntags ein weiß Hemde anzöge, ich glaube er lieſſe es am Leibe verfaulen.

Wb.

Wb. Wenn erst der Verstand kommt —

B. Und wenn soll er denn kommen? gewiß wenn er funfzig Jahr ist?

Wb. Beruhiget euch vor izo, mein Freund! und bedenkt, daß er doch manches im Waisenhause gelernt hat, was er nicht wissen würde, wenn er sich auf das Betteln gelegt hätte.

B. Und was denn? wenn er sein Lebtage im Lande herumgestrichen wäre, so wüßte er doch wenigstens, was der Vollmond und das erste und letzte Viertel, was Roggen oder Weizen, Gerste oder Haber wäre — er weis ja aber auf der Gottes Erdenwelt von nichts etwas, als vom Wollrade und von der Krempel. Thüren wollte ich mit ihm aufstossen, so dumm ist er. Wie wills aber anders kommen, sein Tage hat er nichts gesehen, als das Wollenrad und die Krempel. Tausend, was ich schon wußte, da ich in des Jungen Jahren war! Ich konnte die Pferde anschirren, wie die Döckchen, ich konnte es den Pferden an den Zähnen ansehen, wie alt sie waren, ich wußte, wenn

 man

man Roggen, Weizen, Haber, Gerste, Bohnen, Erbsen bestellte, ich war schon zweymal mit auf der Vorspanne gewesen, bis nach Rosbach, mein Name ist ein Schelm, wenn es nicht wahr ist, ich habe einen ganzen Wagen voll blessirter Franzosen zehn Meilewegs geführt. Möchte doch einmal sehn, wie sich der Junge anstellen würde, wenn er blessirte Franzosen fah-ren sollte. Herr Jemine! das möchte ich doch sehen!

Lieber Freund! fieng der Geistliche an, der Beysitzer dieses Collegiums war, Christum lieb haben ist besser, denn alles Wissen. Euer Pa-the hat bey uns Unterricht in der allein selig-machenden Religion genossen, und das allein ist werth, daß er gegen uns dankbar ist. Und wenn auch der Leib verdürbe, wenn auch die Seele unwissend wäre, wenn sie nur genossen hat die süsse — die lautere Milch — nach der wir sollen begierig seyn, wie die neugebohrnen Kindlein! sind Worte des heiligen Apostel Petrus; wenn auch der Leib verdürbe — wenn auch die Seele nichts wüßte — gar nichts wüßte — wenn

sie

sie nur gekostet hat die vernünftige — die lautere Milch, so befindet sie sich wohl. Seht mein lieber Freund, ein junges Kindlein an — wie begierig es nach der Mutter Brust ist! es will nichts, es verlangt nichts, wenn es nur der Mutter Brust haben kann. So sollen wir denn auch seyn, wie die jungen neugebohrnen Kindlein.

B. Ihro Ehrwürden! ich habe Sie nicht verstanden.

Pf. Auch nicht gut! das solltet ihr lange wissen. Ich meyne euer Pathe hat bey uns Unterricht in der Religion genossen, nach der wir alle begierig seyn sollen.

B. Aha! nun verstehe ich Sie erst. Aber nehmen Sie einem einfältigen Bauer nichts für übel! meinem einfältigen Gedanken nach besteht die Religion darinne, daß man fleißig arbeitet, ehrlich ist gegen alle Leute, niemanden etwas zu Leide thut, und allen hilft, wo man helfen kann. Habe ich recht oder habe ich unrecht?

Pf.

Pf. Ist so etwas. Das Hauptwerk in der Religion bleibt aber immer, daß wir Gott und Jesum Christum erkennen.

B. Das alleine möchte es aber doch wohl nicht ausmachen. Ich habe daheime eine Bibel, da steht drinne, es werden nicht alle, die zu mir sagen Herr! Herr! in das Himmelreich kommen, sondern, die den Willen thun meines Vaters im Himmel. Nun will doch, meinen einfältigen Gedanken nach, der himmlische Vater, daß wir arbeiten und recht thun sollen. Meynen Sie nicht auch so?

Pf. Ganz recht!

B. Und da seh ich nun gar nicht, wie ich glauben kann, daß der Junge Religion hat. Einen faulern Menschen habe ich Zeit meines Lebens nicht gesehen. Des Morgens kann ihn kein Mensch aus dem Bette bringen, es thäte nöthig, ich weckte ihn allemal mit der Karbatsche. Stehlen thut er, wie ein Rabe, alle Eyer sucht er auf und sauft sie aus, wie ein Ratz. Den Ram frißt er von der Milch weg. Und wenn man ihm ein paar Wörtchen deswegen

sagt,

sagt, da heult er vier bis sechs Stunden, und thut mir und meiner Frau heimlich allen Verdruß an, den er nur kann und weis. Da hatte meine Frau letzthin eine Glucke gesetzt, die vierzehn Küchlein ausbrachte, scharmante Küchlein, das Herze im Leibe lachte, wann man sie auf dem Hofe laufen sahe. Was thut der Galgenstrick? geht er nicht hin und dreht fünfen davon die Köpfe um? und das nur deswegen, weil ihm meine Frau, wegen seiner Säuerey, eine Reprimande gegeben hatte. Das ist Ihre Waisenhauszucht, meine Hochgeehrtesten Herren! nehmen Sie mir nichts für übel. Da ist der Junge, Sie können damit machen, was Sie wollen.

Wv. Aber warum schreibt ihr uns denn alle die Untugenden dieses Menschen zu? Ihr seht doch, daß wir so viel Mühe und Arbeit, und Schreiben und Rechnen für das Waisenhaus haben. Wir thun ja alles, was wir können, um die Kinder gut erziehen zu lassen.

B. Kroms! kennst du einen von den Herren?

Kr. Ich habe noch keinen davon gesehn.

B.

B. Da hören Sie es ja. Da sitzen Sie da oben in ihrer Stube, rechnen was einkömmt, und was ausgegeben wird, und sammlen Kapitale — aber um die Kinder bekümmert sich kein Mensch nicht. Haben Sie denn die Courage mit herunter ins Waisenhaus zu kommen? ja ich dachte es wohl, da runzeln Sie alle die Stirnen.

Wo. Das können wir wohl. Ihr werdet sehen, daß alles in der besten Ordnung ist.

Fortsetzung.

Die ganze Versammlung gieng nach der Stube zu, in welcher sich gegen siebenzig Waisen befanden. Ach bester Herr Vetter! nie habe ich ein so anschauliches Gemählde vom menschlichen Elende gehabt, als in dieser Stube. Ein ganzes Heerdchen Kinder, deren Versorger im Grabe moderten, die hier sollen versorgt seyn, und doch so schlecht versorget waren! Alle sahen sie bleich aus, wie die Leichen, hatten matte, viele triefende Augen, kein Zug von Munterkeit war an ihnen sichtbar; einige hatten verwachsne

wachsne Füsse, andere verwachsne Hände, und alle starrten von Grätze, die alles Mark auszusaugen schien. Die Stube war schwarz vom Oeldampfe, und an den Wänden flossen die Ausdünstungen herab, die diese Elenden von sich gaben. Sie waren auf ihre Arbeit so erpicht, daß unsere Gegenwart sie gar nicht störte. Und alle ihre Arbeit war Spinnen. Einige, besonders die Kleinern, sponnen sitzend, die andern stehend. Mein Herz hätte über den Anblick springen mögen, wie ich sahe, daß so viele Keime, die der Schöpfer gepflanzt, zerknirscht, und diese Elenden in so schreckliche Lagen versetzt wurden, daß sie am Geist und Leibe gebrechlich und klein werden mußten. Unterdessen, daß andere Kinder springen, scherzen und lachen, und in der Natur einen Schatz von Kenntnissen sich sammeln, sind diese Elenden an das Rad gefesselt, und der einzige Gegenstand ihrer Betrachtung, ist die Spindel.

Itzo schlug es eilfe, der Informator gab das Zeichen zum Gebet. Sogleich stunden sie alle

alle auf und sangen ein Lied, davon ich folgen=
de Strophe behalten habe:

> Du schnöde Tochter Babylon,
> Zerbrochen und zerstöret!
> Wohl dem, der dir wird geben den Lohn,
> Und dir das wiederkehret,
> Dein Uebermuth und Schalkheit groß,
> Und mißt dir auch mit solchem Maas,
> Wie du uns hast gemessen.
> Wohl dem, der deine Kinder klein,
> Ergreift, und schlägt sie an ein'n Stein,
> Damit dein werd vergessen!

Hierauf wurden die zehn Gebote von ei=
nem Kinde hergesagt, die den Juden ehemals
sind gegeben worden.

Ich wußte wirklich nicht, ob ich träumte,
oder wachte, so gar räthselhaft war mir dieß
Gebet. Endlich kam ich auf den Gedanken,
daß vielleicht mit dem eigentlichen Waisenhause
eine Erziehungsanstalt für junge Juden, deren
es in Grünau viele giebt, verknüpft seyn möch=
te. Und ich freute mich, daß die Waisenväter
so tolerant waren, dieser bedruckten Nation zu

erlau=

erlauben, den Allvater nach ihrer Weise zu verehren.

Ich eröfnete meine Gedanken dem Geistlichen und fragte: dieß ist wohl eine Anstalt für junge Juden?

Er sahe mich grimmiglich an und sprach: was sollen diese Spöttereyen? mein Herr! Was — was wollen Sie damit sagen? wie verstehen Sie das?

J. Ich glaubte, weil sie jüdische Lieder und jüdische Sittenlehre hier hätten, so würden hier auch Juden erzogen.

Pf. Was — was — was wollen Sie mit ihrer jüdischen Sittenlehre und jüdischen Liedern sagen? steht ja in unserm Gesangbuche und in unserm Katechismus!

J. Also sind es wirklich Christenkinder?

Pf. Versteht sich! lauter Christenkinder, wir werden ja die Perlen nicht für die Säue werfen.

J. Nun ein unschuldiges Judenkind möcht ich doch nicht zu den Säuen zählen. Dieß hat mich Christus nicht gelehrt.

Pf. Ja ja die Neuern, die Neuern wollen alles gern selig wissen —

J. Lassen Sie uns, lieber Herr Pfarrer, von dem, der aller Vater und Heiland und Richter ist, bestimmen, wer der Seligkeit fähig oder unfähig sey. Aber das sagen Sie mir nur, wie Sie Christen können singen lassen, von der schnöden Tochter Babylon?

Pf. Ey! ist geistlicher Weise zu verstehen.

J. Und was ist denn die Tochter Babylon geistlicher Weise?

Pf. Ist das Reich des Antichrists.

J. Und was ist denn der Antichrist?

Pf. Ist noch nicht ausgemacht.

J. Also lassen Sie die Kinder Sachen singen, die sie gar nicht verstehen. Und um des

Him-

Himmels Willen! wie können Sie denn singen lassen: wohl dem, der deine Kinder klein, nimmt und zerschlägt sie an ein'n Stein, von Kindern, die Jesum verehren, der uns lehrte, liebt eure Feinde, segnet die euch fluchen. Kein vernünftiger Jude singt das mehr. Nur der Cherokese, der seiner Feinde Kinder gegen die Steine schlägt, und dieser ist fähig, so etwas zu singen.

Pf. Aber es steht ja in der Bibel. Sind Sie auch ein Bibelverächter?

J. O lieber Herr Pfarrer gar nicht. Ich schätze sie hoch. Aber es steht in demjenigen Theile der Bibel, der für die Menschheit geschrieben ist, da sie noch im Stande der Kindheit war. Seitdem Jesus die Menschen gelehrt hat, liebet eure Feinde, sind alle Verwünschungen der Feinde so gut abgeschafft, als die Opfer und der Sühnbock. Und nehmen Sie es mir nicht übel, von einer christlichen Gemeine singen hören, wohl dem, der deine Kinder klein, nimmt und zerschlägt sie

an

an ein'n Stein, das kommt mir eben so sonder-
bar vor, als wenn Sie auf ihrem Altare ein
Brandopfer anzünden wollten. Und wozu die
zehn Gebote für christliche Kinder?

Pf. Ich erstaune, mein Herr! wissen Sie
denn nicht, daß Gott die zehn Gebote gemacht
hat?

J. So, wie er die Brandopfer verordnet
hat.

Pf. Die sind ja aber abgeschafft, seitdem
Jesus das vollgültige Opfer dargebracht hat.

J. Und Mosis Gesetz auch. Denn sagen
Sie mir doch, was verstehen Sie denn durch den
Feiertag, den wir heiligen sollen?

Pf. Sie werden ja das wissen — den, den
— den Sonntag.

J. So. Also hat Moses den Juden den
Sonntag zu feiern geboten?

Pf. Das eben nicht. Aber wir Christen sind
ja an den Sonntag gebunden. Wissen Sie

etwa

etwa auch nicht, daß Christus am Sonntage auf=
erstanden ist?

J. Sehr wohl.   Aber steht denn das in den
zehn Geboten?

Pf. Man kann aber doch alles beyläufig da=
bey sagen.

J. Und ist denn sonst keine Art der Unkeusch=
heit verboten, als das Ehebrechen?

Pf. Versteht sich.

J. Aber das Gebot Mosis redet ja nur vom
Ehebrechen?

Pf. Wissen Sie denn aber nicht, daß durch
den Ehebruch alle Arten von Unkeuschheit ver=
standen werden, die man in und ausser dem Ehe=
stande begeht?

J. Das ist nicht wahr, Herr Pfarrer. Ehe=
brechen heißt eines andern Frau beschlafen.
Dieß, und sonst nichts, ist hier verboten.

Aa 3

Pf.

Pf. Gott! was höre ich! also glauben Sie, daß es erlaubt sey, Hurerey und stumme Sünden zu treiben?

J. Nein! aber es ist hier nicht verboten. Warum brauchen Sie die Gebote Mosis, und nicht die herrliche Lehre Jesu?

Pf. Die kann ja beyläufig auch gesagt werden.

J. So. Also Mosis Lehre ist das Hauptwerk, Jesu Lehre wird beyläufig vorgetragen — und das soll doch eine christliche Erziehungsanstalt seyn?

Bey diesen Worten wendete ich mich weg, weil ich voraus sahe, daß der aufgebrachte Geistliche mich wenigstens zum Atheisten machen würde. Mein Blick gieng wieder auf die armen Kinder, von denen ich erwartete, daß sie sogleich auf den Spielplatz laufen würden, die aber, zu meiner grossen Verwunderung, alle wieder hinter die Spinnräder rückten. Ich bezeigte hierüber meine Verwunderung gegen den Wollenkäm-

mer,

mer, der ihr unmittelbarer Aufseher war. Ja, sagte er: sie wollen gern ihr Tagewerk fertig brin=gen. Da vergessen sie eher Essen und Trinken, ehe sie vor geendigtem Tagwerke weggiengen.

J. Wird viel von ihnen gefordert?

W. (lächelnd) Ja! ich liefere noch einmal soviel Garn als sonst. Die Herren Waisenväter sind aber auch recht wohl mit mir zufrieden.

J. Nun das ist wirklich viel. Ich habe noch niemals Kinder gesehen, die in diesen Jahren schon einen solchen Fleiß bewiesen hätten. Er muß ganz besondere Vortheile haben, eine solche Menge Kinder zu einem so erstaunlichen Fleiße zu bringen.

W. (lächelnd) Die habe ich auch. Wollen Sie sie sehen?

J. Ich bin sehr begierig darauf.

Da öfnete er die Thür zu einem Zimmer, in welchem ich einen Auftritt sahe, vor dem die Menschheit zurück schaudert, und den ich gewiß

nicht

nicht glauben würde, wenn ich ihn nicht mit meinen eignen Augen gesehen hätte. Fünf Kinder waren hier auf die Folter gespannt. Dreyen waren die Arme ausgedehnt und die Hände an eine Stange gebunden, so, daß sie in einer Stellung waren, die mit der Stellung des Gekreuzigten eine grosse Aehnlichkeit hat, und zwey Knaben lagen auf der Erde, so, daß der vordere Theil des Körpers durch die blossen Ellenbogen, der Kopf durch die Hände, und der hintere Theil des Körpers durch die entblößten Knie unterstützt wurde. Auf den entblößten Rücken war ein schweres Stück Holz gelegt.

Ich fragte erschrocken, was diese Kinder verbrochen hätten? und erfuhr, daß ihr ganzes Verbrechen darinne bestünde, daß sie ihr bestimmtes Gewichte an Wolle und Baumwolle nicht aufgesponnen hätten. In der Angst rief ich die Waisenväter herbey und fragte, ob sie schon wüßten, was für himmelschreyende Grausamkeiten in ihrem Waisenhause getrieben würden? Selbst diese erschracken, versicherten, daß sie

von

von dieser barbarischen Behandlung nichts ge=
wußt hätten, gaben dem Wollenkämmer einen
Verweiß, und befahlen, die Kinder frey zu
machen. Diese stunden sinnlos da, und gien=
gen so wankend wie ein Missethäter, der von
der Folterbank ist abgespannt worden. Der
Wollenkämmer entschuldigte sich und sagte: Ich
kann Ihnen ja immer nicht Garn genung lie=
fern. Wenn ich es nicht so mit den Kindern
machen soll, so werde ich sie nimmermehr dahin
bringen, daß sie soviel liefern, als Sie ver=
langen. Der Bauer sagte zornig: da sehn Sie
ja, meine Herren, wie es im Waisenhause zu=
geht. Sie haben mir ja nicht glauben wollen.
Müssen auf die Art die Kinder nicht Knurpse
und Krüppel werden? Können Sie wohl von
mir verlangen, daß ich dafür danken soll, daß
Sie meinen Pathen, der gesund und gerade zu
Ihnen gekommen ist, verdorben, schlechterdings
verdorben, zum Knurpse, zum Krüppel, zum
Bettler gemacht haben? Nun können Sie ihn
auch ernähren. Behüte Sie Gott!

Aa 5

So

So gieng er fort und ich auch, nachdem ich erst einen Blick voll Unwillen und Verachtung auf die ganze Versammlung geworfen hatte.

Ach bester Herr Vetter! das habe ich nicht geglaubt, daß so viel Elend in der Welt wohne, daß so viele Thränen gepeinigter Unschuldigen, mitten in christlichen Staaten fliessen. Da klagen wir über die barbarische Behandlung, die unsere gefangnen Brüder von den Türken erdulden müssen, und gestatten es, daß die Kinder unserer entschlafnen Mitbürger, in unsern eignen Mauern, eben so behandelt werden. Denn wenn das ganze Waisenhaus nach Algier verhandelt würde, könnte es barbarischer behandelt werden, als itzo?

Unser policirtes Publikum kommt mir vor, wie die Prof. Riboniusin, so wie diese ihr Kind entfernt, um desto ungestörter ihre Wollust befriedigen zu können, und tanzt und scherzt und buhlt, unterdessen, daß ihr Kind unter den heftigsten Convulsionen liegt, so entfernt auch unser.

unser policirtes Publikum seine leidenden Brü=
der von sich, giebt gern milde Beyträge, damit
es nur ihren Anblick nicht haben darf, hängt
seinem Vergnügen nach, spricht und singt von
des Lebens Freuden, unterdessen, daß jene in
dem hülflosesten Zustande verzweifeln wollen.

Was werde ich mit des armen Webers
Kindern anfangen? Wenn zwischen dem Wai=
senhause und dem Bettelstabe kein Mittelweg zu
finden ist, so lasse ich sie, ohne Bedenken, den
letztern wählen. Ich bin

Ihr

Carl.

Sechs

Sechs und vierzigster Brief.

Carl an seine Mutter.

Grünau, den 21. Aug.

Gnädige Frau Mamma!

Ich melde Ihnen eine Neuigkeit, die ich mit Fleis bis izo verschwiegen habe, weil ich erst recht gewiß davon seyn, und Sie auf eine angenehme Art damit überraschen wollte. Ich liebe, und werde geliebt. Das edelste Mädchen habe ich gefunden, lieb gewonnen, und Gegenliebe bey ihr gefunden.

Glauben Sie ja nicht, daß ich in meiner Liebe zu voreilig gewesen bin. Ich habe alles mit Ueberlegung angefangen. Deine künftige Ehe-

Ehegenoßin, dachte ich, muß folgende Eigenschaften haben, sie muß schön, gefällig und scherzhaft seyn, damit sie dich bey deinen Geschäften aufheitern kann, sie muß Arbeitsamkeit und Einsicht in die Haushaltung haben, um deine Wirthschaft zu führen. Sie muß gesund und munter seyn, damit du gesunde und muntere Kinder mit ihr zeugen kannst. Ist das nicht alles, was Sie von Ihrer künftigen Schwiegertochter verlangen können?

Und alle diese Eigenschaften vereinigen sich in meiner Henriette. Sie ist so schön, daß sie mich schon bey dem ersten Anblicke fesselte. Sie hat eine so gefällige Miene, daß wenn ich sie irgendwo als Göttin gemahlt sähe, ich sogleich darunter schreiben würde, die Gefälligkeit. So oft ihr Gemüth sich von dem Kummer erholt, den ihr zeither verschiedne verdrüßliche Vorfälle verursacht haben, so hat jeder ihrer Einfälle das Gepräge eines gesunden und ungekünstelten Witzes. Von ihrer Geschicklichkeit, Arbeitsamkeit, und Einsicht in die Wirthschaft

habe

habe ich hinlängliche Proben. Ueber die Eitelkeit ist sie so weit erhoben, daß sie sich nicht einmal frisiren läßt. Und ist so gesund, so munter,
daß ich mir mit Recht von ihr lauter frische und
lebhafte Kinder versprechen kann. Ihr Leib wurde nie durch eine Schnürbrust zusammengepreßt,
und wird also Platz genung haben, daß Ihre
Enkel darinne sich bilden können. Daß ein so
gesundes Mädchen auch gesunde Milch zu Stil-
lung ihrer Kinder haben werde, zweifle ich im
Geringsten nicht.

Haben Sie doch die Gnade, gnädige Frau
Mamma, mir den Tag zu bestimmen, da ich sie
Ihnen zuführen, und Ihren mütterlichen Se-
gen erlangen kann. Ich bin Lebenslang

Ihr

Carl.

N. S. Sie ist von guter Familie. Ihr
Vater heißt Helwing, ist Amtsschreiber in Kol-
dingen, und hat bey allen Menschen ein gutes
Lob.

Sie=

Sieben und vierzigster Brief.

***

Carl an den Obersten von Brav.

Grünau, den 24. Aug.

Bester Herr Vetter!

Die Entdeckung, die ich in dem hiesigen Waisenhause gemacht habe, hat solchen Eindruck auf mich gemacht, daß es mir noch immer ist, als wenn ich die gefolterten Kinder vor mir sähe.

Ich suchte den folgenden Tag Gesellschaft, um den traurigen Gedanken los zu werden, und speiste deswegen im Gasthofe. Mein Herz war so voll, daß ich es nothwendig gegen die mitspeisenden Studenten ergiessen mußte. Ich that es. Ich schilderte ihnen die schreckliche Scene mit

den

den rührendsten Worten, und sagte, daß ich itzo auf nichts dächte, als auf Mittel, die unschuldigen Elenden zu retten. Eine Zeitlang hörten sie mir mit Theilnehmung zu, da aber meine Erzählung am lebhaftesten war, fieng einer von ihnen, ein Theologe, mit Namen Grimherz, an: weißt du was, Carlsberg, wie wir dem Waisenhause aufhelfen können? du sollst Waisenvater werden, und dafür sorgen, daß die innere Verfassung des Waisenhauses verbessert wird, und wir — wir wollen auf seine Bevölkerung bedacht seyn.

Dieser pöbelhafte Witz wurde mit einem eben so pöbelhaften Gelächter aufgenommen, verscheuchte allen Ernst, und gab Stof zu solchen Unflätereyen, daß ich es nicht aushalten konnte, sondern aufstehen und fortgehen mußte.

Auf dem Wege begegnete mir ein Tuchmacher, der mit einer tiefen Verbeugung mich fragte, ob ich der Herr von Carlsberg wäre? und ob es denn wahr sey, daß ich das Wai-

sen=

senhaus besucht, und in so trauriger Verfassung angetroffen hätte? Die ganze Bürgerschaft sey durch diese Nachricht in Bewegung gebracht worden.

Da ich ihm seine Fragen bejahete, bat er auf eine ausnehmend gefällige Art, daß ich nur ein Viertelstündchen mit bey ihm einsprechen sollte. Ich konnte es ihm unmöglich abschlagen, und er wußte gar nicht Worte genug zu finden, um mir seine Freude über die Gewährung seiner Bitte, auszudrücken. Er ließ mir durch seine Frau sogleich einen Kaffee auftragen, und, da ich mich neben ihn gesetzt hatte, sagte er: aber sagen Sie mir nur um des Himmelswillen, was Sie von den Anstalten halten? da wird uns immer das Waisenhaus als die größte Wohlthat vorgestellt, vor die wir Gott nicht genug danken könnten. Es werden alle Monathe Becken vor die Kirchthüren gestellt, und für die Waisen Gelder eingesammlet. Alle Bürger geben dazu. Alle die vom Krankenbette aufgestanden sind, alle Weiber, die eine schwere Geburt gehabt haben, machen an das Waisenhaus Geschenke. Ich selbst weis am besten, was ich das Jahr lang dahin schicke. Wenn ein armer Meister stirbt, so schicken wir seine Kinder dahin, und denken Wunder, wie gut sie aufgehoben wären. Und nun muß man solche Dinge hören. Dächte ich doch, daß es den armen Kindern nicht schlimmer gienge, wenn man sie gerade zu ins Zuchthaus schickte. Der Züchtling kann doch klagen, wenn er zu hart behandelt wird, aber an wem sollen sich denn diese armen Kinder wenden? Du lieber Gott du! wie es doch in der Welt hergeht!

J.

J. Es ist schrecklich. Ich hätte es nicht geglaubt, wenn ich es nicht selbst gesehen hätte.

T. Ich habe mit etlichen verständigen Bürgern davon gesprochen, die waren alle der Meynung, es wäre etwas albernes, daß man so viele Kinder zusammen in eine Stube sperrte, und sie zwänge stille zu sitzen. Ein Kind müsse Bewegung haben, und in der freyen Luft sich herum tummeln, wenn etwas aus ihm werden sollte. Sie meynten auch, die Kinder müßten ja nothwendig dumm bleiben, die nichts als Spinnrad und Krempel zu sehen bekämen, in der Zeit, da andere in Gärten herumliefen, die Berge bestiegen, und die Werkstätte der Menschen besuchten.

J. Die Bürger mögen wohl ganz recht haben, und ich freue mich recht sehr, wenn

ich

ich so vielen gesunden Menschenverstand bey Leuten antreffe, denen man ihn beynahe ganz absprechen will.

T. Aber was meynen Sie dazu, Herr von Carlsberg! wie ist wohl die Sache abzuändern? Die Bürgerschaft kann doch unmöglich dazu schweigen?

J. Ich habe noch nicht Erfahrung genung, um hierinne einen guten Rath geben zu können.

T. Ich will Ihnen meine Meynung sagen. Ich dächte, es wäre besser, man ließe das Waisenhaus gar eingehen, gäbe die Kinder an hübsche Leute in der Stadt, und auf dem Lande, gäbe ihnen Kostgeld, und untersuchte zu gewissen Zeiten, wie sie die Kinder behandelten. Da hätten doch die Kinder Motion, kämen

an

an die freye Luft, sähen wie es in der Welt und unter Menschen hergienge.

J. Der Vorschlag scheint mir vortreflich, ich will darüber nachdenken, ihn mit einem verständigen Manne überlegen, und dann Antwort sagen.

T. Ach thun Sie es doch ja, lieber Herr von Carlsberg! Ich habe gehört, daß Sie gar ein frommer und rechtschaffner Herr sind, und auch für des armen Meister Rübners Kinder sorgen.

J. Es ist wenig, was ich thun kann.

T. Es hat mir so wohl gefallen, daß ich — mit meiner Frau eins worden bin, eins von den Kindern zu mir zu nehmen, und mit den meinigen zu erziehen. Ists nicht wahr, liebe Frau, du bist es zufrieden?

 Fr.

Fr. Von Herzen gern. Wo vier Kinder essen, ißt das fünfte auch. Wo viele Kinder sind, sind viele Vaterunser, und viel Segen Gottes.

T. Und das andere will mein Schwager, ein Schneider, zu sich nehmen. Und die Tochter soll auch bey mir Arbeit haben. Es ist himmelschreyend, wie man mit dem Mädchen umgegangen ist. So hat unser Heyland die Gefallnen nicht behandelt.

Sie können leicht denken, wie mir bey diesen Worten zu Muthe war. Ich druckte den ehrlichen Tuchmacher an meine Brust, küßte ihn, und versicherte ihn von meiner Freundschaft. Die soll er haben. Ein rechtschaffner Tuchmacher ist in meinen Augen ehrwürdiger, als ein grosser, aber schlechter Mann.

Ich

Ich schied von ihm, wünschte, daß Gottes Segen in diesem Hause stets wohnen möge; und dachte den ganzen Tag über dieses Gespräch nach.

Kaum trat der Abend ein, so eilte ich nach dem Hause des Diakonus, um ihm zu erzählen, was ich zeither gesehen und gehört hatte, und um — meine Henriette zu sprechen. Aber Gott! was mußte ich da sehen! das ganze Haus war mit Menschen in Trauerkleidern umringt, ein Sarg stund darinne, und an der Seite desselben der Diakonus, der in Thränen zerfliessen wollte. Ich bin niemals der Ohnmacht so nahe gewesen, als in dem Augenblicke — meine Knie wankten, ich fragte ängstlich, was giebts, wen begräbt man da?

Aber

Aber ich kann ihnen unmöglich diese schreckliche Neuigkeit ausführlich schreiben, weil die Post im Begrif ist abzugehen. Mit nächstem Posttage erfahren Sie alles von Ihrem

Carl.

Ende des ersten Theils.